U0114170

暮色正浓

The Dusk Is Gathering

厘子与梨 著

湖南文艺出版社
HUNAN LITERATURE AND ART PUBLISHING HOUSE

博集天卷
CS-BOOKY

她想，每个女孩子应该都会在青春期遇到一个像光一样的少年，他随性坦荡，意气风发，让人爱慕一生。

/ 目录 /

Contents

卷一　　和她一样的恙　　··· 001

卷二　　错牵　　　　　　··· 043

卷三　　宝贝　　　　　　··· 087

卷四　　向他靠近　　　　··· 147

卷五　　心动臣服　　　　··· 249

番外　　得偿所愿　　　　··· 309

无论他在哪里，

无论他做什么，

她都希望那个少年，

心里始终悬着日月光。

The Dusk Is Gathering

暮色亚波

这个属于她一个人的秘密

就悄悄放在这里。

卷一　和她一样的恙

声音淡薄清冽，再寻常不过的一句话，

却让许知恙记了一整个思春期。

他说："别来无恙的恙。"

第1章

时隔八年，许知恙再次遇见陈恙。

那天逢霜降，明城降温，风很大，还夹着雨。

报告厅外的橡树被风刮得枝叶摇颤，豆大的雨滴打在琥珀色的玻璃窗上，自上而下汇合成一道长长的水痕。

许知恙测试完最后一次演播，后背往软椅靠背上靠，纤瘦手指摘下金丝框眼镜放在一旁，长长的睫毛遮不住眼底的疲惫。

身边，好友温奈泄了力气，趴在桌子上抱怨：

"这都是这个月的第三场宣传展了！院长可真会打算，合着我们都不用吃饭睡觉，就住在演播厅卖命就好啦？"

其他人也跟着吐槽。

许知恙没搭话，目光平和地落在电脑上非遗宣传展的海报页面，捏了捏酸酸的鼻子，长指一钩，将松垮的皮筋钩下来。她微卷的发丝耷拉在肩膀上，整个人显得恬静温顺。

她略一抬眼，就看见提着东西朝她们走来的同门师弟。

"还是许组长好，还特地帮大家订了咖啡。"小师弟嘴很甜，几句话就引得其他人也跟着附和。他帮着把咖啡分给大家。末了，才把一旁保温袋里的奶茶递到许知恙面前："许组长，辛苦了。"

许知恙垂眸看了一眼，淡淡地勾了勾唇角，客气地道了声谢。

许知恙性子温淡，低眉抬眼间流露的气质恬静，温奈说她有种招人喜欢的亲和力，当然也招男孩子喜欢，尤其是那种特别乖的男孩子。

温奈的目光在两人之间来回扫，而后喷了一声，凑近许知恙耳边低声说："他知道你不喝咖啡，还特地去买了奶茶，你真没想法？"

他们负责非遗展到现在小半个月了，小师弟对许知恙怎么样小组里的人可都门儿清，就她这个当事人一脸公事公办的样子，对人家一点意思也没有。

许知恙垂着头自顾自地整理着文件，听到这话动作停下来，失笑："不合适。"

她按了按后颈，按亮手机看见已经四点半了，于是加快了收拾东西的速度，想着早点回家好好补个觉。

温奈知道她那个佛爷性子，没再说什么，只是帮她收着资料。

收到一半，温奈突然想起自己还有东西落在采访室，于是匆匆忙忙和她说了句："等会儿电梯口等你。"就出去了。

其他人也都先离开了，许知恙一一打了招呼。

正打算关电脑，屏保突然跳出来，淡蓝色的页面上浮出一行字——任何瞬间的心动都不容易，不要怠慢了它。

许知恙心念一动，忽然弯唇笑了。

心动，她都快记不清上一次心动是在什么时候了。

恰在这时，门口响起了温奈叫她的声音。

"唉，来了。"

许知恙拔高声音回头应了一声，匆匆忙忙关了电脑出了演播厅。

出了校门，雨势渐小，沿路的学生寥寥无几，许知恙原本打算直接回家补觉，但温奈非要拉着她去吃火锅。

许知恙按了按后颈，后知后觉地发现自己也一天没吃饭了，想了想便也没拒绝。

她们到的时候还不是饭点，没什么人，两人随便挑了个靠窗的位置坐下。

吃的是川渝火锅，但作为一个不会吃辣又爱吃辣的南方人，许知恙勉强点了份番茄汤麻油双拼。

肥牛下锅，她望着滚开了的水花发呆，就听温奈说："哎，你看论坛了吗？"

许知恙摇头，她一向不关注这些。

温奈神秘兮兮地压低声音，一脸八卦："我们系那个夏薇，真追上外语系大才子了。天哪，果然是女追男隔层纱，即便是他这种高岭之花也能被拉下神坛。"

温奈喷了一声，突然把话头扯到了她身上："夏薇那样的都能追到男神，看来校草这段时间会被强势围攻了。羞羞，你不上吗？我可听说他上次还向人要了你的联系方式……"

许知羞差点被一口番茄汤呛到，她搁了筷子，不可思议地问："谁？校草？陆之杭？"

许知羞脑子里下意识地浮现出他那一张脸，似是感到滑稽地笑出声："你别开玩笑了，我和他不可能。"

"为什么？"温奈一脸痛心的表情，"许知羞！你千万别妄自菲薄，你可是我们中文系在榜的大，美，女！"

许知羞失笑，一边下着虾滑，一边说："他不是我喜欢的类型。"

"那你喜欢什么类型？说出来，我好帮你留意，不过，"温奈顿时泄气，"你这样的哪还需要我帮你留意啊，你只要别整天待在图书馆，多去操场篮球场走几圈，哪还有夏薇什么事啊。不过，我可认识你七年了……"

"六年。"许知羞严谨地纠正。

"行行行，我认识你六年了，真没看见过你和哪个男生走得近……"

温奈戳了戳肥牛卷，目光往许知羞脸上瞟。

火锅店的通风口徐徐送着风，女孩的头发低低地绑在脑后，垂着头喝汤时，几缕碎发随着低头的动作贴在她脖颈上，衬得脖颈更加笔直细嫩。灯光拉出的长睫的阴影覆在她眼下，显得她温顺又乖巧。

温奈倏地想到什么，低声问了句："你……该不会是还想着陈羞吧？"

似乎没想到温奈会提起这个人，许知羞拿着勺子的手一顿，慢动作回放一样抬眼朝温奈看去。

陈羞。

刚读大学那会儿她还会在朋友圈看见共友发关于他的动态，但慢慢地，这个人就淡出了她的视线，她已经有很多年没听见这个名字了。

许知羞在脑海里搜寻了一会儿这个人的身影，随即轻笑着摇头："都过去多少年了，我早忘了。"

温奈狐疑地瞟了她几眼，见她没打算再说下去，就移开目光，低着头专心吃着。

许知恙握着筷子的手收紧，心潮翻涌，有一瞬间的呼吸急促。好半晌，她摇了摇头，小幅度勾了勾唇角。

就算记得又能怎样？他或许已经忘了她是谁了。

不紧不慢地吃完一顿火锅，已经将近六点，两人付完钱出门。街道华灯初上，雨后的明城繁华不减。在火锅店不觉得冷，出了门，风夹着雨丝见缝插针地往衣服里钻。

没想到在明城待了这么多年，她还是没习惯这里的天气。

许知恙拢了拢及膝的驼色风衣，撑起一把黑伞。

两人沿着火锅店外的人行道走至路口，突然，从路边传来砰的一声。

没过一会儿，许知恙隐约看见几辆车依次停在路边，最后面那辆车开了双闪，一个显眼的三角形警告牌被摆在车后，车旁站着七八个身量很高的男人。

温奈抻着脖子看了几眼："看这样子，像是追尾了。"

"追尾？"

"对，这段路路况不太好，时常发生这样的事，"温奈点头，拉着她快步离开，"我们还是快走吧。"

距离越来越近。

许知恙甚至能清晰地看见汽车紧急制动后轮胎和地面摩擦拖出的黑色印记。

到路口的时候，许知恙听见身后传来很大一声玻璃碎裂的声音，刚刚围在一起的男人们顿时扭打成一团。

许知恙盯着即将跳转的红绿灯，有一瞬间的心慌。

倏地，温奈扯着她转身，指着离她最近，唯一一个没有参与混战的男人的背影："哎，恙恙，你觉不觉得那个男生的背影有点像陆之杭？"

"陆之杭？"许知恙循着她指的方向看去。

路灯昏暗，男人的背影模糊得好像加了噪点，她看得不是很真切。他的头微微往后仰，拉出的肩颈线条笔直。

不是陆之杭，但……

很像另一个人。

许知恙压下心头的慌乱，坚定道："报警。"

她们站的距离不近，但这条路上来往的人不多，她们站在路中间就显得格外显眼。

其中一个小混混注意到许知恙这边的动静，扯着嗓子就喊道："哥，那边有个女的好像在报警。"

随着这声叫喊，离得近的几个人几乎同时朝许知恙看来，其中一个穿着皮衣的男人不知道从哪里顺来一个酒瓶，拿在手里掂了掂，色眯眯地看着许知恙。

"美女，把手机交出来，哥哥不为难你。"

许知恙看着男人身上一身硬实的肌肉，默不作声，心下却在估摸着逃跑的可能性有多大。

温奈瞥见男人猥琐的表情，火气一下子上来了："搁这儿恶心谁呢？"

皮衣男脸色阴沉，啐了一口，抡起酒瓶摆出打人的架势，瞪着温奈："你他妈欠教训是吧？"

许知恙瞳孔骤然扩大，手疾眼快地拉着温奈后退一步，就在那个酒瓶即将抡到她头顶时，一只修长的手钳住皮衣男的手腕，用力一拧，酒瓶在男人脚下应声而碎。

"大庭广众的，对女人动手不好吧。"

说话的是一个留着寸头、戴着耳钉的男人。许知恙目不转睛地盯着他，看到他冷笑一声，拧着皮衣男手腕的手用力一甩。

皮衣男吃痛地叫了一声，捂着手腕跟跄着摔倒在地。他面目狰狞，有点恼羞成怒，挣扎着起来就又和男人扭打成一团。

场面一度混乱。

许知恙收回视线，目光落在站在一旁双手插着兜的人身上，他自始至终都没有动手，站在那儿气定神闲的。不过这个皮衣男应该是大哥之类的角色，他被撂倒后，其他人支撑不到一会儿就求饶滚蛋了。

刚下过雨，坑坑洼洼的人行道上，积水模糊了倒影，许知恙目光笔直地盯着那人的后脑勺发呆，直到耳边响起温奈的惊呼声，她才后知后觉地回神。

"恙恙，你的腿在流血，"温奈抓着她的手，"赶紧去医院看看。"

许知恙低头动了动腿，没伤到骨头，应该是刚刚被碎了的酒瓶剐到了。"只是破了点皮而已，回去处理一下就好，别麻烦了。"

"别啊，小姐姐，这怎么说都是我们害你受了伤，不去医院处理一下，我们也过意不去。"戴着银色耳钉的男生摸了摸自己的寸头，对上许知恙的目光，有些不好意思地笑了笑。

"是吧，恙哥？"

陈恙正侧身和人说着话，听见这话漫不经心地转头，面容在路灯的映照下瞬间变得格外清晰。

他一只手插着兜散漫地站着，黑发被雨水打湿，几缕头发随意地遮住眉骨。他的眼窝很深邃，鼻梁高挺，下颌线笔直凌厉，下巴微微扬起，漆黑的眸子淡淡地扫了她一眼。

眼神淡漠，带着距离感。

八年了，他好像变了，又好像没变，只是褪去了少年意气，变得成熟了。

许知恙低头，避开他打量她的锐利目光。

陈恙转了转手腕，也挪开眼，目光不知道落在地上哪一处，神色很淡，看不出情绪。

半晌，他抬眼朝她看去："抱歉，我送你去医院。"

第 2 章

许知恙后来还是没坐他的车去医院。

两个人打了车，温奈先送她回了家。

温奈说："你真没事？这严重点是要得破伤风的，要不去医院看看？"

许知恙低着头脱鞋，仔细看了看受伤的那个地方，可能是被玻璃划了一下，伤口有点长，但是不深，家里有消毒的东西，她自己也能处理。

"真没事，我自己消下毒，明天要是再疼我就去医院。"

温奈真是受不了她不重视自己的身体，跟着她蹲下来，试探着问："你……该不会是……因为陈恙吧？"

"不是，"许知恙拍了拍她的脑袋，"说实话，我们都这么多年没见了，就跟陌生人一样，以后也不会再见的。"

温奈看着她眼底的决绝，才真的相信，许知恙，是真的不在意陈恙了。

"好吧。"温奈松了口气。

许知恙勾了勾唇角："你快点回去吧，不然晚了，叔叔阿姨又要念叨你了。"

"知道了，放心吧，"温奈帮她开了屋里的灯，接了水去烧，"对了，明天南大校庆，你还去吗？"

许知恙脱下外套挂在玄关，轻车熟路地拿出医药箱。"去啊，不是和教授说好了吗？"

温奈点头，用手亲昵地钩了钩她的下巴："那你早点休息，我明天来接你。"然后拎着包施施然出去了。

许知恙笑了笑，目送她进了电梯才收回目光。

许知恙走后，陈恙依旧保持着那个姿势，目光淡然地落在霓虹灯交接的光影处。灯光打在他的侧脸上，他脸上神色寡淡，看不出情绪。

程斯衍捏了捏银色的耳钉，转身钩住他的肩，顺着他的目光望过去。

"认识？"

程斯衍一行人是刚跟着陈恙回国的，他也是好奇，陈恙这个人，表面看上去散漫浪荡，单单一个眼神就足以让周围的姑娘神魂颠倒，但真正了解他的人才知道，他那人，是真的寡淡、不近人情。

但是看陈恙对刚刚那姑娘的态度……程斯衍用余光瞟了陈恙几眼。

不单纯。

绝对不单纯。

陈恙收回目光，瞥了眼程斯衍，淡声道："处理好了？"

程斯衍立马松手，连忙说道："好了好了，车已经来了，我们先过去吧。"

陈恙没说什么，跟着他上了车。

一路上程斯衍打量了陈恙好几次。虽然平时插科打诨惯了，但他还是头一回看见陈恙这副魂不守舍的模样，他不敢多问，只敢噼里啪啦按着手机在一个小群里疯狂八卦。

程斯衍：你们都不知道，刚刚恙哥看一个女生的眼神简直能拉丝!!!

群里先是静了几秒，随后：

——你眼睛没毛病吧，你有没有看错？天哪，你有没有拍下来？

——我们恙哥终于要出手了吗？再不出手我都要怀疑他是同性恋了！

——对象呢，是个美女吧？照片照片!!!

程斯衍沉默了下，转头看向闭目养神的陈恙。

——没，没照片。

——没照片还搁这儿说什么？

——我敢当着陈恙的面偷拍，我不要命了？

这时，车停在了会所门口。

程斯衍没再回复那群人，跟着陈恙下车后，有侍者引着他们直接上专梯进了包厢。

包厢里灯光晦暗，入眼是台球桌，门一打开，包厢里的人纷纷朝门口看来，跟他们打招呼。

聚的这帮人都是之前他们在明中玩得好的，陆之杭知道陈恙回来，攒了个局。

陈恙双手插着兜，下巴微收算是回应。他略一低眼，瞥见窝在沙发里的男人，薄唇掀起一抹弧度。

他接过被人递过来的桌球杆，表情玩味地打量了球桌一眼，俯着身子，屈着指节将杆架上去，杆头瞄准，砰的一声，桌球闻声落袋。

坐在沙发里的男人听见声音抬头乜了陈恙一眼，懒洋洋地拍了拍手，语气极其敷衍："欢迎我们陈少爷回家。"

陈恙收起杆子，踢了他一脚，坐在他旁边，舌尖抵着腮帮子，嗤了句："有毛病。

"怎么挑这地儿？"

陆之杭抽出根烟递给他："开业大吉，您不得来瞧瞧啊，老板？"

陈恙笑他没个正形儿。

"你刚刚遇到谁了？"

陈恙叼着烟，没点，眸子匿在阴影里，突然就笑了："一个人。"

"废话，不然还能遇到鬼啊？"

陈恙往后靠在沙发里，跷着脚，一副漫不经心的模样。

"刚刚程斯衍那厮在群里说的时候我就猜到了，你遇到许知恙了。"

陈恙挑眉瞟了他一眼，没开口，把玩着打火机点了烟。

"怎么了，你认真了？"陆之杭踢了他一脚，低骂了句。

陈恙不置可否，他抽了口烟，吐出一团烟雾，头往后仰，靠在柔软的沙发靠背上，脖颈拉得笔直，微微凸起的喉结说不出地性感勾人。

他看着头顶晦暗的水晶吊灯，倏地又轻嗤一声："怎么？"

陆之杭叼着烟乜他一眼，嘘了一声，知道他在打马虎眼，想绕过这话题。

"你这次回来打算待多久？"陆之杭陷进沙发里，随口一问。

"两个月。"陈恙不知道想到了什么，眸子暗淡了一瞬。

"你去哪儿？"陆之杭点了根烟的工夫男人已经从眼前晃过。

"西檀寺。"他没回头，低低的嗓音带些撩人的尾调，散在空旷的包间里，有些朦胧缥缈的质感。

陆之杭看着光影里男人清瘦的身形，哂笑一声："有毛病。"

不知道是不是今天发生的一系列事情让许知恙在潜意识里又想起了高中时的旧事，当天晚上她就做了个梦，梦到了和陈恙第一次见面的场景。

直到第二天闹钟响起，她才从梦中醒过来。

许知恙眨着眼睛盯着天花板，脑袋放空。

她忽然想起之前在百度上看过的一个解梦的帖子，上面说一旦梦见某一个人三次，就意味着这个人正在遗忘你。

许知恙有些无奈地轻笑，可能真的是忘了吧。

她脑子渐渐清醒，没了睡意。

晨起时刚下过雨，空气湿漉漉的，霜降过后，明城的天气明显转凉。

许知恙醒后看见温奈给她发了条信息，说是七点半到她公寓楼下接她一起去南大。

许知恙缩了缩裸露在空气中的胳膊，抱着被子坐了起来，回了一个 OK 的表情后迅速起床洗漱。

许知恙读研一的时候是住校的，但后来发生了一些不愉快的事。

当时恰好是竞赛季，和她同宿舍的一个女生和她一样也报了名。

由于是跨专业组队，落到她们专业的竞赛名额只有一个，导师也明确说凭成绩排名公平竞争。

许知恙成绩一向拔尖，能力出众，但不知怎的在有些人眼里她得到竞赛名额是因为"会讨好老师，拍马屁"。

那个舍友不仅在面上阴阳怪气，私底下三番五次搞小动作，还拉拢其他舍友一起孤立她。

许知恙一开始觉得没什么，谁知道她竟然无理取闹到在许知恙的化妆水里倒酒精。

许知恙平时待人和气，但不意味着她是任人捏的软柿子，她上报辅导员后很快上面就给了这个女生处分，但是许知恙和她们的关系就此僵化，宿舍是待不下去了，于是她就搬了出来。

当时温奈打算让许知恙去她家住，但许知恙觉得总归不便，温奈是本地人，于是托了关系帮她找了这个房子。

这房子据说是温奈一个朋友出国后闲置的，刚巧能租给她。这儿离市中心很近，坐地铁方便，在这种地段能租到这么好而且租金也不高的房子确实很难得。

她一住，就住了三年。

许知恙换了衣服简单上了个妆之后，一看手机已经七点四十五分了。

她随手拿了盒牛奶，捞起外套就往外走，走得太急，一只小猪拖鞋卡在床边。

许知恙原地看了两秒，然后转身去换鞋。

门被砰的一声关上。

过了几秒，门又被打开了，强迫症使许知恙将那只拖鞋踢到玄关，直至两只小猪整齐地摆放在一起，她才舒坦地离开。

从她这里去南大要一个半小时的车程。

校庆刚好赶上周末，许知恙和温奈到的时候南大校门口已经堵成了一锅粥。

好不容易挤进校门，迎来送往的人又把停车区域的路围得寸步难行。

许知恙先下了车，站在礼堂门口等温奈停车回来。

红毯铺就的礼堂大门前，拉起的红色横幅上赫然写着"百年校庆，欣逢盛世"几个大字，许知恙的目光掠过礼堂前的喷泉、校道两旁栽着的黄色悬铃木，最后落在身侧签到处的桌子上。

她垂眼看着桌子上的嘉宾名单，扫过第一行最后一个名字的时候，明显愣了一下。

T大环境健康研究代表队，陈恙。

正出着神，不远处传来说笑声，许知恙抬头就看见被一众校领导簇拥着的男人。

他今天穿着一身熨烫得很平整的西装，里头一件白衬衫打底，没有系领带，领口处解开了两颗扣子，露出了一截弧度漂亮的锁骨。

他侧耳听着院长说话，时不时勾起唇角算是应答。日光打在他的侧脸上，他已褪尽少年意气，眉眼间处处透着慵懒与不羁。

"陈先生。"从里头出来迎接的副校长微躬着身，眉开眼笑。

陈恙客气回应："沈副校长。"

许知恙站在那里恰好目睹了这一场寒暄，她垂着手站在一旁，差点就成了背景板。不过院长眼尖，扫了一圈跟在沈副校长身后来参加校庆的毕业生，然后在签到处发现了她。

他眸含淡笑，向陈恙介绍："陈先生，我向您介绍一下，这些都是我们南大优秀的毕业生。"

陈恙手插着兜，目光淡然，客气疏离地一一点头回应。

等十几个人悉数介绍完后，周院长伸手一指："这是我的得意门生，许知恙。"

闻言，原本侧身和旁人说话的男人转头朝她看来。

视线交会，许知恙心尖一颤，心跳不自觉加快。

没等她开口，陈恙已经移开眼。

他的嗓音中没有任何情绪："你好，我是陈恙。"

十点。

庆典准时开始，一段冗长且枯燥的嘉宾致辞过后，是一场大型歌舞表演，乐声嘈杂，许知恙被震得心底起了莫名的烦躁。

她和温奈说了自己出去透口气后，就从礼堂的侧门溜了出去，拐进洗手间。

顶灯明亮，光线打在大理石的洗手池台面上，许知恙看着镜中的自己，有那么一瞬间触及灵魂，所有的情绪都在面上显露无遗，无处遁形。

她从来没有想过还会有和陈恙重逢的一天。

八年来，她做了无数个关于年少时的梦。可每次梦醒后，他牵的永远是别人的手。

她脑海里忽然浮现出陈恙的那一双眼。

从前她喜欢看他轻狂恣肆的笑，可如今，许知恙意识到，她于陈恙，已经是个陌生人了。他甚至懒得用笑敷衍她。

许知恙摇了摇头，似乎在为自己的想法感到荒唐。

她掬了一捧冷水扑在面上，强迫自己冷静后才走了出去。

灯光昏暗的走廊里，许知恙看见尽头一扇半开的窗户旁，男人倚着墙，手指夹着一根快要燃到底的烟，西装外套随意搭在臂弯，头垂着，掩住了脸上的神色。

她有一瞬间的恍惚。脑海里闪过的第一句话，不是他为什么在这儿，而是他抽烟了。

许知恙小幅度咬了咬唇肉，有一丝说不清道不明的情绪在心口蔓延。

昨晚他那样客气疏离，刚刚又那样自我介绍，许知恙确定了陈恙就是没认出自己。

所以，他现在来这儿抽烟，应该也只是抽烟，没有别的意思吧。许知恙想。

四下无人，暖黄的灯光将他颀长的影子拉出了几分暧昧。

本来她当作没看见直接走过去就行了，但是，在这种场合下，没有什么也感觉好像真的有什么。她硬不下头皮走过去，便想转身。

这时，男人冷不丁开口叫住她。

"等等。"

可能是因为刚刚抽了烟，他的嗓子有些哑，声音带着些低沉从喉腔里发出来。

她认为陈恙只是想为昨晚的事道歉而已，不是认出了自己是他的高中同学。他们不是三四年没见，而是八年。

八年太久，久到能让一个人脱胎换骨，而她也不再是跟在他身后，妄想他回头看她一眼的少女。从她写下那张没有署名的毕业明信片时，她就放弃了。这份少女的心事，就该永远藏在那个夏天。

许知恙毫无准备地抬头，朝他看去。

陈恙单手插着兜，下巴微扬，眼下的皮肤被长睫阴影覆盖，如鹰般漆黑锐利的眸盯着她。

一直盯着她。

走廊上的空气似乎骤然凝滞住了，一瞬间又热又闷，让人有点喘不过气。

陈恙慢条斯理地将烟头按灭在垃圾桶的米石上，掸了掸身上的烟灰，神色自若，举手投足间依旧是那副吊儿郎当、痞坏多情的模样。

许知恙缄默地望着他，她在等他开口。

男人逼近，头顶昏暗的光打在他的侧脸上，眸子匿在阴影里，晦暗不明，却带着极强的压迫感。

许知恙心跳得很快。

这份无声的对峙持续了很久很久，久到许知恙两只脚都有些麻木，捏着手机的手指握得有些微微泛白。

就在许知恙的耐心即将耗尽时，男人缓慢地开口了，她听见他微哑的嗓音，一瞬间，她心下原本压着的酸涩止不住地上涌翻腾。

兵荒马乱，无法平静。

"好久不见。"他说。

第 3 章

慢镜头回放，时间被拉回到十六岁那年。

许知羡是高二开学的前一天才搬到明城来的。

一个月前，她的父母当着她的面心平气和地谈了离婚。

许安国嗜赌。其实早在他经常不着家的时候许知羡就察觉到了迟早会有这么一天，所以两人坦然和许知羡谈的时候她心里是很平静的。

毫无疑问，她的抚养权归母亲周清茹。

办完离婚手续后不久，周清茹就带着许知羡见了她名义上的继父陆弘铭。

许知羡从小听话，绝对是最讨长辈喜欢的乖宝宝类型，没出意外，见过面后陆弘铭和周清茹迅速领了证。

一切都很顺利，直到许知羡搬到陆家。

陆弘铭是大学教授，年过四十，却没有这个年纪的人臃肿发福的迹象。他生得儒雅，在他脸上几乎看不到岁月的痕迹。

陆弘铭没有女儿，只有一个和许知羡年纪相仿的儿子。

他看到许知羡时温厚一笑，点了点头，对她很满意，继而又指了指没个正形儿地倚在门框处的男生，介绍道："之杭，这是知羡。"

这是许知羡第一次见到这个"哥哥"，听她妈说，陆之杭和他爸两人十分不对付，他爸说往东他绝对往西，叛逆不服管教，打架、抽烟、早恋样样没落下。

陆之杭打量了她一眼，露出了一个古怪的笑："许知羡。"

许知羡从他这个笑中解读出了"随便拉来一个人就能当我妹妹""你是哪里来的垃圾""看我怎么好好'关照'你"等多种复杂的情绪。

即便如此，许知羡还是朝他弯唇一笑："哥哥好。"

"哥哥……"陆之杭吊儿郎当地也她一眼，特地咬重了那两个字，"谁是你哥？别乱叫。"

许知羡看着他嘴角那抹像是讥讽又像是不屑的笑，有一瞬间愣怔住了。

这个人对她的讨厌倒是毫不掩饰地写在脸上。

陆弘铭脸色有点僵硬，还有点难看，他不自在地笑了下，安慰许知恙："这臭小子就这坏脾气，你别理他。"

许知恙浅笑："知道了，陆叔叔。"

陆弘铭看着她乖巧的模样，是发自心底地喜欢，尤其是在有个不成器的儿子作为比较对象的前提下。

说过话，打过招呼，周清茹轻车熟路地带着她去二楼。

周清茹摸了摸她的头，说："你陆叔叔很喜欢你，之杭他那个性子他爸都拿他没办法，你以后少和他接触就好。"

许知恙的手握紧行李箱的拉杆，抿唇点了点头："我明白。"

"转学手续妈妈和你陆叔叔已经帮你办好了，你明天就直接去。"周清茹交代了几句，"早点休息，明天开学还要早起。"

"知道了，妈妈。"

周清茹走后，许知恙关上门，目光在屋子里扫了一圈，不得不说，陆弘铭对周清茹是真心不错。

这屋子一看就是精心布置过，大到衣柜，小到阳台的植物，都是女孩子会喜欢的，许知恙原本紧绷的神经稍稍放松下来。

但她还是失眠了。

第二天早上，她听见楼上砰的一声响，她刚入睡没多久就被吵醒了，隐隐约约还能听见楼上的争吵声。她瞪着天花板眨了眨眼，在床上躺了一会儿，等到没了声音，就又迷迷糊糊睡了过去，再醒来的时候周清茹就站在她床边。

"七点了，快起来吃饭。"

许知恙揉了揉肩膀，周清茹帮她铺床的间隙看到她的动作，眼底的心疼一闪而过："早上之杭和你陆叔叔吵了一架，吓到你了吧？"

许知恙起床刷牙，抽空回了句："没有。"

周清茹抓了抓她被压得有些卷曲的发尾，说："听说之杭也在明中读，不过他比你高一个年级，读高三。"

许知恙垂着眼，长长的睫毛遮住了眼下不甚明显的乌青。她漱了口，语气平淡地说："我不会去招惹他的，妈你放心吧。"

周清茹拍了拍她的背，眼里又是欣慰又是心疼。

吃过早饭，许知恙拿起书包就要出门，这时周清茹叫住了她。

"中午的时候来回太麻烦了，你就在学校吃吧，你等一下，妈拿钱给你。"

许知恙看了眼时间，鞋子一套，匆匆忙忙说了句："不用了妈，快迟到了！"

她抓着书包，从巷子一路跑到马路边的公交车站，呼啸的风穿过树的间隙，掠过灌木丛，带着她卷曲的发丝在空中舞动。

离公交车站还有十几米的时候，许知恙眼睁睁看着公交车从自己眼前开走了。

许知恙喘了口气，心里一阵懊悔。都怪早上起晚了。

还有三十分钟就要迟到了，许知恙看了眼公交站牌，捏了捏书包带子，懊恼地叹了口气，算了，等下一班吧。

没等多久，下一趟公交车就来了。

许是没碰上早高峰，一路畅通无阻，七点四十五分的时候，公交车停在了明山中学的公交车站。

许知恙抓着书包的带子下了车，沿路还能看见穿着明山中学校服的学生骑着单车经过。

快要走到大门口的时候，早餐摊后面的巷子里传来自行车刹车的声音。

许知恙听见动静转头朝巷子看去，那条巷子僻静，很少有人经过，以至聚在一起的那堆身上穿着和许知恙同款的校服的学生格外打眼。

她不经意地一瞥，目光却被立在人群中的男生吸引。

少年单腿支地，散漫地靠着墙，他身上穿着和许知恙一样的白色短袖校服，下面一条黑色的长裤，支着地的那只脚上踩着白色的板鞋。

细碎日光打在他一头黑发上，他逆着光，漫不经心地挑了挑眉，笑得玩世不恭。

许知恙一开始没注意，后来才发现原来男生对面还站着一个女生，她也穿着明中的校服，头发披散着，发尾还带着点卷，一看就是精心打理过的。她手里捏着……类似情书一样的东西，仰着头一直盯着男生。

距离太远，许知恙听不见男生说了什么，但是能看见他的嘴皮动了一下，似乎说了三个字。

陈恙漫不经心地踩着石头，单薄的眼皮撩起，漆黑的瞳仁噙着一贯的懒散，勾唇一笑，暧昧至极："喜欢我？"

女生被他盯得有些脸红，支支吾吾地憋出一句话："陈恙学长，我……我喜欢你很久了。"

他乜了她一眼，没骨头似的靠在墙上，没搭话，也不表态，一只手随意地刷着手机。许久，他才正眼朝女生看去。

陈恙头微微后仰，后脑勺磕在凹凸不平的墙面上，脖颈拉得笔直，微微凸起的喉结带着些令人忍不住想侵犯的性感，他笑得浪荡。

"抱歉啊，哥哥喜欢乖的。"

这话拒绝的意味已经很明显了，但女生还是很执着，想着虽然追他的女生很多，但万一自己是最特殊的那个呢？

她咬了咬唇，鼓起勇气揪着陈恙的衣角，凑近，红着脸撒娇："我也可以很乖的。"

陈恙仰着头，黑眸掠过女生头顶，看向巷口。

女孩穿着一身规整的校服，头发束在脑后，站在光影交汇处，皮肤透亮白皙，风吹起的发丝仿佛发着光。

不过几秒。

陈恙懒洋洋地挑了挑眉，收回目光，顿时没了陪她继续玩的兴趣。他不着痕迹地直起身，单手插着裤兜，吊儿郎当地瞟她一眼："我突然又不喜欢乖的。"

女生被戏耍了两次，再上赶着贴上去也没面子，她红着脸，猛地朝巷口跑了。

没了阻隔，许知恙轻而易举就看见了斜斜倚靠在斑驳墙面上的男生，日光正盛，穿过树隙打在他的身上。

男生瞳仁乌黑，就那么毫无预兆地朝她看来。

偷看被抓到。

许知恙慌忙挪开眼，紧抠着书包带子的手暴露了少女纷乱的心绪。

许知恙加快脚步往校门口跑去，等她到达校门口的时候，执勤的人刚把门关上，然后从传达室里出来一个教导主任模样的中年男人。

坏了。

果不其然，许知意被门口的教导主任拦了下来，他还查了她的胸卡。

她刚转学，胸卡还是临时的。教导主任戴着老花镜，一笔一画地在执勤簿上写下她的名字，边写边教育她。

他的动作实在是太慢了，百无聊赖之际，许知意用余光瞥到不远处有人正在翻墙。

"这位同学，你有没有听老师说话？"终于，教导主任艰难地写下了"许知意"三个大字。他抬起头来，顺着她的目光看去，突然像是被按到什么开关一样噌地跳起来。

没错，跳起来。

他极其激动，肢体动作极其夸张。

"哎，那边的同学，干吗呢？快给我下来，你哪个年级的，几班的！"

听见喊声，原本不疾不徐翻墙的男生手脚利索、轻车熟路地跳了下去。

不过一会儿的工夫，那墙头顿时就只剩下另一个身高腿长的男生。

许知意还在可惜，腿那么长，怎么爬墙还比人家爬得慢，被逮了个正着？她心里正嘀咕着，等到那男生转身，她才看清楚，这不就是刚刚巷子里那个男生吗？

他依旧单手插着兜，脸上没有被教导主任抓到的不情不愿。校服的扣子规规整整地扣到最上面一颗，白色的短袖校服没有褶皱，很干净。

他个子很高，许知意仰着头看他，收回目光的时候发现他的校服裤竟然是双杠的。

高三的学生。

见识过陆之杭之后许知意对明中高三的学生有了一个新的认识，而巧的是这个翻墙的男生也是高三生。

男生把书包随意挎在肩上，站定之后朝教导主任躬身："主任好。"

他的嗓音清冽，像是薄荷水兑了气泡水的感觉。

教导主任像是为了彰显威严，摆着架子不咸不淡地嗯了一声，然后继续和许知意说话。

"你说你是附中来的是吧？附中的可都是好学生。算了，下不为例，等会儿进去后和你们班主任说一声，在我这儿就不记过了，你先进去吧。"

许知恙诚恳地点头，刚伸出手想要接过教导主任手里的胸卡时，他又突然朝陈恙厉声呵斥，吓得她指尖一抖。

"你呢，为什么迟到？迟到就迟到，为什么翻墙？影响多不好！你叫什么名字？哪个班的？我得好好找你们班主任谈谈。"

男生面不改色，态度依旧随意，眉眼微微耷拉着像是没睡醒，懒懒地开口："高三竞赛班，陈恙。"

许知恙听见他的名字，不知道是出于他的名字和自己的很像的缘故，还是别的什么，她不自觉地抬头。

可他并没有注意到站在他身旁的许知恙。

"哪个 yàng？"教导主任问。

陈恙瞥到被教导主任捏在手里的胸卡，漫不经心地说："和她一样的恙。"

"和她一样的样？一样两样的样？"

陈恙："……"

过了几秒，她看见陈恙一只手从兜里抽出来，素白的指尖在教导主任手上捏着的胸卡上点了点。

声音淡薄清冽，再寻常不过的一句话，却让许知恙记了一整个思春期。

他说："别来无恙的恙。"

第 4 章

开学第一天没有早读，许知恙不知道高二（7）班在哪儿，摸索了好一会儿才上了楼进教室。

不同于许知恙的紧赶慢赶，身后的男生一副闲庭信步的样子，再次刷新了许知恙对明中高三学生的印象。

如果这是在南城附中，高三的恨不得住在教室，哪还能跟老大爷似的搁这儿遛弯儿？

许知恙站在教室门口，瞥到男生往另一栋楼拐了后就收回了目光，打了报告进去。

许知恙以为自己势必是最后一个到教室的，可竟然还有人比她晚到。

对方是个女生，扎着小辫，脸圆圆的，笑起来有酒窝，看起来让人心情也跟着甜甜的。

座位已经被选完了，许知恙只得和那个女生一起坐在被人选剩下的靠窗的，第一排。

讲台上班主任激情四射，同桌的女生凑过来用只有两个人听得见的气音说："哎，你叫什么名字啊？我叫沈舒迤。舒展的舒，逶迤的迤。"

许知恙瞥了一眼讲台，压低声音："许知恙，知道的知，"略一停顿，鬼使神差地说，"别来无恙的恙。"

沈舒迤盯着许知恙眯了眯眼，继而露出一个狡黠的笑，又贴近许知恙半分，无视上面占了早自习，正在滔滔不绝讲授读书论的班主任。

沈舒迤是本校升上来的，对明中的事情不说无所不知，至少也是如数家珍。

她指了指台上，用只有两个人能听见的音量和许知恙分享明中人必知道的人和事。

"我们的班主任叫刘胡波，是文科班老师中出了名的笑面虎，以后千万不要在他的课上做和课堂无关的事情，否则，他会让你去隔壁班当着所有人的面在讲台上表演拖地。

"还有吃饭的时候不能和高三的人抢饭吃，高三的人分成两派，一派是好好学习的上进生，一派是不好好学习的关照生，宁可得罪后者都不要得罪前者，时间就是生命，耽误好学生的时间小心他们在背后阴阳怪气地议论你。"

许知恙又问竞赛班属于哪一派。

沈舒迤鼓着腮帮子，拍了拍她的脑袋："当然哪一派都不属于啦，竞赛班，那些人都不是人，是神，是大神。是老师都得供着捧着的宝！"

高三有两个竞赛班，里面都是理科班拔尖的尖子生，是学校和老师培养出来的有望冲刺省状元的尖子生。

她捏着许知恙软软的脸颊，娓娓而谈。

许知恙对别的都是左耳进右耳出，独独听到竞赛班里有两个特别传奇的人物时，她脑海里的那根弦像是被拨了一下般，嗡嗡发颤。

八点十五分。

早自习结束，课间休息时间以班级为单位排队下去参加升旗仪式。

许知恙以为这会是枯燥无味的一次升旗仪式，可当男生一步步踏着台阶走上升旗台时，台下起了一阵不小的骚动。

"大家好，我是陈恙，"男生微微压低嗓音略一停顿，继而缓缓开口，"很荣幸能作为高三代表上台演讲。"

听见熟悉的声音，许知恙略感意外地抬头，脑海里不断回放沈舒迩刚刚和她说的八卦。

明山中学有两个风云人物：校草和陈恙。

前者如高岭之花，后者随性轻狂。

但都是无可否认的天之骄子，是被竞赛班老师捧在手心的未来省状元。

不过沈舒迩说比起如高岭之花般的校草，陈恙在学校更受女生欢迎。明中有个表白墙，表白陈恙的帖子都能盖出一栋"摩天大楼"，许知恙安静地听着，没搭话，但是心里默默记下了表白墙这个东西。

已经将近九点，几百个人聚集在操场，太阳炙烤着地面，甚至能闻到橡胶跑道被太阳烤出的橡胶味道。

许知恙扎着马尾，几缕碎发被汗水濡湿，湿答答地贴在她光洁的额头上。太阳刺得人睁不开眼。

逆着光，跨越大半个操场，她依稀能看见站在升旗台上的男生。

他一手握着麦克风，一手撑在演讲台上，手上没有演讲稿，但从容淡定。

他微微躬着身，低头凑近麦克风，和缓低沉的嗓音通过电流在空旷的操场上空回荡，撞进许知恙的耳朵里。

"……最后，作为年级第一，我没什么学习经验可以分享，好好上课，其他的靠天赋。当然，不是每个人都有像我这么好的天赋，也不是每个人都能考第一。"

……

升旗仪式结束，沈舒迩拉着许知恙回教室。操场上人潮拥挤，没过一会儿就看不见陈恙的身影了。

许知恙是转校生，还没有课本，于是沈舒迩就陪着她去行政楼领了新的课本。

高二的课本算是多的，一本就很大很沉，十几本加起来，两个人抱着都很吃力。

许知恙看着沈舒迩那肩不能扛，手不能提，但还是很仗义地帮她分担了大半重量的样子，无奈失笑。

两个人抱着课本穿过行政楼，路过高三教学楼的时候碰巧遇到了陆之杭。

许知恙没有忘记前一天他对自己嗤之以鼻的样子，想来他是讨厌她。瞥见许知恙经过，他略微看了一眼就转身钩着别人的肩膀上了楼。

她微微出着神，直到听见身旁沈舒迩的抱怨，才收回目光。

"晒死了，我今天忘记涂防晒霜了，得赶紧回教室。"

她说完又盯着许知恙看了几眼，艳羡地开口："你好白啊，你用的什么防晒霜啊？"

许知恙腾出一只手摸了摸自己晒得有些微微发烫的脸："没，没涂防晒霜。"

沈舒迩凑近问："你是不是，不是明城人呀？"

许知恙微愣，点头，好奇地问了句："你怎么知道？"

沈舒迩得意地笑了笑："我当然知道，明城人哪里会养出这么水灵的姑娘？那你是南城人吗？"

许知恙嗯了一声，就听见沈舒迩像是说小秘密般压低声音说："巧了，陈恙也是南城人。"

不得不说，沈舒迩的社交天赋绝对是许知恙最佩服的。开学一个星期，沈舒迩就带着她把明中周边的小吃吃了个遍，还顺便带着她打入了一个八卦群，将明中一些奇闻逸事听了个十成十。

其中被提起次数最多的，当数那个许知恙开学第一天就见了三次的男生陈恙。看来他确实是明中的风云人物。

他是高三的，和她们不在同一栋教学楼，碰面的概率不大。许知恙觉得她和这种人应该不会有交集，也没想过再见他。

周五下午，班主任让她去教务处领新的校卡，她在教务处再一次看见了陈恙。

教导主任让她在办公室等一下，他去盖章。许知恙老老实实站在原地等，目光不经意间瞟到右前方和她一样站着的男生。

男生背着光斜斜地靠在办公桌上，手上拿着一沓卷子，对面坐着一个班主任模样的男人。

陈恙将卷子卷成筒状，轻磕在桌面上，懒洋洋地开口："徐老师，我真没爬墙。"

"我当然知道你没爬墙，"徐老师似乎有些激动，说完这句话才发现被他带偏了，继而改口道，"什么叫你没有爬墙？你掩护理科班那群男生爬墙，就已经算是参与了知不知道？这要是传到校长那边，你就不用在竞赛班待了。"

陈恙屈着一条腿，拿着卷子的手垂下，轻笑出声："不在竞赛班待也行，徐老师您舍得就好，我在哪儿待都一样。"

徐老师盯着陈恙没个正形儿的站姿，咬牙切齿地开口："我真是拿你没办法，记得下次别再爬了，迟到就迟到，男子汉大丈夫，连迟到都不敢承认，算什么男人？"

陈恙直起身，低笑："这怎么还'上纲上线'了？"

徐老师说："我不管，总之你以后不许爬墙。你老老实实在竞赛班坐稳了，别被人抓住把柄把你从竞赛班踢出去。这沓卷子明天早上拿过来给我看，每道题都要写不少于三种解题思路。"

"成。"男生爽快应下，单手揣在兜里，迈着长腿出了办公室。

他从许知恙身边经过的时候，她下意识地放慢了呼吸，捏着衣角的手缩了缩。

擦身而过的时候他带起一阵风，许知恙闻到了他身上干净的檀香味道。

不过他好像没有注意到许知恙，自始至终都没有看她一眼。

过了一会儿，办公室恢复了平静。微风带起枝叶摩擦着栏杆发出沙沙的声响，许知恙喉咙有些发干，手上捏着的校卡套边缘被她无意识地捏得变了形。

她控制不住自己的目光，想看他，但又害怕和他对上眼神。

他的眼睛生得很好看，从第一次在巷子里看见他，许知恙就知道那个男生眼睛里有光。

通透清澈，似乎能穿透你的灵魂，让人无所遁形。

领完校卡回到班里，人都走得差不多了，许知恙收好书包抱在胸前，数着楼梯一级一级走下去。

她摸了摸有些瘪的肚子，目光透过楼梯间四方的玻璃窗看向校门口背着书包回家的学生。

九月的白天越来越短，快六点的时候风有些凉，夕阳的光被树枝分割成细碎的亮光打在许知恙侧脸上。

她抬手虚遮在眼前，视野变得狭窄，倏地，一个熟悉的身影闯进了许知恙的视线。

是沈舒迩。

临走前沈舒迩说她有人来接，就不和许知恙一起回去了，没想到她会在楼梯口遇见沈舒迩。

许知恙刚想过去打个招呼，一抬眼，却看见沈舒迩扑进了陈恙怀里。

第 5 章

沈舒迩没发现身后不远处的许知恙，带着惯性冲到陈恙面前就被男生一把刹住。

陈恙垂眸看了一眼沈舒迩，声音沙哑，混着些慵懒。

"多大的人了，还得人接你放学。"

沈舒迩得逞似的笑了笑，拉着他的书包带子和他一前一后出了校门。

"哥，我跟你说，我和一个长得很好看的女生坐同桌，她的名字和你一样，都有一个恙字。"

陈恙一手拎着她轻飘飘的书包，一手插着兜，听到熟悉的字眼，挑了挑眉，没搭腔。

沈舒迩习惯了他的爱搭不理，自顾自说着话，等话说完，她抬眼看了看男生利落的下颌线，呆呆地开口："是不是名字里有个恙的人，长得都特别好看？"

一听这个，陈恙勾了唇角低笑，一掌盖在她的头顶，语气有些狂："小姑娘还有点眼光。"

沈舒迩拍掉他弄乱自己头发的手，瞪了他一眼："不要动手动脚。"

她眼睛骨碌碌地在他脸上扫了一圈，有些愠怒地问道："我听说你早上迟到，是被蒋微微拦着表白了，她怎么还缠着你？"

陈恙拎着书包，舌尖抵着上颚，轻嗤一声："小姑娘不要管太多，小心期中考试考不到前十，过不了生日。"

沈舒迩像是被踩到尾巴的猫，差点跳起来，她瞪了陈恙一眼："你少威胁我，做人要厚道，不然会讨不到老婆的。"

说完最后一句话，她有点心虚，没了底气。

陈恙声音闷闷地发笑，没继续逗她。来接两人的车停在学校拐角处的一条巷子里。陈恙目光微抬，看见了靠在公交站牌旁等着他的男生，便简单地和沈舒迩交代了几句，让她先回去。

许知恙一个人走出校门，等了没一会儿就有一辆公交车停在校门口。

这个时间段回家的人不多。

上车，刷卡。

她轻车熟路地找了个靠窗的位置坐下，从书包里摸出耳机戴上。不断倒退的街景在她眼前闪过，一切都变得模糊。

遇上晚高峰，路上的车多了起来，喇叭声此起彼伏。许知恙捂着胃的手微微收紧，脸色开始发白。

距离七点还有一刻钟，许知恙终于下了车。

回去的路上小区的路灯都亮着，转过门口的喷水池，许知恙捏紧书包的带子，加快脚步往家的方向跑去。

她拿着钥匙开了门，在玄关换鞋，书包都没放下，就听见周清茹急匆匆地出来。

"哎，是恙恙回来了，"周清茹往门口的方向看了一眼，"之杭没和你一起回来吗？都这个点了，他怎么还没回来？"

许知恙摇头，表示她也不清楚。

她走到餐桌前倒了杯水缓了一下，这才上了楼。

还有半个小时吃饭，得益于在附中养成的习惯，她会先把当天的功课温习一遍再写作业，效率会高很多。

好在当天作业不多，只有一张英语卷子，她写作业一向很快，不过半个小时，作业就写好了。

她下楼的时候陆弘铭刚好回来，她乖乖叫了人，陆弘铭欣慰地点头，继而又问："之杭还没回来吗？"

许知恙同样摇头，有些无奈地开口："学校不止一个门，我不知道他走哪个方向回来的。"

周清茹闻声从厨房出来，在围裙上擦了擦手："恙恙，你去巷口看看吧，这都快吃饭了。"

许知恙应了一声，没说什么，把鞋子套上，开门出去。

将近七点，巷子里的路灯全都亮起，许知恙沿着去学校的路漫无目的地走着。

她怎么会知道去哪里找陆之杭？她和他又不熟。

说不定找到陆之杭的时候他都不愿意领情，还会嫌她多管闲事。

毕竟那人对自己的讨厌可是丝毫不掩饰地写在脸上。许知恙如是想。

就这样，许知恙漫无目的地走了十分钟，直到走到离便利店不远的巷子口时，才看见了两个熟悉的身影。

借着便利店门口昏暗的灯光，许知恙看到了两个一米八几的男生脸上都有不同程度的伤，校服的领口也被扯得歪歪扭扭，许知恙看过去时，恰好看见陈恙的衣领朝一边肩膀翻折，露出一截弧度漂亮的锁骨。

她默默别开眼，没有走近，只站在阴影里，听着两个男生说话。

先开口的是陈恙："你这人是不是有什么毛病？看到人就揍，属狗的？"

陆之杭的气息有些不稳，可以听得出他怒气很重："蒋微微那天和你说了什么？"

那边沉默了几秒。然后许知恙听见陈恙幸灾乐祸地笑出声。

"被甩了？"

"你才被甩了！"

陆之杭下一秒就要抡着拳头上去，陈恙轻轻松松地一脚抵住他的膝盖，把他整个人隔开。

"还能说什么，腻了就换，"陈恙扯了扯衣领，重新将扣子扣上，指腹摸过唇角，笑得随性，"谈恋爱，当真的才是傻子。"

昏暗里，人的五感变得格外敏锐，男生的话通过狭窄的巷子传到许知恙耳朵里，很清晰，连他漫不经心的腔调也听得明明白白。

男生随口一说的这句玩笑话，被许知恙记在了心里，一记就记了好多年。

巷子里有一瞬的寂静，泥土混着酒精的味道严丝合缝地往许知恙鼻子里钻，原本就有些痛的胃忍不住又翻江倒海。

许知恙隔着衣服一只手捂着胃，脚下不稳，踩在了一个塑料瓶上，发出了不小的声响。

大约是听见了巷口的动静，俩人齐齐朝许知恙看来。

陆之杭松了松腕骨，双眼微眯，看清了站在阴影里一只手捂着肚子的女生。

许知恙有些无措，不知道这个时候该不该走，对上陆之杭有些不友善的眼神，她觉得自己真的太过好心。

陆之杭是什么人？敢打架旷课，和他爸当众叫板的人。她今天还撞见他被人打。许知恙后颈一凉，有点担心自己还能不能回家。

她正胡思乱想着，却冷不丁被陈恙的一句戏言拉了回来。

"你还不止一个女朋友？"

"女朋友"这三个字被陈恙咬得极重，带着点戏谑的意味。

陆之杭叫他滚。

陈恙低头，很小声地说了一句话，许知恙听不见，但是大概能猜到，应该是不适合她听的话。

陈恙的目光在她身上短暂地停留，而后转身，朝便利店走去。

陆之杭拉着校服下摆，侧着身擦了擦脸上的脏东西，拾掇得差不多了才朝许知恙走过去，依旧没什么好脸色。

"你来干什么？"

许知恙说："叫你回家吃饭。"

陆之杭拿起挂在树上的书包，说："不用你好心。"

许知恙捏了捏手指，无所谓地鼓了鼓腮帮子，没理他，反正话带到就行。

她刚想跟着他走，一迈开腿，胃疼得她差点当场跪下。

她捂着胃，整个人像是泄了力一样滑向地面，蜷成一团，眉头紧紧拧着，后背直冒虚汗。

许是发现她没跟上来，陆之杭凭着仅剩的一点良心兜回去，看见她蹲在地上，小小一只，像猫一样，有点可怜。

"喂，"陆之杭手插着兜站在许知恙身前，没好气地看她，"你快点起来，别想讹我。"

许知恙实在胃痛得厉害，她蹲在地上，紧攥着衣服的手骨节凸起，微微泛着白，贝齿紧紧咬住下唇，额上的细汗打湿的碎发贴在她清瘦的脸侧。

"你再不起来，我就走了。"陆之杭盯着脚边那个毛茸茸的头顶，很绝情地开口。

那一刻，许知恙用尽最后一丝力气，感情饱满地翻了个白眼，骂了有生以来第一句脏话："傻×。"

怪不得被女朋友甩了，"直男癌"晚期都比他有救。

她疼得直不起身，看着眼前那双球鞋的鞋尖转了个方向，逐渐退出了自己的视线。

陆之杭走了。

真的头也不回地走了。

这条路许知恙没有走过，除了便利店昏暗的灯光，这条巷子简直黑得如同进了鬼屋。

四周都是树，风一刮，呼啦作响。

许知恙心里是有些发怵的，早知道先离开这段路再说。

许知恙手撑着膝盖站起身，弓着腰，不敢拉扯到胃部。

倏地，耳边传来脚步声，许知恙心里一阵发寒。

"十六七岁花季少女莫名失踪，疑似被拐卖"的某社会头条新闻适时地浮现在许知恙脑海。

她头皮发麻，战栗自脚底传遍全身，没敢往后看，脚下蓄着力准备跑出去。

一口气还没提上来，她的脑袋就被一件宽大的校服外套罩住了。

鼻尖嗅到淡淡的檀香味，她的恐惧被无端抚平。

她脑袋发蒙，手指有些僵硬地将头顶的衣服扯了下来，视野逐渐明朗，她看清了眼前踩着一双板鞋的男生。

陈恙下巴上贴着一个创可贴，模样有些痞，穿着短袖校服，双手插在口袋里，许知恙从下往上看，男生被黑色校服裤包裹着的腿又长又直，眼底闪着亮光。

入了夜，风有些凉。

男生的嗓音像是加了冰块的苏打水，有些冰凉，还带着点沙哑。

许知恙听见他很轻地开口："我是不是在哪儿见过你？"

第 6 章

许知恙不知道自己后来是怎么走回去的。

只记得陆之杭去而复返，强硬地拽着她的手臂，扯过她怀里的校服外套丢给陈恙，拉着她头也不回地扎进黑暗里。

陆之杭说："以后离他远一点。"

"为什么？"许知恙下意识地追问。

陆之杭急促的脚步停下，钳住她手臂的手松开，嗤笑道："你喜欢他？"

一瞬间，许知恙脑子里像是在放烟花一样噼里啪啦地炸开，炸得她有些发蒙，半晌才回过神来。

少女的心事猝不及防地被戳穿，许知恙憋红了脸，紧攥着的手显示着她的不安与窘迫。

她下意识想开口辩解，但喉间像是被哽住了一样，说不出一个"不"字。

巷子寂静漆黑，没人看得见少女染上绯红的耳尖和脖颈，陆之杭只看见她圆睁的杏眼里噙着仿佛要喷薄而出的怒气。

陆之杭见她反应极大，像是被惹火了的猫，奶凶奶凶的，原本对她恶劣的态度不免和缓了一些，他手插着兜散漫地看着她，笑着说："我不过是开玩笑，你不喜欢就不喜欢，反应那么大干吗？"

许知恙原本都调整好了情绪，准备辩驳，可男生一百八十度大转弯的话让她的情绪如同被吊在半空中，不上不下，堵得她有些发恼。

许知恙瞪了他一眼，没再理他的不正经，踩着铺满青石板的路回家。

陆之杭的脸上挂了彩，回家不免又被陆弘铭一番破口大骂。

许知恙闷声低头扒着碗里的饭，觉得陆之杭简直太该骂了。

隔天，许知恙照旧早起，吃过早餐后在楼下遇见了推着自行车的陆之杭，她假装没看见，捏了捏书包的带子自顾自地往前走。

陆之杭跨坐在自行车上，目光追着越走越快的少女，她扎得整整齐齐的马尾辫在脑后甩动，除了乖巧，还有点俏皮。

直到少女的身影拐过喷水池消失在视线里，陆之杭才回神，表情有些玩味地自嘲。

他认为自己肯定是被陈恙揍傻了，才会觉得乖学生有点可爱。

已经走远的"乖学生"自然不知道她那个阴阳怪气的"哥哥"心思这么九曲十八弯。

七点三十分。

许知恙准时到达教室。

她到的时候沈舒迩正趴在桌子上补觉，书包放在了她的椅子上。

许知恙轻手轻脚地拉开椅子，将她的书包挂好。

刘胡波过来检查早读，许知恙拍了拍沈舒迩的手臂，把她摇醒。

"哎，恙恙，你来了。"沈舒迩眯着眼凑过去抱住她。

"早读了，刘老师在门口。"许知恙任她抱着，从书包里拿出语文书开始早读。

沈舒迩不情不愿地"哦"了一声，仍旧抱着许知恙，脸颊贴在她有些瘦削的肩膀上。她喜欢抱许知恙，她觉得许知恙虽然瘦了一点，但身上很软，特别是脸。

被她抱过几次，许知恙大概也习惯了，只是嘴上笑她是小色鬼。

沈舒迩细声细气地开口："我哥才是色鬼。"

"嗯？"

"陈恙啊，陈恙就是我表哥。"沈舒迩松开手，眨着眼睛一本正经地说道。

许知恙翻书的动作忽然放慢，手指捏着书的边角，将它搓成小圆柱状，有那么一瞬间，一些莫名的情绪被抚平，还有点窃喜。

"哦，对了，刚刚陈老师来过，说是等你来了，叫你去办公室找她。"沈舒迩翻着桌屉，抽出语文书。

"找我？"

许知恙皱了皱眉，有些不明所以，但是早读结束，她还是去了趟办公室。

她敲了敲门，直到里面应答了才推门进去。

"陈老师，您找我？"许知恙规矩地叫道。

"哦，对，是这样的，之前我让语文课代表统计一下大家上学期末的语文成绩，你是转来的，成绩那一栏填的是附中的成绩……"

听她这么一说，许知恙想起这事来了，语文课代表好像确实让他们填过一个表，好像是统计班里人的语文成绩还有参加征文比赛的意向的。

她当时勾的好像是愿意。

"附中的试卷我也看过，偏难，你的语文成绩在班里算是上乘的。所以，不知道你愿不愿意参加这次的征文比赛？"陈老师翻着一沓资料，和蔼地看着她。

许知恙一愣，她以前在附中的时候的确经常被叫去参加征文比赛，但是没想到明中的老师会关注她以前的成绩。

许知恙捏了捏衣角，犹豫了一下，点头说了声："好。"

"好的，那你在这份报名表上写上你的名字和联系方式。"陈老师眉开眼笑，她从教这么多年，最喜欢的就是这种成绩好，又好说话的乖学生。

许知恙在报名表上填了信息。

这个征文比赛不分文理科，文科七个班，理科九个班，加上两个竞赛班，尖子里挑尖子，总共也就一页纸的人数。

在报名表上，许知恙看到了第一行赫然写着一个熟悉的名字——陈恙。

她捏着笔的指尖微微收紧，心里起了别样的情绪。

"怎么了，是不是翻悔了？"陈老师见她犹豫，问了声。

"没有。"许知恙回神，快速写下自己的名字和班级信息。那个时候的许知恙没有手机，联系方式那一栏填的是周清茹的手机号。

她搁下笔，陈老师满意地让她回去。

许知恙快步走回了教室，坐下的那一刻她故作镇定地抽出一张纸，唯独颤抖的手暴露了她的慌张。

她把那一串电话号码默写下来。

她不敢明目张胆，表面假装平静，内心慌得像做贼一样，偷偷摸摸，这是只属于她一个人的兵荒马乱。

许知恙握着圆珠笔的手心沁出了细汗，剧烈的心跳让她觉得一整张桌子都在跟着她颤动。

她藏好那张纸，有些小窃喜的心情持续了一个早上。

熬过了上午四节课。

中午吃饭的时候食堂排起了长队。

天气闷热，食堂人又多又挤，还没进去就感受到了扑面而来的热浪，汗味混着食堂独有的饭菜气味，俩人原本还有些吃饭的胃口，这下悉数倒尽。

沈舒迩拉着许知恙去了校外。

"恙恙，你想吃什么？"

"我都行。"

沈舒迩挽着她的手臂，挑了一家人不是很多的羊肉粉店。

这家店在巷子深处，人不多，但都是明中的学生。

许知恙有轻微洁癖，在外面吃饭前擦桌子已经成为一种习惯。

点完粉，沈舒迩拿着手机给人发信息，许知恙闲闲地打量着店里，目光一转，看见了正朝这家店走来的几个男生，有些意外。

她们坐的位置本来就靠角落，许知恙背对着陈恙低下头，他经过她身边，走向了她身后的桌子。

"哎，恙哥，不是说好去金环广场吃烤肉吗？怎么来吃这个？"

陈恙用长腿钩了椅子坐下，漫不经心地开口："去金环吃回来第二节课都上完了。"

男生无所谓地说："老徐的课，你不听照样考第一。"

陈恙嗤笑："我能考第一，你能？"

男生被噎住，举手投降："得，当我没说。"

许知恙听着身后的对话，不自在地撕着手里的面巾纸，沈舒迩全神贯注地和别人发信息，没注意到陈恙。

羊肉粉上桌，许知恙戳了戳沈舒迩，让她先吃。

她一抬头，瞥见许知恙身后的陈恙，有些惊喜："哥。"

这一声把那一桌男生的目光都吸引过来了。

陈恙拿着手机，一挑眉，不冷不热地应了一声就又低头玩手机。

没过一会儿他又抬起头，看着沈舒迩身边坐着的女生。

她扎着马尾，一个很圆的后脑勺冲着他，露出的脖颈皮肤雪白，天气热，她的碎发贴在白皙的耳后，显得耳朵小巧精致。

随着低头的动作，她被发尾掩盖住的一颗米粒大小的红痣若隐若现，陈恙觉得有些新奇，多看了两眼。

但也仅仅是两眼。

沈舒迩打过招呼，回过头来吃粉时看见许知恙从脸颊到脖颈都透着粉红，挺翘的鼻尖沁着细汗。

沈舒迩以为她是中暑了，摸了摸她的额头。

"没事，就是太热了，吃完快点回去吧。"

许知恙盯着面前散发着袅袅热气的羊肉粉，有点后悔，夏天本就热，吃完这碗粉堪比蒸桑拿了。

然而许知恙没想到的是，吃完那碗比蒸桑拿还夸张的羊肉粉，下午第一节课就迎来了开学之后的第一节体育课。

下楼前班里的女生都在疯狂地补着防晒，沈舒迩掏出喷雾让许知恙闭眼，对着她的脸狂喷。

到操场的时候还有其他几个班也在上体育课。

一个是高三理科班，还有一个班许知恙看不太清楚，但是为首的男生的身形她再熟悉不过。

是陈恙。

天气热，体育老师顾及文科班的女孩子都是娇花，没有强人所难，让她们跑了一圈之后就解散了。

许知恙和沈舒迩去小卖部买了水，出来的时候看见刚才在篮球场打篮球的几个男生正在水龙头下面冲着头。

这个地方靠近科学楼，没什么人经过，围在一起的几个男生中唯一穿着校服的那个很打眼。

“恙哥。”旁边有人递了烟过去。

许知恙知道这又是明中公开的秘密，科学楼附近可以抽烟。

陈恙瞥他一眼，冷白的手指推开他递烟过来的手，唇畔勾起一抹弧度：“未成年不抽烟。”

那小胖挠了挠头：“你不是早就成年了吗？”

陈恙直起身，拽了拽校服的衣角，一只手拿着手机，抬起眼，瞥了他一下，幽幽开口：“你成年了吗？”

那小胖没敢反驳他，悻悻地收起烟。

沈舒迩喝完一瓶柠檬茶之后还想吃雪糕，她叫许知恙在原地等她一会儿。

许知恙点头，乖乖地站在小卖部门口等着。

她的视线掠过篮球场的侧门，突然怔住了。

陆之杭刚打完球，拎着短袖校服朝陈恙走去。

两个人都没说话，不过陆之杭的脸色有点难看。

许知恙暗自握紧拳头，捏了一把汗。

她生怕陆之杭一怒之下又把陈恙打了。

但显然，许知恙的担心是多余的。

陈恙握着手机懒洋洋地瞥了陆之杭一眼，神色自若。

"看到了？"

陆之杭没回答，但看他的表情明摆着就是被陈恙猜中了。

昨晚陈恙和陆之杭打了个赌。

陈恙拒绝蒋微微，三天之内，陈恙不答应她，她绝对会去找别人。

结果还不到一天，陆之杭就看见蒋微微上了一个职高男生的车。

陆之杭也不是什么看不开的人，抱着玩玩的态度，不行就换。

虽然他对陈恙有敌意，但在某个方面，两个人却达成了高度的共识。

比如——喜欢听话的女朋友。

陆之杭单手插兜，站在他对面的台阶上，下巴微抬，嚣张轻狂："行，这次算你赢。"

"什么叫算？本来就是我赢了。"陈恙舔了舔唇角，笑出声。

风乍起，枝叶跟着摇颤，耀眼的日光透过树隙倾泻下来，洒在男生轮廓分明的侧脸上，上挑的眉眼有些勾人的痞气。

他一笑，许知恙整颗心都跟着酥软了。

怦怦怦。

一刹那的心动久久无法平复。

他单手抛着矿泉水瓶，稳稳接住，手臂垂下的时候，许知恙看见他冷白的手腕上，戴着一串褐色的佛珠。

第 7 章

明中的教学进度没有附中那么赶，但很快也迎来了第一阶段的测试——第一次月考。

许知恙是转校生，学号被排在最后面，7班的人分成了两个考场，学号排在前三十的人在本班考试，后三十的要去艺体楼。

许知恙和沈舒迩不在一个考场，上午考完语文之后沈舒迩就飞奔去艺体楼找许知恙。

"哎，恙恙，最后一道默写题你写了什么？"沈舒迩咬着一根棒棒糖，等着许知恙收书包。

许知恙皱着眉思索，收书包的动作没停。

"好像是'而未尝往也'和'而卒莫消长也'这两句。"

沈舒迩长叹一声，摇摇头，许知恙就知道她肯定又写错了。

许知恙拍了拍她的脑袋安慰几句，拉着她出去吃饭。

"上次和你说的事，你有没有去问？"

校外的一家汤粉店里，在店内人挤人的景象对比下，门口悠闲地坐着的两个男生格外惹眼。

陆之杭往米粉里倒醋，倒完把醋瓶往陈恙面前推。

陈恙没接，闷声应了声"嗯"，抽了两张纸擦着一次性筷子，把倒刺摘干净。

"我过段时间去找小胖，让他带给你。"

"成。"陆之杭低头吃着米粉，含糊地应了一声。

陆之杭再抬眼的时候看见陈恙把他碗里所有的猪肉都往自己碗里夹，还把葱花拨开。

陆之杭问："你干什么？"

陈恙答："不吃猪肉，不吃葱。"

陆之杭瞥见男生手腕上的佛珠，改了口："我就没见过比你还挑剔的，什么毛病？"

陈恙瞅了他一眼："给你吃还不乐意？"

"浪费粮食下辈子做猪，你下辈子是做定了。"陆之杭骂骂咧咧，夹起陈恙放在他碗里的瘦肉大口吃下去。

陈恙没理他那张臭嘴，低着头慢条斯理地吃着粉。

为期两天的月考在一场大雨中结束，教学组的老师紧赶慢赶，终于在周三的早上将全年级的排名全部录入。

"听说月考成绩出来了。"

"还挺快的。"

许知意点头，翻着数学试卷，认真地修改。

下午第一节课是数学课，刘胡波拿着一张成绩单进来。

"这次我们班总体成绩还可以，在普通班里面排第三。"刘胡波一手拿着成绩单，一手拿着老花镜，盯着上面的成绩宣布。

"值得表扬的是，我们班有一个同学的排名冲进了前十。"说这话的时候，刘胡波有一些骄傲。

话音刚落，班里便一阵骚动，同学们互相打量，想找出这个人是谁。

许知意听着议论声，低着头继续整理错题，没抬眼。

"许知意同学，语文单科第一，134分，总排名全年级第九！"

许知意握着笔的手一抖，心下有些震惊，她想到了自己应该考得不错，但没想到分数这么高。

考完试那天她估分也就只敢估个125分，没想到能到134分。

"天哪，我身边竟然坐了个学霸。"沈舒迩觉得不可思议，拉着许知意的手臂掩不住兴奋与激动。

许知意不好意思地笑了笑，没有过多的欣喜，对刘胡波的表扬也只是平淡地接受。

下课后，沈舒迩告诉她全年级的总榜已经出来了，成绩被张贴在宣传栏，让她去看，许知意点头，说了声："好。"然后又低着头继续做题。

"意哥，没想到啊，如今高二的学弟学妹这么猛，你的语文成绩竟然被一个普通班的女生比下去了。"

高二的语文卷子是语文组里号称大魔王的徐组长出的，试题很难，不少人在他这儿栽了跟头，能及格就不错了，更别说考高分了。

陈意揣在兜里，闻声低笑，没接话，只静静地看着榜上年级第九的位置。

"话说你当年被老徐吹上天的那次，就是你考了第一名的那次期初考，语文考了多少分？"

"131。"陈恙平淡地开口。

晚上回家吃饭的时候，周清茹问了许知恙的月考成绩，许知恙如实地回答。

周清茹不太意外，只让她继续努力，倒是陆弘铭很欣慰地夸奖："知恙语文成绩这么拔尖，以后打算读什么专业？"

许知恙拿着筷子的手微不可察地收紧，垂着眼扒饭，想了想才回答："还没想好呢。"

周清茹见她不太愿意说，心里也清楚，摸了摸她的头，说："高二而已，高考完再想也不迟。"

陆弘铭点头，说了声好，余光瞥了眼二楼紧闭的房门，镜片后的目光黯淡了几分，微不可察地叹了口气。

陆之杭今天没回来吃饭，下午放学的时候把书包往房里一扔，说了句不回来吃饭后就抱着篮球出去了，等他们都快吃完了才回来。

周清茹收拾完，切了盘水果让许知恙拿上去。

她的房间在走廊的尽头，面朝前院，而陆之杭的房间在背面，朝着一个人工湖。

许知恙从来没进过陆之杭的房间，她觉得陆之杭不一定会给她开门，但是她走上去敲门的时候，那门是开着的。

许知恙轻手轻脚地推开，试探地、别扭地喊了一声："陆之杭，你在吗？"

没人回应。

许知恙端着水果走了进去，目光很克制地在他的房间里扫了一圈，黑白分明的装修风格，书架上没几本书，倒是放了很多模型和手办。

再走近，她看见陆之杭的书包大开着，书桌上铺着的试卷凌乱不堪。

许知恙端着水果走近，没有翻他的试卷，只是就着他铺着的样子，垂眼看着他那张英语试卷。

试卷上，阅读题的答案被黑色签字笔圈画出来，标上了序号，可是答题卡上，涂的却是另一个答案。

一瞬间，某种不清晰不明朗的念头在许知羞脑海里一闪而过。

她不知道他其他题做得怎么样，但是阅读题能看出一个人的英语水平，陆之杭，绝对不只能考这点分。

"小姑娘不仅喜欢偷听，还喜欢偷看，是什么毛病？"忽然，一道声音从身后传来。

许知羞端着玻璃碗的手差点一滑。

原来陆之杭在房里。

那他为什么不出声？

许知羞故作镇定地把水果放在桌子里侧，坦荡地转身："我没偷看，你的试卷就这样放着，我是光明正大地看。"

陆之杭头发微湿，随意地搭在额前，看上去像刚洗完澡的样子，他穿着宽松的黑 T 恤，一条运动短裤，带着些浴室湿润的水汽。

陆之杭单手插着兜走到桌前，叉了一块西瓜咬在嘴里，含混地开口："看出什么了吗？年级第九。"

许知羞："……"

这个人说话就非得这么阴阳怪气吗？

她咬了咬嘴唇，不知道算不算自己多管闲事。

"年级第九怎么考得过控分的人呢？"

隔天。

下午的课上完，出校门的时候天还是亮着的。

许知羞戴着耳机，站在路边等公交车。

"陈羞。"

有一道声音自身后穿透耳机传进了许知羞耳朵里。

许知羞卷翘的睫毛轻颤了颤，她有些恍惚，以为是自己听错了。

她摘下耳机，循着声源回头。

陈羞靠在学校的外墙上，一条腿支着，戴着耳机，听见有人叫他，没什么情绪地抬头瞥了一眼，然后又低下头去，目光淡淡地落在手机上。

"陈羞，我叫你呢，你听不见吗？"

女生的声音又嗲又软。

"干吗？"男生语气淡淡的，敷衍地开口。

女生小跑到陈恙面前，微微喘着，白色的短袖校服略显修身，包裹住的身躯玲珑有致。一身普通的校服她穿起来却有别样的风韵。

显然，这个女生和上次巷子里的那个不是同一种类型。

明艳，张扬，还乖，至少比上次那个乖。

女生大胆地靠近，涂着鲜艳指甲油的手指扣住陈恙的手腕，猛地拉近了两人的距离。

许知恙看见陈恙没推开，任由她握着，只是依旧没个正形儿，漫不经心地靠着墙玩着手机，连个正眼都没给她。

"我今晚生日，你来吗？"女生软着嗓子问他，撒娇的语气让许知恙一个女生听了都不忍拒绝。

陈恙依旧没抬眼，手腕一转，挣脱了女生扣住他手腕的手。

女生也没恼，继续说："你来不来？我在天岚广场开了个包厢，来嘛。"

好半晌，陈恙抬眼，似笑非笑地开口："就这么想我去？"

女生一见他的态度，察觉有戏，更加卖力地邀约，她红着脸："当然了，你去了我会很开心！"

陈恙舔了舔唇，低头暧昧一笑，额前的碎发随着他低头的动作拂过挺立的眉骨，碎发之下的瞳仁黑而深邃，他勾唇一笑，低沉的嗓音带着蛊惑人心的魔力。

"诚意？"他说。

女生的脸颊越发通红，拉着他的衣领踮起脚尖，凑上去。

下午五点的太阳仍然又热又烈，许知恙被日头炙烤着，热气从头顶传遍全身，烘得她口干舌燥，她从未觉得明城的天气如此让人煎熬难受过。

许知恙别开眼，捂着不受控制急促跳动的胸口，转身跑开，只留下一个仓皇失措的背影。

然而许知恙不知道的是，在她转身的瞬间，陈恙那只戴着佛珠的手，毫不留情地推开了女生。

卷二　　错牵

隐约之间，

他的目光似乎穿过了大半个地铁站的

人群，

遥遥地注视着她。

第 8 章

月考成绩出来之后，许知意的大名几乎传遍了整个高二年级，大家都知道了这次语文单科第一的是一个附中转来的女生。

这次的语文卷子是语文组里号称大魔王的语文组组长出的。

近几届很少有人能在他的手里拿下 130 分以上的高分，高三竞赛班有一个，许知意不是第二个，却让他眼前一亮。

此刻的语文组办公室里，语文组组长徐老师拿着许知意的作文卷子："是个好苗子，明年高三，如果能争气点挤进重点班，冲重本是没问题的。"

许知意的语文老师陈老师也附和："她的文字的确很有灵气，切入点也很新奇，我带过的这几届学生里，高三竞赛班的陈意和乔望不用说，许知意，可以好好培养。"

竞赛班的沈老师又问了参加这次征文比赛的都有谁，知道许知意也参加，顿时来了兴趣："你把她的名字先加进拟定的决赛名单里，还有那个陈意，这俩人不得直接进市里的决赛？"

教室里正煎熬地上着数学课的许知意全然不知道自己已经被安排好了，她昏昏欲睡，努力睁着眼睛看讲台上正在画椭圆的刘胡波。

"我上次怎么说的？"刘胡波将画双曲线的三角板猛地往讲台上一敲，把坐在前排的同学吓得不轻。他眯着小眼在教室里巡视一圈，视线落在端坐着，但是思绪却不知道跑到哪儿去了的许知意身上："许知意，你来说一下这道题等轴双曲线的方程。"

猝不及防被点名，她还没来得及反应就自觉地站了起来。

什么等轴双曲线？

许知意脑子里飞速掠过一堆公式，x 和 y 在她脑子里飞速地整合，而后出来一条公式。

"x 的平方……"

很快，许知恙就给出了答案。

刘胡波脸上的表情有些尴尬，好像惊讶于她真的答出来了，但随即又冷下脸来，拿着三角板敲了敲黑板，一脸严肃地看着许知恙。

刘胡波用镜片后的小眼睛死死地盯着许知恙，厉声道："虽然你答出来了，但也不能不听课，还打瞌睡。"

许知恙低着头，背脊微微弓着，看上去有些单薄，她站在第一排，接受着全班人的"注目礼"。

"丁零丁零"，下课铃敲响了，刘胡波把三角板重重地放在讲台上，沈舒迩看他每天都在摆脸色，嘀咕了句："男人的更年期才可怕，整天训斥学生，脸青得像是老婆跟别人跑了一样。"她还偷偷拉着许知恙，小声安慰许知恙说："没事。"

他没让许知恙坐下，此刻教室外面放学了的学生背着书包经过，看见还没下课的 7 班忍不住看进来，像是看动物园里的动物一样向她投来好奇的目光。

许知恙一开始不是很在意，但是当陈恙的身影出现在 7 班门口时，她有些尴尬。

许知恙坐在前门第一排，陈恙恰好从对面的楼梯走上来，两人的视线猝不及防地对在一起，许知恙连忙尴尬地挪开眼，盯着摆在面前的数学书。

好在刘胡波没有拖堂太久，把那道题讲完就下课了。

她低着头收书包的时候陈恙就站在前门门口，许知恙猜他是来等沈舒迩的。

"恙恙，要不要和我们一起走？"沈舒迩收好东西后下意识地把书包递给陈恙，他动作自然地接过，抬头看了沈舒迩一眼。

许知恙有些尴尬和不自在，目光落在男生脚边的瓷砖上，小声地和沈舒迩说："不用了，你和我不顺路。"

"那好吧，你一个人回去注意安全。"

许知恙的手指抠着书包，闷声应了一声，然后站起来，绕过桌子，步伐缓慢地朝门口走去。

她的心怦怦跳，垂下的眼睫毛簌簌发颤，经过陈恙身边的时候连呼吸都放慢了。

她总觉得自己在陈恙面前会变得很敏感，很小心翼翼，明明她不是胆小的人啊。

可她就是莫名地很在意陈恙的眼光。

她想和他离得近一点。

但是，他的身上好像有一层看不见的膜，总是能将人和他远远隔开，产生无形的距离感。

不知不觉中，这周飞速过去了，上次陈老师和许知恙提起的征文比赛就安排在月考后，在周末。

参加征文比赛的人不多不少，加上隔壁八中的，刚好分成了两个考场。

座位是随机排的，只有到比赛当天才能知道自己的考场。

许知恙到的时候已经可以进场了，监考老师拿着金属探测仪测过之后才让他们进去。

许知恙刚刚没来得及细看座位表，正拿着准考证找自己的座位。

她刚坐下，抬头的时候愣住了。

前面座位上的男生正趴在桌子上睡觉，他黑色的头发随意地耷拉在臂弯，瘦削的肩胛骨使他略显单薄。

许知恙捏着准考证的手瞬间攥紧，低头的瞬间唇角微不可察地勾了勾。

他们这场考试被安排在下午，要求是写一篇命题作文，时间是两个小时。

许知恙写完作文还剩半个小时，可她不想提前交卷。

路过的监考老师看了她好几眼，她都假装在检查试卷，低着头，认真得不行。

结束的铃声打响，许知恙交完卷子后，随着人流缓慢地下楼。

许知恙注意到陈恙没带书包，他考完试把两支笔揣在兜里就下了楼，边走边看着手机，像是和别人发信息，走得很快。

许知恙当时没有手机，她有些不理解陈恙为什么一天到晚盯着他的手机看。

直到后来的某天，许知恙在陈恙的旧手机上看见一个叫贪吃蛇的软件，才知道看上去酷酷的男生，有着多么深刻的"中二魂"。

可此时的许知恙并不知道，只觉得他急匆匆的应该是有事，心里没有期盼着能和他同路回去，她拽紧书包带子朝公交车站走去。

已经下午六点半了，路上的车多了起来，等了将近二十分钟都不见一辆23路公交车经过。

她小幅度地踮了踮脚，松松有些麻木的脚后跟。

她朝公交车来的方向望了几眼，但是没见着公交车，倒是见到一群穿着职高校服的男生朝她的方向走来。

许知恙觉得他们只是路过，所以当那群男生刚好站在她面前的时候，她是蒙的。

"妹妹一个人吗？"为首的男生脸上有被人打过的痕迹，鼻梁上贴着创可贴，看上去有点滑稽，他吊儿郎当地插着兜，吹了一声口哨，眼神不善地看着许知恙。

许知恙咽了咽口水，后退了一步，警惕地看着他："你……你是谁啊？"

"你和陆之杭是什么关系？"男生不怀好意地笑。

许知恙脑袋嗡的一声，知道了他们来找自己是因为什么事。

"没关系。"许知恙斩钉截铁答道。

"可是我看见你和他进了同一个小区。"

陈恙本来不打算走这条路，但是临走时想起竞赛的卷子还落在教室，他回去拿了一趟后就近从西南门出去。

理科班那群人给他发了信息说在校门口等他，陈恙没回，插着兜慢悠悠地从楼梯下来，刚好，出了校门就看到了这一幕。

陈恙本来不想多管闲事，但当他看见少女的背影时，想了想，还是走了过去。

每天在陈恙面前晃的女生少说也有十个，他一向对过眼的女生没什么印象，但是那个饱满的后脑勺，陈恙还有点印象。

"去叫那帮人滚远点。"陈恙咬着烟，睨了那边一眼。

他的态度不冷不热，但是周围的人知道，职高的那群人惹得陈恙不快了。

其中一个男生懂了陈恙的眼神，没敢耽误，叫着几个兄弟上去就把职高的那群男生赶走了。

他们没告诉许知恙陈恙是在帮她，许知恙也以为这只是他们的私人恩怨，刚好公交车来了，许知恙像是抓住了救命稻草一样头也不回地挤进公交车。

不远处的陈恙看着许知恙上了车，直到公交车消失在拐角才收回视线。

第二天放学，陈恙在篮球场遇到了陆之杭。

陈恙下场换了人上去打，许是有些热，他拉着衣角擦了擦脸上的汗，这一动作引得在篮球场边看球的女生们一阵骚动。

但是陈恙没在意，他捞起架子上的水，仰头灌了半瓶进去，喉结滚动，勾得人心痒。

他把盖子拧上，用手背揩了唇角的水，舔了舔唇角，有些喘，声音沙哑地开口："职高那帮人，为什么找你麻烦？"

陆之杭一手拎着书包，漫不经心道："我把赵徊打了。"

"呵，那你可真是厉害，"陈恙捏瘪了矿泉水瓶，嗤笑一声，淡淡地开口，"自己打的人，叫他们冲你来。"

"什么意思？"

"昨天放学的时候，赵徊去找你那个……"陈恙抬眼，顿了顿，"妹妹？"

陆之杭眼皮跳了一下，刷手机的动作一顿，舌尖抵着后槽牙，低骂出声："这帮孙子。"

继而又问："你怎么知道的？"

陈恙回答："看见了。"

"那他们没对许知恙做什么吧？"陆之杭问。

陈恙懒懒地瞥他一眼："你觉得会做什么？"

陆之杭顿时语塞，看着陈恙的脸色，他有种不好的预感。

他试探着问："做什么？"

"你那么关心，自己去问她啊。"陈恙从口袋里掏出一根烟，没点，捏在指尖，恶趣味地逗他。

陆之杭知道他这样说肯定是没事了，低骂一声，踢了他一脚，就差把书包砸他脸上了。

陈恙睨了他一眼，抄起架子上的书包挂在肩上，单手插着兜大步朝校门走去。

日光有些刺眼，陈恙微微眯眼，忽然想起那天在校门口，少女被吓得睫毛微微发颤，像只受了惊的小猫，倏地就让人产生莫名的保护欲。

当时隔得有些远，陈恙不知道女孩有没有看见自己，却记得女孩垂眸舔唇时，他喉间像是猛跑了五千米一样，干涩，还燥。

陈恙闭了闭眼，腮帮子鼓了鼓，紧接着响起磨后槽牙的声音，再睁开眼时他低骂了一声："×。"

第 9 章

难得的一个周末，陆弘铭和周清茹说是要去明大听讲座，吩咐阿姨中午过来给许知恙和陆之杭做饭后就走了。

许知恙睡眠质量一向不好，失眠到凌晨三点才睡着，一觉醒来的时候已经十点半了，她洗漱完吃了早餐就回了自己房间。

她打开书包把作业拿出来，开始认真地写卷子，写到大概十一点半，阿姨来敲门让她去吃饭，她这才活动了一下脖子慢吞吞地下楼。

她走到餐桌前的时候陆之杭已经开始吃了，他的坐姿很不好，一手拿着筷子，一手握着手机，桌子下面的腿交叠着，跷着二郎腿，他的腿有点长，伸到许知恙这边，她刚坐下的时候差点踩到他的脚。

然而陆之杭并没有搭理她，像当她是空气一样自顾自地吃着饭。

许知恙也没在意，她一手拿着筷子一手扶着碗，安静地夹着菜，全程没有说一句话。

其间陆之杭抬眼看了她两次，但很快又投入激烈的游戏中，直到许知恙吃完了他这局还没打完。

她把自己的碗放进洗碗池，去洗手间洗了个手，出来的时候，陆之杭刚关了游戏，在接电话，对方好像叫他去打球。

之后的话就是男生之间的插科打诨，许知恙没再细听，拿着玻璃杯倒了杯水后就回房间继续写作业了，一直写到傍晚，楼下传来了开门的声音。

陆弘铭和周清茹回来了。

陆弘铭手上还提着一大袋东西，是明大附近一家粤式茶楼的早点。

"恙恙，洗完手过来吃饭。"周清茹把东西都摆在桌子上。

"好。"许知恙洗完手，过去帮周清茹拿碗筷出来。

陆之杭刚好从楼上下来，看见一桌子东西，没什么好脸色，直接略过，径直朝门口走去。

陆弘铭听见动静，从报纸上抬头，看见陆之杭，厉声道："要吃饭了还去哪儿？"

陆之杭换着鞋，头也没抬，随口说："你管不着。"

"你给我站住！"

许知恙站在桌子前，被陆弘铭的一声吼吓得怔住，她从没见过陆弘铭发这么大的脾气。

"上次月考完你们班主任又打电话给我，说你这次又考了倒数，你都高三了，怎么还不上点心，你这样子怎么去高考？"

陆之杭一脸无所谓："那就不考呗，我一生下来就不是读书的料，给您丢脸了。"

许知恙垂着的手不自觉地揪住衣角，听着他们父子吵架，心里有些发堵。

陆之杭是在和他爸赌气才故意考那么低的分数。许知恙看着玄关处男生挺直的背脊，心里五味杂陈。

周清茹从厨房里走出来，看见在客厅里对峙的父子，叹了口气，把手机递给许知恙，把她往院子里推，压低声音和她说："恙恙，你外婆打电话给你。"

许知恙应了一声，接过周清茹的手机走了出去，像是不想被人听见似的，一直走到院子后面的人工湖边才停下来，滑下接听键。

她声音软软地开口："外婆。"

"囡囡在那边住得还习惯吗？"外婆慈蔼的声音隔着听筒传来。

一般南方都会称呼家里的女孩子为囡囡。

许知恙听见这个声音觉得亲切。"还好，这边已经下过雨了，南城应该也在下雨，外婆要注意多添件外套，煮饭的时候让李婶少放一点盐。"

老人听着乖孙女的唠叨，呵呵笑了笑，连连应好。

过了一会儿，她又问："囡囡高考完，会回南城来吗？"

许知恙握着手机发愣，手机因长时间打电话而微微发着热，贴在她脸颊上，有点烫，许知恙摩挲着手机，心里有些说不清道不明的低落。

搬来明城时，周清茹也没有问她愿不愿意转学，就强行让她转到了明中，而外婆也对她抱有希望，盼着她高考完能回南城读大学。

许知恙的外婆是一位民俗专家，也是南城绒花非遗传承人，她毕生致力于将这门手艺传承下去。

而许知恙就是她选中的传承人。

没人问过她的意思，没人在意她到底愿不愿意，她们只会将自己的想法一厢情愿地强加在她的身上。

"外婆，"许知恙呼了一口气，垂在腿侧的手下意识地紧紧揪住衣角，鼓起勇气说，"我……我还没想好。"

话落，电话那头陷入沉默。

"没事，不着急，你才高二，还有一年时间给你慢慢想。"外婆又叮嘱了几句，说了些让许知恙注意身体、别太拼之类的话后就挂了电话。

许知恙握着手机，陷入了沉默，她没有转身回去，而是一个人站在湖边吹风。

湖面漆黑一片，黑暗里，人心底最薄弱的那层防线轻而易举地被击破。

眼底的酸涩不断往上涌，堆积在眼眶处，许知恙一直睁着眼，风一吹，眼睛簌簌眨着，泪珠就那么毫无预兆地从眼角滚下来，从脸颊滑到嘴边。

她也没擦，就那样任眼泪糊了一整张脸。

晚上湖边的路灯有些昏暗，从侧面看去，少女一张脸惨白，眼泪挂在尖尖的下巴上，看上去有些狼狈，还有些瘆人。

不知不觉站了半个小时，她摸了摸有些发凉的双臂，怕周清茹担心，用袖子擦干净脸上的眼泪后才转身进去。

突然从身后传来轻微的脚步声，许知恙揉了揉眼睛，看向不知道什么时候站在她不远处的陆之杭。

昏暗里，许知恙那双红肿的眼睛一眨不眨地盯着他。陆之杭离她有点远，微眯着眼才看清楚她是哭过的。

他愣了，一时不知道该说什么。

对视了十几秒，入秋的风实在凉，许知恙不想在这里和他大眼瞪小眼，于是吸了吸鼻子，挪开眼，从他身边走过去。

"喂。"

男生叫住她。

许知恙回头，却见陆之杭有些扭捏地开口："职高那群人没对你怎么样吧？"

许知恙愣住："没有。"

又陷入了沉默。陆之杭没再说什么，许知恙犹豫了一下，拿着手机上了楼。

陆之杭一脚踩在横杠上，看着许知恙的背影渐渐融进夜色里，手上的易拉罐被他捏得咯吱作响。

他有时候觉得许知恙也挺累的，人前要装好学生，在家要装好孩子，一副乖巧听话的模样，心里装着的事却比七老八十的人还多。

当好学生的代价是要牺牲一整个少年时光，他不是这样的人，他也不想成为这样的人。

霜降刚过，明城的天气日渐转凉。

最近的天气阴晴不定，周五放学的时候下了场大雨，许知恙刚值完日，想着等雨小了再冲到校门口。

她收完书包，还没出教室就被他们班的语文课代表拦了下来，说是征文比赛的结果出来了，陈老师叫她去一趟办公室。

许知恙和她道了谢，往办公室走去。

走廊里的人寥寥无几，只有几个留下来打扫卫生的高一、高二的学生嬉笑打闹着走过，和对面的高三教学楼形成了鲜明的对比。

雨下得很密，雾蒙蒙的。

许知恙走到办公室，敲门后才进去。

办公室里的老师也走得差不多了，陈老师看见她来，朝她招了招手，掩饰不住地眉开眼笑。

"比赛的结果出来了，你拿了一等奖，"陈老师把名单铺在桌子上，"文科班就你和翁婷婷获奖，理科班也只有两个人获奖，不过都是男生。"

许知恙点头，陈老师继续说："学校打算过几天举办一次校内比赛，就你们四个人参加，优秀者去参加市里的比赛，但是许知恙，我打算让你和陈恙去参加市里的决赛。"

许知恙有些蒙，陈老师接着说道："你和竞赛班的陈恙的水平是所有老师公认的优秀，代表学校去参加比赛肯定是优秀的人才有资格。"

陈老师放慢语速，温和地开口："老师有私心，所以，你愿意参加比赛吗？"

许知恙离开办公室后抱着书包慢吞吞地从五楼走下来，站在一楼的架空层檐下，拿着随身听听英语听力。

她脑子里不断地思考刚刚在办公室里陈老师说的每一句话。

参加比赛，她和他。

只有许知恙和陈恙。

如果得奖了，她的名字会和他的并列排在学校的宣传栏里。

许知恙忽然觉得有些心虚，但又隐隐期待。

她在陈恙看不见的地方默默向他靠近。

"要变得和他一样优秀。"许知恙在心里说。

正发着呆，忽然有一个身影从她身边掠过，朝她身后跑去。

"陈恙。"

一个星期没听见这个名字也没见到这个人，许知恙几乎是下意识地转头。

不知什么时候高三已经下课了，高三的学生陆陆续续地撑着伞从她面前经过。

陈恙靠在柱子上，穿着一身干净的校服，额前的头发被风吹起，略显凌乱，他身后是被雨冲刷得有些模糊的红砖教学楼，他就那样慵懒地站在风口，抬眼直勾勾地朝她的方向看来。

人对视线很敏感，所以许知恙知道，陈恙看过来并不是看她，而是看那个朝他奔跑过去的女生。

许知恙看清楚了女生的正脸，是上次在校门口的那个。

女生拉着陈恙的衣角，有意无意地往他身上贴。

"我上次生日，你不是说要来嘛。"

陈恙垂着眼玩手机，时不时朝楼梯口望一眼，看样子像是在等人。

他张了张唇，漫不经心地说了句话。

许知恙没听清他说什么，就又听见女生软着嗓子拉着他撒娇："我不管，你得补偿我。"

陈恙皱了下眉，屈着的腿缓慢站直，睇了女生一眼，扯着唇角："那你想干什么？"

"我要……"女生的声音刻意压低，微弱地传到许知恙耳朵里的时候，许知恙连耳根都红透了。

等了好半晌，许知恙都没听见陈恙开口。

就在许知恙以为陈恙打算拒绝的时候，他微微喑哑的嗓音带着些雨天的潮湿钻进她耳朵里。

"行啊。"他低笑。

许知恙低头看着雨水滴落在脚边的小水坑里，水花四溅，泛起的涟漪一圈圈绽开。

她的心乱得像是在草原跑马，急促且慌乱。

好像下一秒就要提不上气了。

她知道陈恙身边一向不缺女生，但是以往他的态度可以说很寡淡，一副爱搭不理的样子，好像一切的暧昧风月都尽数掌控在他的手中。

他只用一个眼神就能让人缴械投降，甘愿沦为他的俘虏。

许知恙安慰自己，那不过是玩玩而已。

可是这次……

她回头看见靠在陈恙身边的女生。

这次好像是真的。

第10章

那天下午的雨把许知恙淋了个彻底，回到家的时候周清茹看到她这副样子，心也跟着一紧。

"你这孩子，不会等雨小了再回家吗？快上去换身衣服，洗个澡，妈去给你熬碗姜汤。"周清茹摘下她的书包把她往楼上推。

陆弘铭看到她浑身上下都湿透了，也有些心疼："快点上去换身衣服，可千万不要着凉。"

许知恙唇色有些泛白，应了声好，缄默地上楼。

回到房间，她拿了换洗的衣服迅速洗了个澡后，整个人才从浑浑噩噩的状态中回过神来。

她坐在床边擦着头发，周清茹敲门进来，手上端着热姜汤。

"赶紧把这碗姜汤喝了。"周清茹把姜汤放在床头柜上，接过她手里的毛巾，仔细地帮她擦着发尾的水珠。

许知恙舀了一勺姜汤，吹散热气，缓缓送到嘴边。

她不喜欢姜的味道，很辣很冲。

她几乎是憋着气把一整碗喝下去的。

周清茹见她喝完才放心，边擦着她的头发边说："妈妈给你买个手机吧，这样你以后联系我方便，像下午这种情况，就要打电话叫妈妈去接你，不要一个人淋雨回来了。"

周清茹继续说："现在刚入秋，入了冬淋了雨就没这么简单了。"

许知恙沉默了一会儿，顺从地点头，说了声："好。"

吃过晚饭，许知恙早早就上了床，屋里没开灯，只有床头柜上亮着一盏小夜灯。

她从一旁的抽屉里拿出一个本子，那本子很新，是牛皮纸的，封面素淡，扉页上手写着两个字母。

素白的指尖轻轻摩挲着那两个字母，少女干净透亮如同琥珀的眼珠子里有光一闪而过。

许知恙是个很注重保护个人隐私的人，她写东西的时候习惯从最后一页开始写。

她翻开最后一页，上面只写了几句话和日期。

许知恙看着牛皮纸上的字迹微微出神，摘下笔帽正准备写点什么的时候，突然传来敲门的声音。

是妈妈。

许知恙手忙脚乱地将日记本压在枕头下，刚抬起头，周清茹就端着东西走了进来。

她的心怦怦直跳，手抓着被子，手心都是汗。

"妈妈。"许知恙咽了咽口水，语气有些紧张。

"这么快就要睡了？再喝一碗吧。"周清茹似乎是看见了她藏在枕头下的东西，有些头疼，但随即当作没看见，把碗递给她。

许知恙听话地把姜汤喝完，临走时，周清茹转身，摸着她柔顺的头发，意有所指地开口："妈妈知道你一向是听话的孩子，你现在的任务是好好学习，妈妈相信你一定可以抵制学习以外的诱惑。"

许知恙目光很平和，垂在被子上的手在周清茹看不见的地方慢慢攥紧，点头："知道了妈妈，我会的。"

门被关上，许知恙松了一口气，手有些抖地摸出枕头下的日记本，动作极轻地摩挲着封面，然后把日记本重新塞回抽屉里，拉高被子，将小脸遮得严严实实。

翌日一早，许知恙提前出了门。

周清茹一大早就回了南城，家里只有她和陆之杭两个不会做饭的人，她也不想在家吃，索性就去学校门口买早餐去班里吃。

她来得早，学校门口的早餐摊边还没什么人。

她要了一杯豆浆和两个奶黄包，准备付钱的时候听到身后有人边说话边朝她走来。

男生的嗓门很大。

"恙哥，听说秦大校花生日，你没去啊？"

许知恙听见熟悉的名字，下意识地瞥了几眼声源，手指捏着书包的带子。

陈恙拖着一贯的懒调，哼笑了声："不合适。"

男生连连啧了几声，还想说什么，猝不及防对上了许知恙的眼，他眼珠子一转，一拍脑门说道："哎，这不是舒迤妹妹的小同桌吗？"

许知恙接过老板找她的零钱，听见这句话，愣了一下。

陈恙正好站在她身旁，刚点完早餐，也侧头朝她看来，许知恙慢慢抬眼，在目光触及男生黑色瞳仁的时候，心跳禁不住跳快了好几拍。

他额前细碎的头发拂过眉眼，神情颓懒，眯着眼看着她，漫不经心地勾着唇角。

许知恙被他盯得不自在，别开眼，捏着手里装着豆浆和包子的塑料袋。

"英语单词不见得你能多写几个，记性倒是不错。"

陈恙低沉的嗓音带着笑意，轻飘飘地钻进许知恙的耳朵里。

"哎，小同学，你点的是什么呀？我也要和你点一样的。"

那个男生揽着旁边人的肩膀，探头想要去看她袋子里的早餐。

许知恙耳朵有点烫，把袋子举得高一点，温声说："豆浆和奶黄包。"

男生咧嘴朝她笑了下："好嘞！"

许知恙虽然不知道他是谁，但是他好像认识沈舒迤，也把沈舒迤当作妹妹，人还挺好的，她垂下手，也朝他憨憨地笑了下。

陈恙在这儿，她不敢留太久，他们人也多，许知恙瞥了一眼就转身离开。

她心情莫名地好，连脚步也轻快了不少。

陈恙握着手机，看了眼少女朝校门口走去的背影，勾了下唇角。

老板装好了两个奶黄包递给那个男生，陈恙突然伸手接了过来。

"哎，恙哥，你干啥呢？"男生惊诧地看着陈恙抢了他的包子。

"和你换，你吃这个。"陈恙把自己买的包子递给他。

男生的目光落在自己手上的两个核桃包上，眼神古怪："不是，恙哥，你不是不吃甜的吗？"

到了教室，许知恙坐在自己的位置上吃着早餐的时候，听见女生们围在一起小声地说着话。

许知恙隐约能听见某些敏感字眼，比如"陈恙"。

原来昨天那个女生在表白墙上包下了一整栋楼表白陈恙，这种高调操作迄今为止还没人做过，以至告白的帖子一发出来，整个高三年级都炸开了锅，连带着高一和高二的都在议论这件事。

而此时的高三年级教务处，陈恙被级长紧急叫到了办公室。

"你小子早恋？"徐老师一手拿着保温杯，用惊讶的眼神盯着面前的男生。

"好学生不早恋，徐老师，不信谣不传谣。"陈恙斜靠在办公桌上，一副漫不经心的样子，他插着兜，勾唇一笑，模样有些痞。

"那为什么全年级都知道文科班的女生在追你？"徐老师挑了挑眉，看着男生没个正形儿的样子，继而不满地说："你能不能有个学生样？一身懒骨，站没站相，一点也不尊重老师。"

"徐老师，您也知道是在追，而不是在谈。"陈恙笑了笑，慢悠悠地站直。

徐老师像是听见了什么不可思议的事情，瞪大了眼睛，良久才从嘴里吐出两字评论："渣男。"

陈恙："……"

做好学生不早恋还得被骂。

"平时就是太纵容你，现在全年级都在看你谈恋爱，无心学习，你的责任很大。"徐老师板着脸，严肃地训斥了几句。

陈恙没太在意，这种谣传不过是传两天就歇了的事，再不济，就直接把他挂出去，拎到升旗台训一顿以儆效尤。

陈恙是徐老师的心头肉，徐老师骂归骂，可终究还是没狠得下心来做到在全校通报批评的地步，只叫他自己注意点影响，别老是招惹女孩子，就让他出去了。

周四下午只有两节课，许知恙看时间还早，就在教室把当天的作业都写完了，顺带还把下个单元的英语单词给背了。

"恙恙。"

沈舒迩从后门进来，手上拿着两瓶柠檬茶，动作自然地把其中一瓶无糖的放在许知恙的桌角。

"你作业写完了吗？我刚刚看见我哥在楼下打球，我们去看吧。"沈舒迩拉过旁边同学的凳子，坐在她旁边，看着她背诵。

许知恙刚好背到 throbbing（悸动的），手指猛地一颤。

旁边是她用英文写的例句，翻译过来是：这一切就像一个遥远的梦，逝去了又回来，这一刻悸动着，下一刻又变得毫无意义。

"恙恙，你怎么了，不想去吗？"

耳边又传来沈舒迩的话。

鬼使神差地，许知恙点了点头，跟着沈舒迩去了篮球场。

差不多下午五点了，操场和篮球场上的学生还很多，太阳还没下山，天边挂着橘色的云霞，这是许知恙第一次踏足篮球场，也是第一次见识到明中女生对打篮球的男生的痴狂。

确切地说，是对其中某个打篮球的男生的痴狂。

最靠近网门的那个场上，几个穿着球衣的男生中，穿校服的男生格外好认。

沈舒迩拉着她坐到陈恙他们放东西的旁边的位子上，那里离他们最近，人也最少。

她看了几眼，能清晰地看见篮球场上穿梭在人群中的那个身影。

男生白色的短袖校服干净清爽，轮廓分明的下颌线紧绷，许知恙视力很好，隔着大半个球场她依然能看清楚陈恙打球时认真的眼神。

许知恙忽然想到刚刚那个句子，隐晦而又坚定的情绪呼之欲出。

有没有意义她不知道。

至少在这一刻，许知恙确定，她喜欢他。

"恙哥。"

打到一半，有一个小胖冲到三分线外，朝陈恙大喊。

许知恙离得近，她看见陈恙投完一个三分球，拉起衣角擦了擦额头上的汗水，勾了勾手，让那个小胖走近。

"说。"陈恙走到台阶前，随手捞起一瓶没开过的矿泉水。

小胖跑得急，有些气喘："望哥……和人……打架了。"

陈恙拧着瓶盖的手顿了顿，旋即嗤笑一声，从容不迫地开口："这倒是新鲜。"

他问道："是什么人？"

"职高那群人，"小胖说，"听说是因为一个女生。"

陈恙捏着矿泉水瓶的手又是一顿。

他打手势和场上的队友打了个招呼，匆匆下场，走去许知恙那边拎起书包，从书包里拿出一件干净的黑 T 恤。

"哥，你要走吗？"沈舒逐见他好像很着急地要走，问道。

"嗯，"陈恙低着头刷着手机，像是要给谁打电话，漫不经心地开口，"你自己回去小心点，早点回去。"

陈恙一直低着头，他打得满头大汗，微湿的头发耷拉着，汗珠从脸侧一直滑过下颌，掠过他凸起的喉结，最终滚入衣领。

有些性感和禁欲。

他的骨相生得很好看，皮肤又白，许知恙见过的男生中鲜有和他一样长得这么好看的，她咽了咽口水，手有些不自在地捏着衣角。

然而陈恙没注意到许知恙的目光一直盯着他，拿起书包后就头也不回地走了。

出了校门，往左拐是一条僻静的小巷，这里早上会有很多早餐摊，到了晚上就显得格外幽僻。

两米宽的窄巷里，一身白衣黑裤的男生格外打眼。

陈恙一手拿着打球汗湿的校服，一手拎着书包，不紧不慢地走到男生面前。

"吧嗒"一声，陈恙从兜里掏出一包纸巾丢在男生怀里。

"你这是在干什么，冲冠一怒为红颜？还挺稀奇的。"陈恙吊儿郎当地笑，在男生旁边的石墩上坐下，大大咧咧地张着腿，斜睨了他一眼。

"没事吧？"

"没事。"男生拆了面巾纸仔细地擦着手，眉眼微敛，淡淡地开口。

陈恙知道乔望那个性子，也没多问，安静地坐在他身边玩手机。

"职高那群人嘴太脏了，看不过去。"半晌，陈恙听见乔望平淡地开口。

"你不是一向不搭理那些人吗？这次是为了谁，你那个小同桌？"

乔望瞥了他一眼，忽地哑然失笑。

答案不言而喻。

陈恙按灭手机屏幕，捻着腕上的佛珠，眯眼看着地面上光的残影。

"你很喜欢她。"

是肯定句。

巷子空荡，男生略显低哑的声音在狭窄的巷道里回荡。

乔望一只手搭在膝盖上，闷声道："可能吧。"

说完，两人又陷入沉默。

乔望和陈恙是发小，两人从小学到高中都是一个学校，关系好到能穿同一条裤子。

他俩心里都明白，谈感情，差不多就行了，要是动真格，就会输得一败涂地。

"行了，赶紧回去吧，"陈恙见不得他这样丧气，站起来拉了他一把，"职高那群人我叫人去警告他们。"

乔望慢条斯理地站起身，拎起书包搭在肩上，两人并肩朝巷口走去。

夕阳昏黄的光从老旧的居民楼房顶漫过，余晖将两个男生的影子拉得很长。

第11章

周六那天，周清茹带着许知恙去附近的商场买了手机。

她之前在南城读书的时候，附中离家里近，周清茹怕买手机影响她学习，所以一直没有给她买。

当时手机的款式很少，性能也不怎么样，许知恙凭着记忆，挑了一个和陈恙的手机差不多的，只不过他的是黑色，而她的是白色。

许知恙把电话卡插上，电话簿里面只存了周清茹和陆弘铭的手机号。

她趴在床上，点开电话簿，按着键，把那一串烂熟于心的数字打上去。

她原本备注的是陈恙，但又觉得太明目张胆，于是指尖在屏幕上敲着又删除了。

她又用英文打了两个字母。

cy。

看了一会儿又觉得不太满意。

有点欲盖弥彰的意味。

许知恙皱着眉头叹了口气，把头埋在枕头里，咬了咬唇，翻了个身躺在床上，把手机举在眼前，删删改改很多次，还是选择把备注删掉。

只留下一串电话号码。

要是周清茹问起来，就说是客服电话。

许知恙心满意足地关了手机，收进抽屉里，踩着拖鞋进洗手间洗澡。

第二天上学的时候，沈舒迩和她说征文比赛的成绩已经出来了，就贴在宣传栏里。

而且当天上课的时候，陈老师还特地将她的作文复印出来让课代表课后发给大家都看看。

下课后，陈老师将那张学校举办的征文比赛的奖状拿给许知恙。

"恭喜高二（7）班许知恙同学荣获征文比赛一等奖。"

沈舒迩一副与有荣焉的神情，拉着许知恙的手声情并茂地念着，抑扬顿挫的语调听上去，还真挺像那么回事。

许知恙被她逗笑，原本有些紧张的心情放松了不少。

沈舒迩问她："你怎么一点也不激动？"

许知恙愣了下，如实开口："我很激动。"

"一点也看不出来。"

许知恙拉着她的手放在自己胸口："感受到我剧烈的心跳了吗？"

沈舒迩张了张嘴，下一秒红了脸，小声说了句："听到了。"

教室里人来人往，沈舒迩偏头看着许知恙清瘦的侧脸，心里暗叹。

看不出来，许知恙看上去瘦瘦弱弱的，胸摸上去却软软的，手感贼好。

同是女生，为什么差别就这么大？许知恙不仅人长得好看，身材也好，还是个学霸。

沈舒迩没敢想自己的生日，只希望这次的成绩别太难看。

不然也太丢许知羡这位学霸同桌的脸了。

课间休息结束，许知羡就看见语文课代表正拿着一摞厚厚的资料在分发。

"一共两张，缺的上来拿。"

许知羡翻着课桌上的卷子，上面那一张名字一栏赫然写着的两个大字让她慌了一瞬。

陈羡的作文卷子怎么会在她桌子上？

她猛地把有名字的那一页压下，四处张望，没人发现她的异样，她这才松了口气。

"羡羡，语文组的老师把你和我哥的作文印出来当范文了！"

耳边传来沈舒迩的惊呼声。

范文。

许知羡微愣，手指有些僵硬地翻开另一张。

当她看见那张的名字一栏写着自己名字的时候，心里松了一口气。

同时又在心里吐槽自己的不淡定。

陈羡的作文写得很好。

这次的征文有两个题目，他们选的不是同一个，所以正好有两篇题材不一样的范文。

她写的是环保，而陈羡写的是传承。

许知羡把陈羡的卷子仔细地收好，和自己的一起夹在语文课本里。

快要期中考试了，各科老师发下的卷子是平时的两倍，许知羡倒是觉得没什么，沈舒迩却如临大敌，一拿到试卷就哀号了一声，趴在桌子上一动不动。

"羡羡，你能帮我写作业吗？"

许知羡点头："好啊。"

沈舒迩眼前一亮，随即又听见许知羡开口："我要不要帮你考试得了？"

沈舒迩一脸绝望地垂下头："呜呜呜呜，我写了考试还是不会，那写试卷不就是浪费我的时间吗？"

许知羡拍了拍她的脑袋安慰她，残忍地开口："小可怜，写了可能不会，可是不写，是一定不会的。"

沈舒迤托着腮，盯着她的脸，突然笑了："要不，我们去学校附近的那家奶茶店写作业？我不会的就问你。"

许知恙瞥了一眼她有些狡黠的笑，皱了皱眉，狐疑地开口："真的假的？"

"铁真，"沈舒迤把桌子上的卷子往书包里一塞，拉着她就走，"快走吧，晚了就没座位了。"

许知恙无奈一笑。

去自习室都没见她这么急。

那家奶茶店开在校外的居民区附近，古朴的老房子中间，这家贴着粉白瓷砖的奶茶店格外显眼。

里面生意还不错，二楼楼梯口已经摆着满座的牌子，只有一楼的落地窗边一张四方的小桌还空着。

许知恙先过去放书包占位。

她放好书包去点单时沈舒迤已经点了一个提拉米苏，一个草莓蛋糕，一个焦糖布丁，还有两杯白桃乌龙奶盖。

许知恙微愣："你一个人要吃这么多吗？"

"当然不是啦，是我们两个人吃，"沈舒迤又扭头和店长小哥哥说，"对了，其中一份白桃乌龙奶盖五分糖，谢谢。"

说完就拉着站在那儿一动不动的许知恙回了座位。

许知恙从书包的夹层里掏出钱包："我给你钱。"

沈舒迤按着她的手："不用！我上次月考英语考了 102 分，我妈说我有进步，多给我点零花钱，我这不得好好请我的老师喝奶茶？"

许知恙弯着眼笑，坚持说："这一码归一码，同桌之间本来就应该互相帮助。"

许知恙说什么沈舒迤都不听，只好随她，只是想着下次请回来。

不多时，店长端着她们的甜点过来了。

沈舒迤把五分糖的白桃乌龙奶盖递给许知恙。

许知恙拆开吸管，从圆孔戳下去，吸了一口，还能吸到最下面的白桃果粒。

白桃的清香和奶盖的甜腻在口腔里混合，许知恙觉得这甜甜的白桃乌龙奶盖，甜得她心情都变好了。

果然，吃甜食能让人心情愉悦。

这句话没有骗人。

傍晚的余晖透过落地窗洒在少女肩上，像是蒙上了一层昏黄的柔纱，许知恙低垂着头，露出的后颈雪白、纤细、柔韧，她的眼睫很长，还有点卷翘，随着她低眸的动作垂下，在她眼下的位置留下一片阴影。

许知恙写作业写到忘我，全然不知从外面进来了两个男生。

"上次刘老师讲数列的那道例题你有写过程吗？"

许知恙用笔帽抵着太阳穴，这是她思考问题时的习惯性动作。

沈舒迩舀起一块布丁往嘴里塞，下意识地说没有。

随即仔细回想，又很肯定地说没有。

她从来不记例题。

许知恙叹了口气，有些郁闷，用笔在题号那儿画了个圈，想着回家去翻笔记。

"两杯柠檬气泡水，多冰。"

忽然，许知恙听见耳边传来男生低沉的嗓音。

她下意识抬头，就看见柜台那边站着两个穿着明中校服的男生，白衣黑裤，身形笔直。

沈舒迩也循着声音看去，像是认出了两人，小跑过去打招呼。

"哥，乔望哥。"

陈恙挑了挑眉，揶揄道："我怎么到哪儿都能遇见你？果然，除了学习，其他的你都积极。"

沈舒迩一噎，心想还挺押韵的。

她没心没肺地笑着，没在意："你们男生也喝奶茶？"

陈恙勾唇笑了笑："怎么，规定了男生不能喝？"

沈舒迩点头："能能能。"

随即她的眼珠子骨碌碌一转："哥，你有没有空，能不能帮我同桌讲一下题？"

陈恙这才朝沈舒迩身后看去。落地窗前的确还坐着一个女生，她低着头，碎发贴着白皙的侧脸，模样很乖顺。

沈舒迩见他一直盯着人看，推了推他，说："行不行？"

陈恙摸了摸后颈，舌尖抵着上颚，拖腔拉调地开口："成。"

许知恙听着他们不大不小的声音，握着笔的手微微收紧，眼前忽然投下一片阴影，许知恙抬头，猝不及防地撞进一双漆黑的眼睛里。

陈恙单手插着兜，对上她的眼神时挑了挑眉，许知恙能从他的眼神中读出五个字和一个标点符号："怎么又是你？"

"小同桌，哪题不会？哥哥教你。"

陈恙走近，低笑了一声，随意开口。

沈舒迩又搬来两把椅子，一抬眼就看见许知恙有些紧张的神情，忍不住戳了戳陈恙。

"哥，你别吓到我同桌。"

陈恙把手从口袋里抽出来，拉过许知恙面前的数学卷子，看了一眼，修长的指尖点在卷面。

"这道题？"

许知恙缩着肩，小幅度地点头，应了声："嗯。"

他绕到许知恙右后侧，一只手撑在桌子上，声音自头顶传到许知恙耳边，有些麻酥酥的，她听着男生用很轻很低的声音，流畅地讲着解题思路。

他短袖校服的袖子若有若无地蹭着她耳尖，像是有电流过遍全身，撩得她心头一阵酥麻。

她一时就跑了神。

突然，头顶的声音戛然而止。

继而她听到一阵轻笑："小同学，你不专心。"

陈恙低头看着胸前那个毛茸茸的脑袋，低头的瞬间，他能闻到少女身上很淡的白桃乌龙奶盖的甜腻气息。

第 12 章

将近傍晚六点，天色渐黑，夜幕笼罩在明城上空，华灯初上，车水马龙。

奶茶店隔断了外面的冷气，可出了门，许知恙裹在外套下的双臂不禁瑟缩了一下。她拉高了校服的拉链，把自己的脖子藏进去。

她有点心不在焉地沿着人行道走。

沈舒迩陪她一起走这段路，到下个路口两人才分开。

"下个星期就是期中考试了，恙恙，你紧张吗？"

许知恙看她垂头丧气的，配合她："紧张。"

沈舒迩心理平衡了一点，笑着点头："那就好。"

她又说："刚刚我哥给你讲的那道题，你会了吗？"

许知恙回想了下，继而点头："会了。"

"那就好，我哥数学很厉害的。"沈舒迩挽着她的臂弯，一脸得意扬扬，不知道的还以为是沈舒迩给她讲的题。沈舒迩又说："下次你不会的，都可以去找我哥，保证你数学进步得飞快，快到让老刘目瞪口呆。"

"可以吗？"许知恙下意识地脱口而出。

缓了几秒，她连忙改口："不是，我是说，真的可以让刘老师目瞪口呆……吗？"

沈舒迩捏了捏许知恙的脸颊，惊叹手感太好了。

她笑着说："当然可以。"

过了马路，沈舒迩要去前面坐车，许知恙刚想和她道别，余光就瞥见迎面朝她们走来的一群女生。

沈舒迩也看见了，拉着许知恙往后退了几步。

"那人怎么那么像秦瑶？"沈舒迩眯着眼打量。

"谁？"

"一个职高的女生。"

又是职高。

许知恙不知道这是第几次听到这个传说中的职高了。

街上人不多，开着店铺的人家在放着电视吃饭，也没有察觉外面即将开始的一场风波。

沈舒迩拉着许知恙就往前跑，反正她家的车就在前面，再不济，就跑到人家的店里，打电话叫她哥来。

扑面而来的风撩起了许知恙耳边的碎发，疾奔的步子带起的风将地上的塑料袋高高扬起。

风大，许知恙被吹得眯了眼，只知道跟着沈舒迩跑。

不停地跑。

突然，沈舒迩脚步一顿，拉着许知恙的手莫名地紧了几分。

前面不知道什么时候被一堆男生堵住了，许知恙记得，其中一个男生是上次在校门口问她和陆之杭是什么关系的人。

陆之杭闯的祸，为什么是她被盯上了？

"你……你谁啊！"沈舒迩虚张声势地冲那个男生吼道。

"我们没想找你麻烦。"男生叫赵徊，是上次被陆之杭打的那个人，他眯着眼，朝沈舒迩扬了扬下巴，继而看着许知恙。

"你和陆之杭什么关系？"身后，那群女生气喘吁吁地赶上来，为首的那个女生敌视地看着许知恙。

许知恙愣在原地，有些无语。

她一没偷，二没抢，三没犯法。

怎么一个个都来问她和陆之杭是什么关系？

她记得开学后的某天，陆之杭警告过她，让她在学校里不要去招惹他，也不要让别人知道他们之间的关系。

她在学校连陆之杭的人影都没看见过。

他俩的关系不会是陆之杭自己传出来的吧？

许知恙第一次见到这种场面，有些无措，她逼着自己冷静。

"我不认识什么陆之杭，你们找错人了。"

许知恙故作镇定地开口。

"妹妹，你哥都把你出卖了，你还替你哥数钱呢？"赵徊色眯眯地看着许知恙。

她捏着书包带子的手指瞬间冰凉，卷曲的眼睫簌簌颤动，粉白的唇瓣紧抿。

她心里发怵，有那么一瞬间想打电话给周清茹。

"我告诉你，你别乱来，我哥是陈恚，你要是敢动手，我就叫我哥揍到你连你妈都不认识。"

沈舒迩刚拨的电话没人接，她急眼了，索性破罐子破摔，从书包里掏出某种不明液体，往赵徊脸上一泼，许知恚闻到了一股难以言喻的味道。

"你他妈找死！"

赵徊咬牙切齿地看着沈舒迩，又黑又大的巴掌即将落在她头上。

"舒迩！"许知恚惊叫一声。

赵徊被沈舒迩滋了一脸水，骂骂咧咧地准备打人。那群女生和沈舒迩无冤无仇，没打算对沈舒迩怎么样，一脸蒙地看着沈舒迩从书包里掏出各种各样的瓶瓶罐罐往赵徊脸上滋。

秦瑶看见沈舒迩无暇顾及许知恚，便想上去逼问她几句。

没想到不知道从哪里冲出来一个男生将许知恚连拉带拽地拖走了。

等秦瑶回过神时，人已经走出去很远了。

只留下男生清瘦笔挺的背影。

许知恚原本想拉着沈舒迩趁乱逃走，谁知道沈舒迩越玩越起劲，之前她还想沈舒迩书包里一张试卷都没有，怎么这么重？谁知道装的都是这些东西。

关键时刻竟然还用得上。

沈舒迩怎么拉都拉不走，许知恚刚伸出手想去扯她的书包，下一秒就被一双温热的手钳住，猛地一拽，整个人转了90度，被一股很大的力气拖拽着。

没错，就是被拖拽着。

许知恚不明所以地跟着他跑，脑子跟不上脚步，只知道一个劲地跟着他跑。

她吸气的频率赶不上她呼气的速度，跑着跑着越来越吃力，风从鼻孔、从眼眶、从四面八方灌入她的身体。呛得她喉间干涩，火辣辣的。

跑了一段路，许知恙逐渐回神，目光落在他俩紧紧交握的手上，循着手臂往上看，她看到男生的背影，有那么一瞬间，心跳失了控。

不是陆之杭。

是陈恙。

许知恙指尖发凉，握着自己的那只手却有源源不断的热量传到自己掌心，像是电流过遍全身。

她贪恋这短暂的错牵，但是她的体力实在不允许。

许知恙喘得厉害，随着奔跑的动作，声音被撕扯得支离破碎，断断续续。

"陈……陈恙。"

她的声音随着风声传到陈恙耳朵里。

许知恙能察觉到身前的男生脚步一顿，他毫无预兆地停下了。

由于惯性，许知恙刹不住，直直往前栽去。

她的额头就那么毫无阻挡地、亲密地撞上了陈恙硬实的肩背。

许知恙吃痛地揉了揉额头，喘着气。

她的手还被陈恙牵着，她盯着看了几秒，发白的脸染了点红晕。

陈恙转身，不着痕迹地松了手，后退一步跟她拉开距离，墨色的眸子垂着，看着许知恙挺翘的鼻尖，眉头微不可察地皱了一下。

天色昏暗，街上来往过路的人都朝他们投来目光，许知恙有些尴尬，一只手揉着额头，把头垂得更低了。

她听见男生粗重的喘息，心跳也跟着加快。

半晌，从头顶传来一道有些沙哑的声音。

"抱歉，"陈恙扭了扭手腕，"拉错人了。"

许知恙心里有点失落，但还是勾了勾唇："没关系，刚刚谢谢你。"

"回去吧。"陈恙挑了挑眉，插着兜，下巴扬了扬，走在前面。

走回去的时候，许知恙才知道，原来他们跑到了下个路口。

沈舒迩刚把书包里的东西往赵徊脸上"招呼"完，一回头就发现乔望站在不远处，许知恙却没了踪影。

乔望握着手机，淡定地对沈舒迩说："你哥拉错人了，走吧，去找他。"

"那恙恙没事吧？"沈舒迩急切地追问。随即又自问自答："有我哥在，肯定没事。"

乔望顿了顿，点头嗯了声。

刚转身，陆之杭不知道从哪里冒出来，气势汹汹地把赵徊踹趴下了。

陆之杭骑在他身上，拳头往他身上招呼，一边还骂骂咧咧。

于是，许知恙刚走回来就看到了这一幕。

"赵徊你有病啊，不就是上次揍了你一顿，你用得着像条狗一样逮谁就咬吗？"

陆之杭把赵徊按在地上，拽着他的头发一拳打在他的左脸上。

这是许知恙第一次目睹别人打架，也是第一次看见陆之杭暴戾的一面。

"能不能不要那么变态尾随人小姑娘，还……"陆之杭又揍了他一拳，咬牙切齿，"还恐吓。"

"下次再让我看见你尾随她，老子废了你一只手。"

陆之杭起身踢了赵徊一脚，踢得他躺在地上不停地吐着酸水。

秦瑶是第一次看见陆之杭打人，有些害怕，想追他的心也凉了半截。

许知恙见他好像又要打人，忍不住出声："陆之杭。"

陆之杭循着声音望去，这才注意到跟在陈恙身边的少女。

她的头发被风吹得乱七八糟，像个小疯子一样，脸白得像鬼，好在那双眼睛长得比较顺眼。

此时少女瞪着杏眼望着他，担心害怕又故作镇定，眼底一片明澈。

陆之杭头一回生出了一种名为内疚的情绪。

许知恙见他一直盯着自己，有些不自在，别开眼，略过他径直走到沈舒迩身边。

陈恙收了手机，淡淡地说道："去吃饭吧。"

陈恙对陆之杭欠下的风流债不感兴趣，插着兜靠在乔望旁边玩手机，校服外套敞着，有些痞气。

沈舒迩拉着许知恙，也说道："恙恙，你也和我们一起去吧，都这么晚了，回去会堵车的。"

许知恙心里有些动摇，这么多人等着她，让她有些不好意思。

陆之杭开口："一个电话的事，反正我经常不回家。"

许知恙握着手机，点了点头，走到远一点的地方给周清茹打了电话。

"妈妈，我今晚就不回去吃饭了，我……我和同学在外面吃，对，还有陆……还有哥哥一起。"

电话那头的周清茹有些意外，但是许知恙保证八点会到家，周清茹就没说什么，只叮嘱她注意安全。

挂断电话，许知恙心里有些雀跃，这好像是她第一次这么想为自己争取点什么东西。

吃饭的时候陆之杭突然朝她看来，冷不丁地问了一声："你的手怎么了？"

许知恙愣了一下，循着他的目光看了看自己的手腕，还没反应过来，就听陈恙漫不经心地开口："抱歉啊，我抓的。"

这句话有点暧昧不清，许知恙被他一句话搞得耳尖发烫，低着头，默不作声。

陆之杭朝他挑眉。见他闲散的样子，又见许知恙缄默不言，忽然间好像明白了什么。

第 13 章

还有三天就是期中考试，各科老师像是不要钱一样一套一套地发卷子。

许知恙刷题刷到麻木，只知道拿到试卷就开始刷。

期中考试前一天教室要布置考场，当天下午上完课，卫生委员就让同学们把课桌自行倒过来，桌屉朝讲台摆放，椅子扣在桌子上。

期中考试为期五天，和高一的一起考，也就是高一上午考，高二下午考。

一样实行分考场制。

周五下午考完文综，许知恙特地绕到坤宁路那边，去了趟书店，刘胡波上次叫她去买一本必刷题，前几天她去的时候刚好卖完了，今天放学早，她就想去看看。

从书店出来的时候她没原路返回，差不多傍晚六点了，又是下班高峰期，学校门口那段路很堵车，许知恙想着往前走一个路口再上车。

走到十字路口等红灯的时候，她用余光瞟到了右侧的街道边停着一辆白色的轿车，当然，吸引许知恙注意的不是这辆车，而是车旁站着的男生。

他穿着校服，长袖的校服外套敞着，双手插在兜里，身子往车上斜斜靠去，支着一条腿，和许知恙第一次见他的时候一模一样。

陈恙侧着身，正听着身旁的女人讲话。

那个女人背对着许知恙，看不清正脸，但是她的背影很美，长鬈发，一身得体的职业套裙，身段婀娜。

女人拎着小包的手推了陈恙一下，他低头笑着，带着漫不经心的痞。

红灯跳转到绿灯，许知恙没有再看下去，紧了紧外套，跟着人群过了马路。

"你什么时候放假？"

女人见他依旧一副散漫的样子，忍不住推了他一把。

陈恙目光远眺，看向女人身后的十字路口，挑了挑眉，随口答道："农历二十八。"

"这么晚？"女人皱了皱眉。

"高三，你懂的。"陈恙见十字路口的红灯又跳转了，这才收回目光，从裤兜里掏出手机，懒洋洋地开口。

柏清瑜嗤笑了一声："少爷，你读个高三跟玩似的，我不管，老爷子说了，这个周末你回趟南城，他看不见你，吃不下饭。"

陈恙单薄的眼皮往上抬，一双狭长的眉眼带着笑意："我爷爷最信你的话，你和他说一声我学得抽不开身，他保准信。"

柏清瑜气笑了："我坐到这个位置，你让我去哄骗董事长，丢了饭碗你负责？"

陈恙没搭腔。

柏清瑜撩了撩头发，用手里的小包把他推开，拉开驾驶座的门。

"行了，话都带到了，我就不多留了，周末见，少爷。"

陈恙一只手搭在车顶，黑色的眸子微敛，勾唇笑着。

"慢走，柏秘书。"

柏清瑜没理他的调侃，按了声喇叭，方向盘一打，特别潇洒地走了。

陈恙看着那辆白色轿车汇入车流，目光这才落回手机屏幕上。

许知恙回到家，发现沈舒迩给她打了很多个电话，但是她的手机静音了，没有听见。

电话打不通，沈舒迩又改成发短信。

十几条。许知恙往下滑，还没看完，沈舒迩就又打电话给她。

许知恙滑下接听键。

"恙恙，刚刚给你打电话，你怎么不接，你回家了吗？"沈舒迩语气有些焦急。

她生怕许知恙又被那群职高的人拦下。

许知恙把书和卷子一一拿出来，回道："刚到家。"

"那就好，对了，我明天生日，你一定要过来啊！"沈舒迩隔着听筒猛地拔高声音，"你不来我会很没面子的。"

许知恙笑了笑，应了声好，又听她抱怨了几句数学卷子好难，英语阅读一个都看不懂，默写一个没对，安慰了她几句才挂掉。

沈舒迩的生日会在晚上，本来周清茹不是很放心她晚上出去，但是想到她好不容易在明中交到新朋友，还是让她去了。

许知恙提前出了门，先去精品店给沈舒迩挑了礼物才过去。

沈舒迩在金环广场订了个包厢，许知恙坐地铁过去的时候沈舒迩也刚到。

"恙恙，你来了。"沈舒迩招呼她进来。

沈舒迩穿着一条粉色的小裙子，长发被精心打理过，烫成一个个小卷垂在肩上，脸上化了淡妆，看上去水灵灵的，又不失可爱。

许知恙走过去，和她说了一句生日快乐。

"恙恙，你先坐，我哥找不到路，我去带一下他。"

沈舒迩邀请的人还真不少，看上去应该都是和陈恙他们一个圈子的，沈舒迩忙前忙后招呼，忙得不可开交。

"哥，你坐西南门的电梯上五楼，往左拐就到了。"

沈舒迩在跟陈恙打电话。

"什么，你去了东南门？啊，好吧，那你走回西南门。你不想走？可是我不知道东南门的电梯在哪儿呀。"

许知恙站在沙发边，盯着沈舒迤在她眼前一晃一晃的鬈发。沈舒迤边说还边比画着，后知后觉发现陈恙看不到，叹了口气，整个人急到差点飞起。

"要不，"许知恙拉住沈舒迤，缓慢开口，格外诚恳，"我去吧。"

沈舒迤如蒙大赦，一脸感激地看着许知恙。

她这表哥什么都好，可偏生是个路痴。

沈舒迤觉得自己再和他说下去，会气到吃不下蛋糕。

下了电梯，许知恙看了一眼一楼的指示图，沈舒迤让陈恙在东南门那儿等着，有人去带他过来。

许知恙绕过中庭，加快脚步往东南门走去。

他站的位置很显眼，模样也很显眼。

从中庭到东南门那条路是条直路，这一会儿的工夫许知恙已经看见三个女生从他旁边经过，停下来找他要联系方式了。

越走近，许知恙越觉得不自在。

她深吸了一口气，有些僵硬地打了个招呼。

"陈恙学长。"

这是许知恙第一次正式和他打招呼。

陈恙穿着一件黑色的套头卫衣，袖子往上折了一圈，露出的一节修长白皙的手腕上戴着佛珠。他姿势随意地靠在柱子上，神情散漫，画风和身后的卡通人物海报形成了强烈的对比。

他听见少女轻而软的嗓音，抬眼，唇角缓缓勾起一个弧度："沈舒迤这小屁孩随便打发一个人就想把我糊弄了。"

许知恙被他的一声轻笑震得耳根发麻，硬着头皮说："舒迤她很忙，就叫我下来找你，我是她同桌。"

陈恙刷着手机的动作一滞，抬眼打量了她半晌。

"不好意思啊，小同桌，太久了，我忘记了。"

男生收起手机，低笑了一声，语气极淡，随口说出来的一句话像是在讨论天气一样。

那一刻，许知恙知道，原来她所做的一切，陈恙都看不见。

她以为的能向他靠近，也都是她自己以为的。

许知恙说了一句没关系，转身朝着电梯走去。

一路上谁也没主动说话。进电梯后，陈恙接了个电话。

电梯里只有他们两人，密闭的空间里一切细微的声音都能被听得一清二楚，包括听筒对面女生又嗲又软的嗓音。

大部分时间都是对面的女生在说，陈恙没什么耐心地听着。

没听说过陈恙有女朋友，那这个应该就是在追他的女生吧。许知恙想。

电话里时不时传出女生的撒娇声，同为女生，许知恙都听得浑身不自在，又觉得她好厉害，竟然能叫得这样娇，百转千回，许知恙觉得自己耳朵都麻了半边。

可她没有料到的是，多年后，某个男人将她抵在演播厅的门板上，将她吻得浑身脱力，她开口求饶时那声声酥软，才是真的成燎原之势，让人欲罢不能。

出了电梯门，陈恙还没有要挂电话的意思。

难道他要打着电话进去，让所有人听对面的女生撒娇吗?

许知恙落后半步跟在他后面，盯着他的后脑勺腹诽。

就在推门进去的前一秒，陈恙终于开了金口，语气带着点残忍："哪有那么多为什么，别再打电话过来了。"

说完，他动作熟练地挂了电话。

吃完生日蛋糕，许知恙一看时间快九点了，思忖着和沈舒迤说一声后先回家。

"哥，你送恙恙回去可以吗?"沈舒迤实在不放心她一个人回去，头一扭朝身后喊了一嗓子。

"不……不用了。"许知恙脑子里嗡了一声，拉着沈舒迤的手制止道。

然而沈大小姐一意孤行，特地跑到陈恙身边，好声好气地和他商量："哥，是我非要拉着人家过来的，怎么能不送人家回去? 我怕赵徊那厮贼心不死，在哪儿等着她，你就帮我送送她，成不?"

陈恙靠在沙发里，跷着脚，玩着手机，没搭理沈舒迤。

许知恙忙说："不用麻烦了，这个点还有地铁，我可以自己回去。"

"哥，我跟大姨说你和乔……"沈舒迩噌的一声站起来，音量都拔高了几个度。

"行，小姑娘怎么什么话都往外说。"陈恙瞥了她一眼，拧着的眉头显露了他的烦躁。

可许知恙没让陈恙真的送。

要是让她妈妈知道一个男生送她回来，那她肯定说不清。

陈恙看上去也极不情愿，头垂着，一脸倦意。

两人心照不宣地朝地铁站走去，许知恙在前面走，陈恙落后几步跟在她后面。

街上人来人往，月光透过树隙倾洒在铺着红砖的人行道上，晚风徐徐，经过路灯下时两个人的影子时不时地挨在一起，被拉得长长的。

许知恙悄悄地比了个相机的手势，眯着一只眼，矩形框对准挨在一起的影子。

有那么一瞬间，她希望这段路长一点，再长一点。

不远不近的一段距离，一下子就走到了地铁站。

许知恙回头，和陈恙道了声谢。

男生没什么情绪地点了点头，单手插着兜，目光落在马路对面的霓虹灯上。

许知恙往前走了，直到过了闸机，还看见陈恙站在地铁口，隐约之间，他的目光似乎穿过了大半个地铁站的人群，遥遥地注视着她。

第 14 章

期中考试成绩在周三上早读的时候就全部出来了，刘胡波把成绩单打印出来让班长贴在后面的黑板上。

"这次我们班依旧有个同学冲进了全年级前十。"

刘胡波话音刚落，大家的目光就不约而同地投向许知恙。

没有什么悬念，许知恙又考了全班第一，这次比上次进步了，考了全年级第六。

一次性出了所有成绩，没有那种煎熬感和神秘感，很直观地让人看了个痛快。

许知恙对自己排第几名不是很感兴趣，倒是对自己数学考了多少分很好奇。

早读结束的时候，刘胡波走了下来，敲了敲她的桌子。

"数学还不错。"

许知恙一愣，心里大概也有数了。

下课的时候她去后面看成绩。

语文 138

英语 140

数学 126

文综 260

总分 664

英语那一栏的全年级排名写着 1，总分后跟着的总排名写着 6。

比她估算的要高几分。

第二节课后的大课间，文娱委员从外面进来，拿着一张报名表站在讲台上。

"同学们，还有几周的时间就是校运会了，我们班要积极报名，当然如果不报校运会，到时候元旦的文艺汇演也得报名的。每个班都出几个人，我们班也不能输！"

许知恙从来没参加过校运会，体育向来是她的弱项，努力上完国家义务教育中的体育课程，已经是她不拖后腿，至于参加校运会，她想都不敢想。

是以，当文娱委员拿着报名表游说到许知恙这里的时候她有些无措。

"求你了，你就报一个吧。"文娱委员软磨硬泡，差点给她跪下了。

许知意拿着笔帽戳了戳自己的脸颊，略微思索了下。

她不太会拒绝人，点了点头："好。"

"啊？"文娱委员短促地发出一个音节，一头雾水地看着许知意。

她刚刚说了很多句，不知道许知意回的是哪句。

许知意说："我报文艺汇演。"

这下轮到文娱委员震惊了，他们班这个学霸平时很低调，除了上课和下课，基本没有其他的活动，报个文艺汇演，是要上去表演刷题吗？

文娱委员问："你要报什么？"

"小提琴。"

沈舒迩喝水的动作一顿，愣愣地看着她。

"你会小提琴？"沈舒迩像是看到宝一样，目光炯炯。

许知意点头："学过。"

文娱委员摸了摸后颈，有些尴尬，又不太好意思问。

学过和拉得好，差得可不是一星半点。

这是要上台表演呢，不是随便自娱自乐的水平。

"你确定了吗？"文娱委员还是很称职地确认。

许知意点头，拿过她手里的报名表，三下两下签下自己的名字，眨着眼睛问："还有问题吗？"

文娱委员摇头，拿着报名表去游说下一个同学。

文科班女生多，除了几个被拉去报校运会项目的，剩下的都自愿报名参加文艺汇演。

沈舒迩就报了个合唱。

明山中学提倡全面发展，鼓励学生发展特长，每年也有一批艺术生考上重本。

距离文艺汇演还有大半个学期的时间，只需要每周四下午抽一节课去音乐教室排练。

"我们合唱队人不齐，下午不用排练，我先陪你去器乐室，"沈舒迩嘴里咬着一根棒棒糖，拉着许知意的手朝器乐室走去，"我还没见过你拉小提琴呢，你怎么没告诉我你会拉呀？"

许知恙低头拆着牛奶糖的纸壳，随口说："我也没有拉得很好。"

沈舒迩捏着她含着牛奶糖的腮帮子说："没关系，拉得不好我也要听。"

两人并肩上了艺体楼二楼，刚走到器乐一室，突然听到从隔壁的器乐二室传来很大一声立体鼓点的声音。

许知恙听得出来，是架子鼓。

她脚步忽地一顿。

随着这声鼓点落地，走廊上适时地响起了一阵此起彼伏的尖叫声。

她循声回头，走廊上不知道什么时候挤满了女生，大家议论纷纷，情绪看上去格外激动。

"陈队怎么来了?!"

"难道也是要进行文艺汇演排练吗?"

陈队。

许知恙盯着正认真敲着架子鼓的男生，他扬着下巴，笑得恣意，似乎沉浸在重金属撞击的快感里，丝毫没有注意到外面的疯狂。

"里面打架子鼓的男生是谁啊？长得好帅啊!!!"身后传来一道声音。

许知恙收回视线，用余光瞥了几眼身后的女生。

"你是高一的吧，你连他是谁都不知道？"有个女生惊讶地指着坐在架子鼓前面的男生，一脸骄傲地介绍，"band（乐队）队的前队长陈恙啊。"

"去年的校庆，他们band队那个节目可以说是点燃全场，帅爆了，今年校庆要等六月，高三肯定不能参加，所以这次就算是他的最后一次演出了吧。"

乐声铿锵动听，带着很强的节奏感。

估计是被音乐声震的，许知恙的心怦怦跳得飞快。

器乐室昏黄的暖光打在男生身上，他垂着眼，黑发在灯光下像是染上了一层金黄的光晕。

他双手持棒，袖子被他挽到小臂，露出的那截白皙的手腕上戴着一串褐色的佛珠。

忽然，男生似有所感地朝门外看来，漫不经心的一个抬眸，俩人视线短暂交会，许知恙的心略噔了一下，慌乱移开视线。

男生懒散勾唇，修长的手指转着敲击棒，挑眉一笑，掩不住的野性狂妄，勾得外面的一众女生红了脸。

"啊啊啊啊太帅了！陈恙他在朝我笑！！我可以了！！！"

身后女生的尖叫声把许知恙的思绪猝不及防地拉了回来。

她的小姐妹猛地拍了一下她的头，让她清醒清醒："别想了，追他的人那么多，连文科班公认的大美女都拿不下他，谁还敢不自量力地往陈恙跟前凑？"

许知恙长睫颤动，掩住自己的思绪。

一曲结束，一扇玻璃门阻隔了外面的欢呼声。

他高举着手，敲击棒交叉，身体朝后仰，脖颈拉得笔直，校服领口翻着，露出一截冷白的锁骨。

他扬了扬唇角，模样落拓不羁。

陈恙转头，看见门口站着的女生，然后起身低头和人说了些什么，没过一会儿，玻璃门被人拉开，一个男生从里面走出来。

男生身上还背着吉他，对上许知恙目光的时候有些不好意思地摸了摸后颈，问道："美女，恙哥问你们要不要进去。"

第 15 章

许知恙最后还是没有进去。

器乐一室那边的老师催人过去排练，她拉着沈舒迩头也不回地往器乐一室走，步伐慌乱，背影仓皇。

器乐一室没什么人，只有几个学生在调试乐器。

许知恙把书包放下，和管器乐室的老师说了一声，从架子上取了一把小提琴。

试了下音后，她闭着眼吐出一口气，缓缓把弓搭在弦上。小提琴发出流畅的乐声，忽如溪水过涧激越奔流，忽又急转而下，幽咽凝滞，低回婉转。

许知羡拉的是维瓦尔第的《四季》中的第一乐章——《春》。

尾音戛然而止，器乐一室陷入了沉寂。

许知羡睁开眼，把小提琴从肩上取下来，眼睫轻颤，有些不自信地看着沈舒迩。

"怎么了，是不是不好听？"

她手生了，拉得不是很连贯，感情不投入，很难把曲子演绎得淋漓尽致。

沈舒迩瞪着大眼睛朝她竖起大拇指，简短地评论四字："深藏不露。"

许知羡松了口气，把小提琴重新放回架子上，擦了擦手心的细汗。

她一抬眼，就发现周围的人都在看她。

就连擦着架子鼓的男生都朝她看过来。

"你是哪个班的？"器乐室的老师和蔼地问她。

"高二（7）班。"

"许知羡同学，是吗？"

许知羡点头。

"很好啊，这曲子可不容易拉，现在排练的安排表还没出来，你这个曲子可以单独成一个节目。"

许知羡一听，大吃一惊，连忙说道："不……不用了老师，我……我这个节目，我还是和器乐队一起排练好了。"

她胆子特别小，要是让她上去独奏，她肯定会拉错！

排练结束时已经晚上六点半了，许知羡赶上了下班高峰期的地铁，人挤人挤了二十分钟，堪堪七点的时候到家，她换了鞋径直上楼。

许知羡刚推开房门，就看见周清茹站在她的床边，低头正在看着什么。

她眸色微暗，很轻地开口："妈妈，你在看什么？"

周清茹被许知羡的声音吓了一跳，手忙脚乱地把东西放下，拿起床头柜上的抹布，讪讪一笑，有些不自在地开口："你这孩子怎么走路都没声音？吓了妈妈一跳。"

许知羡把书包摘下来，走到书桌前，把课本一本一本掏出来。

周清茹瞥了一眼被重新放回去的日记本，走过去摸了摸她的脑袋："你的成绩妈妈一直很放心，如果你想的话，寒假去报个补习班吧，就补数学。"

许知恙捏着课本的手一顿，指腹抵着课本锐利的边角，有点痛，但她还是没抽开手。

她点了点头，说了声好，继而又说："我想继续学小提琴。"

周清茹似乎被她这个想法震惊到了："怎么突然又想学小提琴了，你之前不是不想学了吗？"

许知恙把书包拉链拉上，挂在书桌下面，想了想，笑着说："之前觉得学小提琴浪费时间，现在觉得挺解压的，寒假报个补习班，再让我报个小提琴班吧。"

周清茹没有再说什么，缓了缓，还是答应她了，转身的瞬间，心里不禁松了口气。

门被关上，房间里陷入了安静，安静得许知恙能听见自己的心跳声。

她的目光直直地落在床边的柜子上，收回眼时很低地叹了口气。

书包拉链再次被拉开，里面的夹层里赫然躺着一本牛皮纸日记本，和周清茹刚刚看的那本一模一样。

从周清茹发现那本日记本开始，许知恙就知道会有这么一天，所以她又重新买了一本新的，而周清茹看到的那本，正是许知恙重新放的，只记录着每次月考和期中考试的成绩和排名的本子。

大半个学期一晃而过，期中考试后的月考成绩一出，就意味着元旦文艺汇演拉开了序幕。

文艺汇演安排在下午，沈舒迩拉着许知恙吃过午饭，两人就去礼堂的后台化妆、候场。

沈舒迩的节目是第一个，开场大合唱。

而许知恙的节目是压轴表演。

Band 队的节目在大合唱后。帷幕垂下，乐器被搬上舞台，灯光聚焦，光束打在陈恙的头顶。

他穿着一件简单的黑 T，白皙的手腕上依旧戴着那串佛珠，姿势闲散，神色轻狂，抬高一只手，在空中画了一道半弧形，紧接着，敲击棒落到鼓面，发出一阵急促的鼓点声。

场面一点即燃，顿时沸腾。

舞台上的男生眼里噙着笑意，享受着来自全场的欢呼和尖叫。

之前许知恙觉得陈恙是那种玩世不恭的学生，但是见过他一次次稳坐年级第一后，她不得不承认，有的人生来就是天之骄子，无论他做什么，都能做到极致，以绝对的优势站在顶峰。

还有三个节目，许知恙坐在候场区，怀里抱着小提琴，正在给琴涂上松香。

低头间她觉得裙子的肩带有些松，她抬手捂着胸口防止走光，和一个负责人说了一声后就朝更衣室走去。

礼堂四周的帘子都被拉上了，就显得舞台上的灯光格外刺眼。许知恙这个节目是倒数第二个，此时的后台已经没什么人了。

她刚掀开厚重的绒布准备进后台，还没推开那扇玻璃门，目光就猛地被楼梯间的两个身影吸引住了。

楼梯间很昏暗，她有些看不清，但是男生身上的气质许知恙再熟悉不过了。

许知恙心里顿时有了一种异样的情绪，酸酸胀胀的，有点难受，门把手冰凉冷硬的质感硌得她的手生疼。

不知道出于什么心理，许知恙就着昏暗的光线，就那样直勾勾地盯着男生看，似乎是想知道，他对女生能做到哪一步。

女生穿着合唱队的长裙，细细的肩带勾勒出她曼妙的身形，此时她正靠在栏杆上，和男生挨得很近，眼神是毫不掩饰的、赤裸裸的暧昧。

礼堂开着暖气，空调的暖风吹起了男生的衣角，拂过许知恙脸颊时满是燥热。

陈恙单腿支地散漫地靠在栏杆上，细碎的日光打在他一头黑发上，他逆着光，漫不经心地捏着手机转了半圈，忽然轻笑一声，无意间抬眸朝她看来。

许知恙站在暗处，男生的目光仅在她所在的方向停留了数秒，他复又微垂着头，从许知恙这个方向看去，他似乎是想亲吻那个女生的侧脸。

礼堂的乐声震耳，不断地撞击许知恙的耳膜，她喉头哽得难受，鼻尖的酸涩惹得她眼眶湿润，她没敢再看下去，猛地一拧把手，仓皇地从他们旁边经过，一头钻进后台的更衣室。

"吧嗒"一声，门关上了，耳边又恢复了安静，唯有她慌乱的心跳，在不断提醒她刚刚那一场兵荒马乱是真实存在的。

可她不知道，就在她从陈恙身旁经过，仓皇而逃的那一瞬间，陈恙抬头，目光追随她的背影进了后台。

许知恙背靠在单薄的木隔板上，平复着心绪。

她听见舞台上主持人正在报幕，再过一个民族舞表演就轮到他们上场了。

她的手绕到背后，摸索着调整肩带的扣子，由于看不见，她手下没轻重，一拉一扯，把自己的头发卡在扣子里了。

许知恙越手忙脚乱那个扣子越是解不开。

她穿的是吊带裙，双臂裸露在寒冷的空气中，她的手冻得都僵硬了。

突然听见外面有人在喊："要候场了！"

是器乐队的人。

许知恙指尖微微发颤，死死地咬住下唇，擦在饱满唇瓣上的口红被吃掉了些许。

突然，安静的后台传来"吧嗒"一声轻响，随着那扇玻璃门被推开，舞台上的声音清晰了几分。

许知恙心下猜测是不是有人进来换衣服了，刚想出声试探，谁料，大红色绒布帘子突然被一只骨节分明的手掀起，就要朝旁边拉开。

卷三　宝贝

无论他在哪里，

无论他做什么，

她都希望那个少年，

心里始终悬着日月光。

第 16 章

"哥!"

隔着帘子,许知恙听见沈舒迩急促的惊呼声。

那只手蓦然收回,许知恙松了一口气,快要蹦到嗓子眼的心这才慢慢往下沉。

陈恙看见沈舒迩,黑色的眸子里掠过一丝意外。

"怎么了?"

沈舒迩一路小跑过来,站定时有些喘:"你看见许知恙了吗?"

陈恙抬眼,很低地笑出声:"你的小同桌还得我给你看着?"

沈舒迩没理他的不正经,扫了更衣室一周,发现两扇紧闭的帘子后面有轻微的动静。

"舒迩,我的头发被扣子卡住了。"许知恙捂着胸口不让裙子掉下来,隔着帘子朝外面喊道。

陈恙微怔,插着兜的手慢慢握成拳,目光落在那扇帘子上。

沈舒迩掀开一个角钻了进去,帮她把扣子弄好,她这才出来。

陈恙看清楚了女生的脸。许知恙穿着一条藕色的无袖礼服裙,黑发披散在肩上,发尾被精心烫得卷曲,她的皮肤很白,很细腻,至少后台顶灯打在她脸上,除了些细小的绒毛,挑不出一丝瑕疵。

他看得出了神,直到许知恙匆匆离开消失在拐角处时,他才挪开眼,眸色微不可察地暗了几分。

舞台上的表演已经开始了,追光灯打在台上的少女身上,照得她整个人好像在发光。

她站定之后和其他人一起朝台下鞠躬,而后缓缓地将琴搁在肩膀靠近下巴的位置，微微侧头，扬起手，柔而缓地拉出悠扬的乐声。

他们这次演奏的是《梁祝》，之前排练的时候老师说让许知恙独奏，但是考虑到一个节目三四分钟，独奏太过单调，且曲目不是很大众，所以最后还是合奏，并选了一首大家耳熟能详的经典乐曲。

表演渐入高潮，小提琴和钢琴的琴声结合得恰到好处，坐在第一排的校领导也对这个表演露出赞赏的神色。

陈恙插着兜，站在帷幕后面，单脚支着地靠在架子鼓上，眯眼打量着台上的女生，看得有些入神。

从前她总跟在沈舒迩身边，沈舒迩太闹，而她过于安静，自然而然就会让人忽视了她的存在。

但是单拎出来，她又掩不住地耀眼。

她内敛含蓄，不张扬。乖得让人不忍亵渎。

她是他会喜欢的那种类型，但也仅仅是类型。

因为太闷、无趣、循规蹈矩的好学生，他不撩，也从来不碰。

陈恙收回目光，勾着唇淡笑一声，开了后台的门出了礼堂。

文艺汇演的成功落幕也意味着这一学期的学习接近尾声。

期末考试安排在一周后，各科老师都紧锣密鼓地开始最后阶段的复习。

参加文艺汇演对许知恙个人的影响不是很大，她只把这次表演当成一种解压方式，表演过后，又专心地投入了复习中。

班里的其他同学却是耳目一新。

许知恙在班里是很低调的人，所有人都只知道她是全班第一名，是有望冲进重点班的黑马，对于成绩外的，他们一概不知。

这次的文艺汇演倒是让其他同学看到了许知恙发光的另一面。

"嘿！你是上次在器乐室拉小提琴的小姐姐吧？"男生很激动地说，"上次我在器乐室门口听见你在拉小提琴，好好听！"

许知恙和沈舒迩去校外吃饭的路上被两个男生拦了下来，有不好的经历在前，两人都有些害怕，听见男生说的是文艺汇演的事，她才稍稍放心。

面对他突如其来的夸赞，许知恙有些无措，她顿了顿，腼腆地开口："谢谢啊，我……我拉得不是很好。"

男生还想说什么，他的同伴一巴掌拍在他的后脑勺上，箍住他的脖子，有些不好意思地和许知恙说："抱歉啊，小姐姐，他这人自来熟，你不要介意。"

许知恙不自在地抓了抓眼下的皮肤，轻笑了下，摆了摆手说没事。

那男生看得愣了一下，目送许知恙和沈舒迩拐进米粉店后，才拉着同伴离开，两人勾肩搭背地走进了一家烧烤店。

男生拉过椅子坐在陈恙身边，一脸激动："恙哥，你猜我刚刚遇到谁了？"

陈恙瞥了他一眼，没有搭理这个二愣子，一脸"你爱说不说"的表情。

好在那男生也习惯了陈恙的爱搭不理，自顾自说得欢快。

"恙哥，不是我说，咱们舒迩妹妹旁边那个小姐姐长得还挺不错的，很纯正，是真的耐看。"

陈恙花了将近三秒思考了他说的人是谁，随即一边拿着一次性筷子把鸡中翅撸下来，一边睨了他一眼："你这用词，沈主任听到都得落泪。"

沈主任是他们的语文老师。

"纯正。"陈恙特地咬重这二字，轻笑一声。

男生特别诚恳地点头。这时，一旁的另一个男生搭腔说："我也觉得，就感觉她看上去乖乖的，是好学生那一拨的，我听说她是文科普通班的，但是次次能考进全年级前十，语文、英语经常单科第一。"

男生顿了顿，又继续说："哎，你们说她成绩这么好，为什么当初没有进重点班？"

陈恙从兜里抽了张面巾纸，随口说："人家是转校生。"

男生恍然大悟，顿了顿，觉得不可思议地朝他看去："你怎么知道？"

陈恙擦嘴的动作一顿，随即把纸巾往垃圾桶里一丢，单薄的眼皮微掀，没打算回答他这个问题，只懒懒地开口："瞧你们这德行，说得好像没见过女生一样。"

男生嘘了一声："我见过的女生肯定没你多，不过，她长得真的挺好看的，也不知道追她的人多不多。"

另一个男生开了瓶可乐，眯着眼笑骂一声："你还是别去人家面前丢人现眼了，说不定人家好学生不早恋呢。"

陈恙有一搭没一搭地听着，低着头刷着手机，也不知道听进去了多少，心不在焉地点进一个页面又烦躁地退了出来。

他刷得很不顺手，索性就不刷了，按熄了手机屏幕，把手机倒扣在桌子上，单手开了瓶可乐，脑子里快速掠过刚刚的一句话。

好学生。

不早恋。

陈恙漆黑的眸子暗了几分，眼底有他自己都察觉不到的嘲弄。

下午的第一节课是这个学期的最后一节体育课，跑完圈后老师就按照惯例让他们自由活动，沈舒迩跑得蔫蔫的，耷拉着脑袋拉着许知恙去了小卖部。

"我这辈子最讨厌上体育课。"沈舒迩整个人挂在许知恙身上，下巴搁在她的肩上，有气无力地开口。

"你别买饮料了，回去喝热水吧。"许知恙摸了摸她的头，目光微抬，和站在小卖部冰柜前的男生眼神短暂交接。

许知恙一愣，慌忙收回目光。

还好沈舒迩没发现异样，回答她说："嗯，我不喝饮料，买包糖回去吃。"

这节课有挺多班上体育课，小卖部的人有些多，沈舒迩刚走近就看到了一个熟悉的面孔。

"哥，你也上体育课啊。"沈舒迩靠在许知恙肩上的头突然抬起来。

陈恙闻声回头瞥了她一眼，从冰柜里拿了瓶可乐，用看傻子的眼神看着沈舒迩。

沈舒迩注意到他的眼神，立马来了精神："正好你在，我没有零钱了，你给我买包糖吃！"

说是一包，结果沈舒迩一进去直接拿了一整条，粗略算一下差不多有十包。

"恙恙，你想喝什么？"沈舒迩开着冰柜，冲她得意地扬着眉毛。

许知恙有些不好意思地走过去，沈舒迩用只有她们俩能听见的气音对她说："别客气，赶紧拿，机不可失，时不再来。"

在沈舒迩"鼓励"的目光下，许知恙假装淡定地拿走了冰柜里仅剩的一瓶可乐。

沈舒迩把可乐和十包糖放在收银台，朝陈恙扬了扬下巴。

男生勾着唇笑了下，拿着可乐敲了敲沈舒迩的头，用手机扫码支付。

沈舒迩嬉皮笑脸地拿着东西拉着许知恙出去，丝毫没在意陈恙刚刚的所作所为。

"恙哥，听说文科班的那个校花又去教室门口堵你了？"

"这周都三回了，你没打算理一理？"

许知恙听见身后男生们的谈话声，脚步不自觉放慢，有一搭没一搭地听着。

"理什么理，我理了，下周一上升旗台检讨的人就是我。"男生的声音听起来有些困倦，带着懒洋洋的鼻音。

"哈哈哈哈……恙哥，你绝对是明中第一个被女生追到要写检讨的哈哈哈哈……"

突然，笑声戛然而止，身后静得诡异。

许知恙疑惑，正想偷偷回头，却突然听到一道女声："陈恙，你为什么不理我？"

声音软而娇，带着嗔怪的意味。

原来是"曹操"来了。她心想。

许知恙脚步放慢，等了许久，她都没听见当事人回个一字半句。

就在快要踏出大门的时候，她才猛地听见后面传来清晰的一句："抱歉，我喜欢长头发的。"

许知恙拧着瓶盖的手猛地一用力，哧的一声，可乐滋了她一手。

沈舒迩也听见了。

她嘴里塞着糖捧腹大笑，笑够了，她才说："我哥现在拒绝人的方式已经这样拙劣了吗？哈哈哈哈……我瞧着那校花脸都绿了，哈哈哈哈哈……"

许知恙重新拧紧可乐的瓶盖，任由褐色的汽水沿着她素白的指尖一滴滴滴到地上。

她回头，发现陈恙竟不知何时也抬起眼，朝她这个方向看来。

可是这次，许知恙清清楚楚地知道，他看的是自己。

第 17 章

　　隔得有些远，加上那对视持续没一会儿就被女生打断了，许知恙看不清陈恙的表情，只能看见女生不依不饶地缠着他，女生见陈恙不搭理自己，甚至想伸手去拉他，眼见着就要碰到陈恙戴着佛珠的手腕。

　　"别碰。"陈恙冷不丁开口，语气很冷，带着不耐烦。

　　那女生有些被吓到，不再说话，挪开挡在陈恙面前的身子让行。

　　许知恙没再看下去，转身和沈舒迩回了教室。

　　"不对，你不是'大姨妈'还没走吗？"沈舒迩突然想起这事，指了指她的冰可乐。

　　许知恙眼底闪过一丝心虚，支支吾吾地开口："啊，我……我刚刚忘记了，没事，我不喝！"

　　好在沈舒迩也是个神经大条的，没多疑。

　　下午放学的时候，周清茹打了电话给许知恙，说是今晚要去南城那边，让她在校门口等着，待会儿过去接她。

　　许知恙应了声好之后就收拾东西朝校门口走。

　　这会儿天刚刚擦黑，路灯已经亮了，校门外的大马路上车水马龙，霓虹灯闪烁。

　　许知恙等了一会儿，周清茹又打了个电话给她，说路上堵车，让她往前走一个路口。

　　许知恙也了解校门口这一段路，一个路口至少得等三次红灯才能通过，如果碰上高峰期，五次都算好运了。

　　她挂断电话，依言往前走。

　　差不多六点了，还有学生从校门口出来，骑着单车从她身旁经过。

　　许知恙边走边打量着路边，快要经过那家早餐店的时候，她瞥见旁边的小巷里好像有一堆人。

　　许知恙脚步顿住，踌躇着，小步往前走。

　　巷子深黑，有几个男生朝许知恙这边站着，隔得有点远，许知恙看不太清楚，但是大概看清了为首的那个男生高高瘦瘦的，身形很像陈恙。

许知恙多看了几眼。

他双手插兜，歪着头看着躺在脚边哀号的人，笑得痞坏浪荡。

蓦地，他似有所感，朝许知恙看来，她站在路灯下，陈恙一眼就能看见她。

许知恙屏气凝神，连眼睛都忘记眨一下，看见陈恙绕过地上的人，慢悠悠地朝她走来。

"小同桌，你不怕吗？"陈恙看了她一眼，似笑非笑地开口。

许知恙捏着书包的带子，眼睛眨了一下，盯着朝自己越走越近的男生，脚步不受控制地往后退。

她觉得这个时候的陈恙很吓人、阴鸷，像是随时都会将她拎起来。

许知恙咽了下口水，捏着书包的带子转身跑开。

陈恙从兜里摸出烟，咬着，眯着眼，目光追随着那个马尾辫一甩一甩跑开的背影，唇畔勾出一抹不甚明显的弧度。

为期两天的期末考试一晃而过，下午考完文综出来的时候，许知恙在走廊上就听见同班同学讨论晚上去哪里聚餐，假期打算去哪里旅游等诸如此类的话题。

但是假期对许知恙来说并不是一件值得开心的事，因为放寒假就意味着要去南城，年年如此。

当天晚上吃饭的时候，陆之杭难得也在家，饭桌上的氛围没有以往那么剑拔弩张，还算平和。

吃过晚饭，周清茹和她说小提琴班安排在每周四的下午。

许知恙嚼苹果的动作一顿，这才想起自己寒假还要去学小提琴这件事，她应了声好。

周四那天天气很好，出了点太阳，没下雪，那家音乐机构离她家不远，坐地铁几个站就到了。

教小提琴的那个老师虽然年轻，但是还挺专业的，上完一节课后许知恙觉得还不错。

下了课，许知恙收起小提琴，和老师道了声再见后就走了。

她看才四点半，于是绕去书店买了本数学的《小题狂练》，出来的时候经过花圃，被猛冲出来的泰迪吓了一跳。

她惊呼一声，后退了好几步。

直到退到安全距离，见那泰迪犬对自己没有恶意，她才敢朝它看去。

"尿样。"

耳边突然传来男生的一声低笑。

许知恙回头，发现陈恙不知何时就站在她身后不远处，好整以暇地看着她。

他的唇角勾起的弧度，似乎在嘲笑她的胆子小。

许知恙怀里抱着书包，脸上惊慌失措的神色还未退散，就那样杏眼圆睁，直勾勾地朝陈恙眼里看去。

她也没有恼陈恙的嘲笑，松了口气后，温柔地开口："这只狗是你的吗？"

"嗯。"

许知恙试探着问："那我能摸一摸吗？"

陈恙插着兜，轻笑了下："不怕了？"

许知恙有些窘迫，小脸憋得通红，别开眼，细嫩的脖颈垂着，伸出手，很轻很轻地在它的身上抚摸。

"它有名字吗？"许知恙突然问。

"宝贝。"

"什么？"

许知恙没听清。

她回头，眯着眼朝陈恙看去。

少女蹲在花圃边朝他看来的这一幕，陈恙后来每每回想起，还是会被触动。

她小脸粉白，乌发杏眸，就那么朝他睇来一眼，一身雪白的羽绒服衬得她整个人特别恬淡温和。

她逆着光，精致的眉眼微垂，下巴还有点圆润，脸上带着点未褪去的婴儿肥，她本来就瘦，加上骨架小，看上去更加幼态，有种无辜的感觉。

他压下心里那抹异样的情绪，挪开眼，把手从兜里抽出来，走近几步。

"它叫宝贝。"陈恙回答她。

许知恙那时看不懂陈恙眼底的神色，只觉得他原本漆黑的眸色又深了几分。

幽深晦暗。

让人忍不住沉迷。

许知恙垂下眼睫，故作镇定地把注意力都放在泰迪身上，学着陈恙的样子叫它："宝贝。

"这名字可真特别。"

许知恙弯眸笑了下，素白的手轻轻地抚过它的卷毛。

陈恙眯着眼看了女生一会儿，鬼使神差地问了句："为什么会来这儿？"

许知恙指尖顿了顿，慢慢收回手，站起身，回道："我来这边学琴。"

陈恙一挑眉，似是意外："春光路那家？"

许知恙点头。

陈恙今天好像心情很好，他轻笑一声，语气很友好地说："那家是我朋友开的，我每周四都会过去。"

许知恙讷讷地张了张嘴，啊了一声，听清楚他说什么之后，脑子里又像是有东西炸开，蒙了一瞬。

他对她说，他每周四都会过去。

也就是说她每周四都能见到陈恙。

她不知道陈恙对自己说这个是什么意思，也不知道如何回应才比较好。

既不会表现得很期待，又能让他对自己留下一个不错的印象。

思及此，她藏在袖子里的手指蜷了蜷，有些腼腆地点头，稳妥地应了声嗯。

自那天之后，许知恙果真每周四都会在那家机构遇到陈恙。

只不过他来得很晚，毕竟高三还要上课。

他应该是下了课再来的。

由于陈恙的关系，那位老师对许知恙格外关照。

有一天陈恙过来，给许知恙带了杯奶茶。

她有点受宠若惊。陈恙把那杯半糖的白桃乌龙奶盖放在她的手边，拖着语调开口："沈舒迩那小屁孩买的，让我好好关照她的……小同桌。"

小同桌三个字被他特地咬重，带着些兴味。

可是许知恙没听出他的不正经，倒是听出了他话里的鼻音。

他的声音本就比其他男生要低很多，自带磁性，低低哑哑，蛊惑人心。

"你感冒了吗？"许知恙问。

"嗯。"陈恙玩着手机，靠在三角钢琴上，漫不经心地回了一个字。

陈恙闲闲地刷着手机，感觉到身旁的少女好像有什么话要说，看她一脸犹豫不决的样子，他一挑眉，就听少女颇为认真地说了一句："多喝热水。"

陈恙："……"

教室陆陆续续有人进来，陈恙没有多待，点了点头应了声好后就出去了。

许知恙看着男生出去的背影，后悔得要死。

说什么不好？多说几个字也好啊。

多喝热水，听上去就很敷衍。

许知恙懊丧地叹了口气，用手背拍了拍额头，转身回到自己的座位。

这是最后一节课了，许知恙学得差不多了，打算年后再来考个小提琴中级。

下课后许知恙本来是要回去的，但是走着走着突然拐去了药店，买了几种感冒药。

她把每种怎么吃都写在便利贴上，拎着几盒药兜回去放在音乐机构那儿，让老师拿给陈恙，这才安心回家。

那天学完琴之后她就再没见过陈恙，不知道他会不会再去音乐机构那儿，也不知道他有没有把药拿走。

许知恙觉得自己有点越界了，好像对他的关心有点多。但是不做点什么，她又不安心。

她觉得这种感觉很矛盾，很复杂，似乎在某个瞬间把她的心绪搅得很乱。

但是，不由得她想太多。因为当天晚上，许知恙就接到了外婆的电话，意思是想让许知恙回南城住一段时间。周清茹也知道这是外婆的意思，没有拂了老人家的意，只是让她过年前回来。

收拾东西回南城的那天，明城下雪了，小区那段路被积雪覆盖，还挺深的，踩上去咯吱咯吱地响。

那天一大早，许知恙吃过早餐后，在楼道遇到了陆之杭，也不知道他最近在干什么，很长一段时间见不到人。他早出晚归，偶尔被陆弘铭碰见还会被训斥几句，但是父子俩的矛盾缓和了很多，之前一周至少要吵个两三次，现在慢慢成了一周一次，有时一周都不会吵架。

许知恙对此还是挺乐见的，不是她圣母心泛滥，只是至少不会有人在早上六点时砰的一声把门关上，她真的很害怕哪天被吓得神经衰弱。

陆之杭一脸没睡醒的样子，头发凌乱，头顶还有一根头发翘着，略显滑稽。

他瞥了一眼许知恙手上的行李箱，打了个哈欠，声音有些哑："要走？"

许知恙怕他没刷牙把自己熏到，后退了一步，点了点头："回南城。"

陆之杭看见她这一步，嗤笑一声，没好气地开口："成，那赶紧回去吧，正好别在家碍我的眼。"

许知恙："……"

正好这句话被刚从楼上下来的陆弘铭听见，陆之杭刚起床又被劈头盖脸一顿骂："陆之杭，你说的是什么话！衣冠不整就出来，像什么样子？"

许知恙站在一旁，捏着书包的带子，眼睛眨也不眨地看着陆之杭被训，没有一丝同情，特别淡定。

"还不赶紧帮知恙把行李拿下去。"

许知恙看见陆之杭有些不耐烦的眼神，连忙摆了摆手："不用了，我可以自己来。"

陆之杭把手从兜里抽出来，把拉杆收回去，提着那个箱子就像在提空箱一样。

他朝站在楼梯口的许知恙睨了一眼："还不走？"

许知恙连忙给他让路，跟在他身后出去。

车子就在前院等着，陆之杭开了后备厢把行李箱塞进去，拍了拍手。

许知恙顿了顿，小声地和他说了声谢谢。

陆之杭轻笑："一点诚意都没有。"

许知恙捏着书包的带子，眨了眨眼，从善如流："那提前祝你新年快乐，祝你新的一年，不要被陆叔叔骂了。"

陆之杭脸色顿时一黑，忍了忍，嗤笑："我以前怎么没发现你这么……牙尖嘴利？我怎么就被骂了？"

许知恙很好心地提醒："哦，那你记得以后放学回家的时候把嘴巴擦干净点。"

陆之杭一愣，唇角的笑有些僵硬，还没反应过来，少女已经溜进了车后座。

等他回过神来，黑色的车子已经开出去一段距离，只剩下雪地上整齐的两道车辙。

他双手揣回口袋，脑海里晃过少女那张过分乖巧的脸，唇角不自觉地轻扬了下。

第 18 章

回南城那天是周清茹陪着她一起回去的。

许知恙搬来明城之前他们是住在南城市区的，不过这次回来，许知恙并不打算在市区待着，而是去了一个叫绥芜的小镇。

车子在僻静的沥青公路上行驶而过，许知恙靠在车窗上，一手托着腮，打量这座生活了十几年的城市。

和明城相比，南城的生活节奏要慢很多，许知恙不是很习惯明城过快的生活节奏，也不是很习惯明城干燥的天气。

道路由原先的三车道逐渐缩窄成两车道，再会合成仅可一车通过的单行道。

许知恙知道，离目的地不远了。

明明没离开多久，在看见熟悉的景象时却恍如隔世。

快要抵达绥芜的时候，周清茹忽然开口："你外婆很固执，她说的话如果不好听，就不要听，你可以选择你自己喜欢做的事，妈妈只希望你过得开心。"

许知恙目光望向车窗外飞速掠过的街景，默默听着，平淡地应了声好。

周清茹摸了摸她的头，又问："寒假作业都带了吗？"

许知恙摇头："都写完了。"

周清茹意外之余还有些欣慰，许知恙的学习一向不需要她多加操心。

不多时，车子停在一座古朴的别院前。

许知恙裹紧围巾下车，等周清茹帮她取了行李出来，两人踩着覆盖在青石板上的皑皑积雪，推开了那扇雕刻着繁复图案的厚重木门。

这别院有些年头了，外墙被风吹雨淋得褪了色，周围种着很高大的杉树，相衬之下，看上去像是古旧相片。

门的左侧挂着一块跟门同样材质的木刻的牌子，用行书写着"连氏"两个大字。

走进院子，入目便是一片精心打造过的苏州园林式的假山，布置考究，无不体现主人的风雅。

许知恙选择性忽略了这些，走近一旁的花架，敲了三下，从里头钻出来一个毛茸茸的脑袋。

是只橘猫。

"咪咪，有没有想我？"许知恙挠着它的下巴，亲昵地叫了几声。

橘猫喵了一声，蹭着她微凉的掌心，模样慵懒，惹人怜爱。

许知恙逗了它几下，就听见从里面的屋子里传来一阵脚步声。

"是囡囡回来了。"

循着声音望去，许知恙看见穿着一身天青色旗袍，不疾不徐地朝她走来的外婆。

许知恙的外婆连书因女士，年轻时是位极出名的大家，当然现在也是。

她是位民俗专家，南城非遗工作者，当然也是南城绒花非遗传承人，同时还被南城大学聘为非物质文化遗产学的顾问。

许知恙弯眸笑了笑，甜甜地叫了声："外婆。"

连书因慈蔼的眉眼弯了弯，摸了摸她的头，关切地问道："坐车累不累呀？李婶已经煮好饭了，快进来吃饭吧。"

许知恙拉了拉周清茹的袖子，周清茹有些拘谨地叫了声："妈。"

连书因这才朝她看去，脸上的笑骤然凝固，脸色不是很好看，不冷不热地嗯了一声。

许知恙觉察到两人之间的气氛不太对劲，上前挽着连书因的手，软声撒娇："外婆，我饿了，要不我们先去吃饭吧。"

母女之间哪有什么隔夜仇？吃顿饭就都好了。

连书因拍了拍她的脑袋，又眉开眼笑。

其实许知恙也知道为什么连书因对周清茹的态度不好，周清茹好歹是书香世家出身，却选了一个做生意的人嫁了，当时为这件事母女两人闹得很难看，差点断绝关系。

但是后来发生的事证明连书因是正确的，周清茹和许安国过不下去选择离婚了，带着许知恙改嫁，母女关系才逐渐缓和。

那天晚上，周清茹没有待在绥芜，吃完饭就回了明城。

将近晚上九点，许知恙刚准备上床睡觉就听见连书因敲门。

她关壁灯的动作一顿，转头就看见连书因手上端着东西进来了。

"囡囡，这么早就要睡了？"连书因轻手轻脚地把门关上，朝床边走去。

许知恙说："刚想睡。"

连书因坐在床边，把瓷瓶里温好的桑葚酒放在床头的桌子上。

"天冷，外婆温了点桑葚酒，要不要尝点？"

许知恙咬着唇，想了想，点头说了声好。

三杯下肚，许知恙觉得肚子有点热热的。

自酿的桑葚酒度数不高，但是后劲大。

许知恙盯着酒樽暗自出神。

连书因摸了摸她的头，又给她倒了一杯，看着她有些瘦削的小脸，问道："囡囡是不是有心事啊？"

许知恙捏着杯子的手抖了一下，被连书因一句话问蒙了。

"看这样子，外婆应该是猜对了。"

连书因把她的反应尽收眼底，不等她回答，就已经做出了判断。

连书因摸了摸她的头："我的囡囡长大了，有小心思很正常，能不能和外婆说，是什么事啊？"

卧室里安静而温暖，暖黄的柔光自头顶照下来，氛围刚刚好，很容易让人卸下防备，打开心扉。

"没什么，就是换了新的学习环境，有些不适应，"许知恙摇头，捏着杯子的手垂下，眼睫低垂，声音也小得近乎呢喃，"认识了一些新的人。"

"是有喜欢的人了？"

许知恙心头猛地一颤，有些被戳穿心事的窘迫。

"外婆，你怎么知道？"她好奇地抬起头，眨了眨眼睛，小声问了句。

"外婆也是从你这个年纪过来的，"连书因拍了拍伏在自己膝上的少女的背，安慰道，"喜欢一个人本来就是很幸福又很酸涩的体验，你这个年纪，就该是这样的。"

小女孩的心思最好猜，喜欢不喜欢，全都写在脸上。

其实许知恙进门的那一刻，她就看出来，许知恙和从前不一样了。

虽然会笑，却不是真心的。

许知恙心里压着事，藏不住，也骗不过她。

"恙恙，你妈妈不是一个合格的妈妈，她不懂得照顾你的情绪，我一直觉得她随了你外公的性子，固执己见，从来不在意别人。"连书因叹了口气，"所以，恙恙，不要怪你妈妈，是外婆没教好她。"

许知恙点头，说道："我不会怪她，外婆也不要怪她。"

这一晚，连书因和许知恙说了很多，许知恙也想开了很多。

在南城生活的这段时间，许知恙尝试着让自己彻底放松下来。

书房里有很多古籍和名著，她每天除了看看书，帮着外婆晒蚕丝，也没什么其他的娱乐活动。偶尔在院里晒太阳，逗逗橘猫，日子倒也过得很充实。

农历二十八那天，周清茹打了电话过来，问许知恙什么时候回明城，连书因舍不得她，让她过完年初二再走，周清茹有些不乐意，但是许知恙也想待在南城，周清茹没办法，只好应下。

除夕那晚，许知恙穿着厚厚的羽绒服走到巷口那边去看烟花，她沿着巷子走过去，家家户户都在看春节联欢晚会，喜气洋洋的，衬得她孤家寡人，格格不入。

许知恙自嘲地笑了一下，走到人工湖那边，看着对岸的市区像不要钱一样放着烟花。

突然砰的一声，五颜六色的烟花在头顶炸开，绚丽非凡。

许知恙仰着头，看着被烟花点亮的半边天空，唇角往上扬了扬，很轻地开口。

"新年快乐。"

初二那天，周清茹来了一趟，接许知恙回明城。

回到家时还很早，许知恙抱着碰碰运气的心态绕到春光路那边，结果那家音乐机构真的还开着。

许知恙突然想起老师说他不回家过年。

她拉了拉帽子，小心地推开了门。

门没有关，老师正在擦那架三角钢琴，见她过来还有些意外。

"老师，新年快乐。"许知恙弯着眸，笑了笑。

老师擦拭的动作一顿，回了句"新年快乐"。

虽然许知恙叫他老师，但他很年轻，比许知恙大不了几岁，二十出头的样子，他姓周，单名一个濯字。

周濯问她："大年初二怎么不去走亲戚，倒是到我这儿来了？"

许知恙有些犹豫，支支吾吾地开口："我就是……顺路，看见门开着才进来的。"

周濯看见她，突然想起了什么事，放下干布，走到一侧的柜台后面，从抽屉里拿出一袋东西。

"对了，你上次叫我转交给陈恙的药，上次之后他就没再来过了，可能这药他也用不到了。"

许知恙愣了一下。

他没再来过了。

从音乐机构出来后，她提着那一袋感冒药，漫无目的地沿着街道走。

明城的年味很足，商场的巨型 LED（发光二极管）屏上都在滚动播报新春贺词，就连人行道旁边的树上都挂了红灯笼。

她低头踢着人行道上的小石子，晃着那一袋完好如初的感冒药，忽地叹了口气。

她刚想把药扔进垃圾桶，一转身的工夫，就看见马路对面穿着一身黑色的男生。

半个月没见，陈恙好像瘦了不少，他穿着一件黑色冲锋衣，身形笔直，从一辆黑色的轿车上下来，头低垂着，神色冷淡。

他侧身和人说着什么，然后微微点头，面前的人绕过他进了车里，没了阻隔，许知恙能清晰地看见男生的眼下有淡淡的青黑。

许知恙觉得他有些不对劲，但是又说不出来哪里不对劲。

突然，男生抬头朝她这个方向看来，许知恙被他直勾勾的目光盯得心尖猛地一颤，钩在尾指上的袋子"啪"的一声打开，袋子里的东西咕噜咕噜地滚到垃圾桶边，发出不小的声响。

许知恙张了张嘴，却发不出一丝声音。

再眨了眨眼时，发现男生正穿越斑马线朝她走来。

第19章

初二，过年的氛围还在，街上人潮汹涌，车水马龙，喧哗声声声震耳。许知恙就那么站在街头，看着男生的身影穿梭在人群中，朝她走来。

"你怎么在这儿？"

陈恙走到她面前，垂着眼，淡声问道。

"我……我随便逛逛，经过春光路的时候，看见门没关就进去看了一眼。"

许知恙捏紧手里的塑料袋，没敢看他的眼睛，只盯着眼前男生黑色的冲锋衣。

陈恙沉默了一会儿，瞥了眼她手里的东西。

"这是什么？"

许知恙举起来给他看，轻声说："你上次不是感冒了嘛，就……给你买了点感冒药放在周老师那儿，可是他说你没再去过了。"

她越说越小声。

许知恙顿了顿，又问："你感冒好点了吗？"

陈恙盯着袋子里的东西，再看了眼滚落在垃圾桶边的几盒感冒药，眉头微不可察地皱了一下，嗓子有些哑，闷闷地应了声："嗯。"

一来一回，话都说完了，两人又陷入了沉默。

许知恙抠着手上的塑料袋，忽然听见陈恙说："给我吧。"

"什么？"

陈恙说："不是说是给我的感冒药吗？"

"哦。"许知恙讷讷地，下意识地就把塑料袋递过去。

后知后觉地想起这是差点进了垃圾桶的东西，许知恙有些不好意思地收回手。

"怎么了？"陈恙挑眉。

"没剩多少了。"她刚刚准备丢到垃圾桶的时候，手一抖，掉了两盒。

陈恙没太在意："给我吧。"

许知恙有些意外，但还是顺从地递过去。

陈恙从兜里抽出一只手，接过许知恙手里的塑料袋。

他伸手接过塑料袋时手背轻轻地擦过她的手指，许知恙低头一看，陈恙手上不知何时缠着一圈绷带，裹紧了整个掌心。

"你的手怎么了？"许知恙指着他的手，惊讶地开口。

陈恙换了只手拿塑料袋，循着她的目光瞥了眼自己受伤的左手，不在意地开口："没什么，不小心划到了。早点回去吧。"

"这个，"陈恙顿了顿，指着塑料袋，说了声，"谢谢。"

许知恙耳朵不争气地红了，摇头，很小声地和他说不用客气，她盯着他的左手多看了几眼，见他好像有别的事要忙，便没有多待，点了点头转身朝公交车站走去。

陈恙目送着少女上了公交车才收回视线。

兜里的手机响了起来，陈恙愣了好一会儿，才慢吞吞地摸出来按了接听。

"陈恙，你去哪儿了？"

听筒里传来一道浑厚深沉的嗓音。

陈恙叫了声爷爷后才回答他的问题："回嘉水南湾拿点东西。"

陈老爷子突然拔高音量："怎么回明城去了？既然回明城，就顺道去医院把你那手处理一下，听见没有？"

陈恙不冷不热地应了声好之后就挂了。

年一过完，日子就像上了发条一样过得飞快，一晃眼就正月初八了，明中高三开学。

那天许知恙和沈舒迩在甜品店写作业的时候说到高三这么快就要上课，沈舒迩突然叹了口气，缓慢地说："恙恙，我好担心我哥。"

许知恙听见敏感的字眼，心头猛地一颤，英语单词写到一半，骤然停了笔，朝她看去："怎么了？"

沈舒迩用笔帽戳了戳脸颊，四处张望了一下，凑近，低声和她说："我哥家里出了点事，可能很长一段时间不会来学校。"

出事了？

许知恙倏地想起初二那天在路上碰见他的时候，他的状态好像不太好，整个人变得很冷漠，原本就清瘦的身形又瘦了一圈。他的眼神阴郁得有些可怕，就好像压抑着什么，随时都可能爆发出来。

她当时就觉得陈恙可能有什么事，却没想到是这个缘故。

听沈舒迩说，除夕那天陈恙的父母从南城回来，两人在高速路上起了争执，他妈妈情绪激动，开了车门从车上跳下来，被送到医院的时候已经抢救无效去世了。

陈恙和他爸爸大吵了一架，估计他的手就是在那个时候受的伤。

具体出了什么事，沈舒迩也没有细说，毕竟是人家的家事，许知恙不好过问，但是大概能猜到。

这件事对陈恙的打击肯定很大。

但他那么骄傲的一个人，怎么可能一蹶不振？

晚上九点。

陈恙抵达南城市区的家，他开门进去，一抬头就和正要出门的陈明威打了个照面。

陈恙当作没看见，低头换鞋。

他准备上楼的时候，陈明威叫住了他："站住，你眼里还有没有我这个爸了？"

陈恙踏上楼梯的动作一顿，眼底的阴鸷一闪而过，随即冷笑出声："那倒真没有。"

"你！"陈明威被陈恙的态度一激，气得满脸通红，一身规整的西装穿在他身上，显得他急得跳脚的样子格外滑稽。

陈明威指着他："你在明城的那段时间，你妈没教你怎么和长辈说话吗，啊？"

陈明威年纪不大，四十出头就已经在商界站稳脚跟，是圈子里人人奉承的老总，即使是这样，在面对自己那个浑不吝的儿子时还是不免被压上一头。

陈恙挑眉，勾着唇，笑得很讽刺："你有什么资格提我妈？我妈死了，我是个没人教的坏种，您满意了吗，陈总？"

一番话说得陈明威哑口无言，他指着陈恙干瞪眼，脖子上暴起的青筋昭示着他此刻的愤怒。

"你怎么和我说话的！别忘了你现在所有的东西都是我给你的，你要认清事实！"陈明威怒斥。

陈恙后退了一步，站在台阶上，以高高在上的姿态睥睨他，觉得很滑稽地笑了："你错了，我所拥有的都是我妈给我的，不是你。"

"你的东西都给了外面的人，"陈恙唇角的弧度慢慢消失，他眸色微暗，眼底是罕见的冷厉，补充道，"不论他们拥有多少，都进不了这个家门，你才要认清这个事实，爸爸。"

爸爸两字被他特地咬重。

他语气轻蔑，嘲讽意味十足。

他没再理陈明威那副平时用来教训下属的、高高在上的嘴脸，直接上了三楼，砰的一声把门关上，隔绝了楼下玻璃碎裂的声音。

陈恙随手将黑色冲锋衣扔在脏衣篓里，打开洗手池的水龙头，掬着一捧冷水猛地往脸上扑。

房间里很安静，只有水龙头哗啦哗啦的水声。

他脑海里快速掠过那一幕，画面定格在那个眉眼和自己有几分相似的男孩身上，眼底的平淡褪尽，取而代之的是无尽的深黑。

他垂着眼，睫毛上挂着水珠，保持着双手撑着洗手池的姿势，好半晌，他才抬手关了水龙头，缓慢地直起身。

他随意地擦干净脸上的水珠，视线由洗手池上转向脏衣篓。

陈恙拎起那件外套，从兜里翻出两盒感冒药，唇角勾了勾，自嘲地嗤笑一声，随意地将东西收在抽屉里。

恰在这时，手边的手机振了几下，他打开来看，是一条短信，页面都是英文。

他大致扫了一眼，快速按了删除。

高二开学那天，许知恙没在学校见到陈恙，听沈舒迤说陈恙请了长假，是事假，学校批了，之后又请了几天假，听说去参加竞赛了。

于是开学后的一整个月，许知恙都没在学校见到陈恙。

直到三月的最后一天，许知恙才见到了他。

那天她抱着很厚的一摞试卷，从楼梯上下来，拐弯的时候被一个高大的身影挡住了去路。

许知恙抬眼，就那么和陈恙对上了眼神。

一个月不见，他好像又瘦了一点，锐利的目光攫住她。

许知恙被他盯得心里有些发毛，下意识地咽了下口水。

对视了几秒，两人齐齐别开眼。

他很轻地和她说了一句："小心。"然后就挪开挡在她面前的身子，绕过她朝五楼的办公室走去。

许知恙愣在原地，再抬眼时那个身影已经消失在了拐角处。

自那之后，许知恙就再也没见过陈恙。

不过，虽然他人不在学校，关于他的传闻却不少。

大课间装完水去厕所洗手的时候，许知恙碰巧听见隔壁文科班的女生在聊天。聊得忘我，有人进来也不避讳。

"哎，听说了吗？陈恙拿了物理竞赛的奖，明大和南大都要来学校招生了。"

"听说了呀，公告栏不是贴着喜报嘛。"

许知恙握着水杯，假装不在意地听着。

"不过我听说，他不想去明大，人家考了雅思，想出国呢。"

"唉，人家起步就已经站在巨人的肩膀上了。"

"哈哈哈哈哈哈哈。"

"理科班那个校花，秦欢你认识不？我还听说他俩家里关系好，打算一起去留学呢。"

"真的假的？"

……

许知恙没有再听下去，拧紧水龙头出去了。

路过教务处的时候，许知恙看见一个熟悉的背影，她忍不住多看了两眼确认。

一个男生背对着门站着，身上穿着干净整洁的校服，双手揣在口袋里，头微微往前倾，是聆听的姿势。

他身边站着的，就是曾经高调追陈恙的那个女生。也是刚刚厕所里那两个女生的八卦对象——秦欢。

第 20 章

许知恙不知道自己是怎么走回教室的。

这节课是数学课，她进去时刘胡波正在讲评上星期发的卷子。

沈舒迩见她有些心不在焉，于是帮她从桌屉里拿出数学卷子摊在桌子上。

她用只有两个人能听见的气音小声问许知羡："你怎么了，怎么去厕所去那么久？"

许知羡眨了眨眼，浓密的睫毛轻颤，逐渐回神。

"没事，厕所人多，就多等了会儿。"

沈舒迩不疑有他，哦了一声，就回过头去。

许知羡呼了口气，目光笔直地落在黑板上，思绪却不知道跑了多远。

陈羡要和秦欢一起出国？

这个问题萦绕在她心头，却得不到答复。

那种猜测的感觉很难受，难受到她有些烦躁，她眉头轻拧了一下。

碰巧被讲台上的刘胡波看见，刘胡波讲题的动作一顿，问："怎么了，是老师说得不对吗？"

许知羡蒙了一下，尴尬地摆手："不是不是，老师，您继续。"

刘胡波推了推鼻梁上的眼镜，笑了一下："许知羡同学最近数学成绩突飞猛进，大家都要向全班第一看齐啊。"

许知羡不好意思地耳根红了，没敢再跑神，认真地听起讲评。

四月一晃而过，天气也一天比一天热。

体育课上打篮球的男生依旧不少，像是不知道热一样，衣服湿了换，换了湿，打得酣畅淋漓。

许知羡听沈舒迩说，陈羡接下来都不会来上课了，他的竞赛成绩出来之后，就要为出国做准备了。

高考前几天，高三的学生放假，高三的教学楼会被提前封起来布置考场。

许知羡借着去教务处领试卷的由头，偷偷去高三的教学楼看了一眼。

竞赛班就在二楼，独立的两个班格外好认。

教室内人头整齐，大家都在认真地低着头写试卷。

唯独竞赛一班最后一排靠门的位子空着。

桌子上放着厚厚一摞试卷，都是各科发下来的卷子。

许知恙看到最上面那张还是上学期市统考的卷子，也就是说，陈恙从那之后没有再回过教室了。

她心里有点酸涩，抱着试卷的手被尖锐的边角磨得有些痛，她别开眼，小心翼翼地下了楼。

听说高考之前所有东西都必须清理掉。

陈恙那个没人坐的位子每天都被塞粉色的信封，去塞的人很自觉地按照年级分成三摞，塞得很整齐。

快要立夏了，白昼逐渐长了起来，差不多下午五点半了，快要下山的太阳透过楼梯口的菱形窗格照射进来，打在阶梯上，许知恙盯着脚下的光影，某个念头在脑海里一闪而过。

六月七号和八号那两天，高一高二放假。

明城的天气也迎来了最高温。

许知恙一整天都不敢出门，待在家里写作业，直到傍晚六点的时候才接到周清茹的电话。

周清茹说陆家那边的人要过来一起吃个饭，让许知恙换身衣服在巷口等她过去接。

许知恙应了声好后迅速地换了身衣服，拿上手机就出门了。

夏天的太阳很烈，这个点出门地面还有点烫脚。

她漫不经心地沿着巷子一路走出去，快到公交车站的时候，旁边有道声音就那样毫无预兆地钻到她的耳朵里，让她心头一颤。

"陈恙，你打算什么时候走啊，要不要等等我？"

是秦欢。

许知恙站在巷口便利店的大棚伞后面，看着秦欢亲昵地挽着陈恙的手臂，笑吟吟地和他说着话。

陈恙没什么表情，只是皱了下眉，然后拨开她搭在自己手臂上的手："不知道。"

秦欢有些失望地哦了一声，跟在陈恙身后，仰着头单方面和他聊天。

不知道陈恙说了一句什么话，秦欢侧着的那半张脸笑得格外明媚。

许知意鼻子一酸，但还是很残忍地逼着自己看着他们的背影渐渐远去。

可能这是她最后一次见到陈恙了。

但她不敢上前。

所有人都知道秦欢喜欢陈恙，即使这样，还是没能得到他的回应。

她不想越过那一条线，所以，到此为止。

这个属于她一个人的秘密就悄悄放在这里。

也许他一辈子都不知道，但是她喜欢他。

无论他在哪里，无论他做什么，她都希望那个少年，心里始终悬着日月光。

这一年的暑假格外短暂，许知意在南城待了一个星期后，就回到明城接着补习数学。

暑假一眨眼就过去了，热烈的蝉鸣声里，高三迎来了开学，也面临着重新分班。

毫无悬念，许知意以全年级第五的名次稳稳地挤进重点班。

明中开学之前都会有一次期初考，那天考完最后一科文综，许知意出来的时候在走廊碰见了沈舒迩。

和许知意做同桌的一年里，她的成绩有所提高，却还是没达到重点班的水平，许知意在重点班，她在一墙之隔的普通班。

沈舒迩看上去有些闷闷不乐，她一声不吭，拉着许知意的手下楼，走到没人的楼梯口时，突然抱住了许知意。

"怎么了？"

许知意被她突如其来的拥抱搞得有些蒙，拍了拍她的背。

沈舒迩靠在许知意肩头，细声细气地开口："许知意，这还没正式开学你就把我这个前同桌给忘了，你是不是有新的朋友了？"

许知意愣了一下，不禁莞尔："你是我最好的朋友，没人比你更好了。"

沈舒迩抬起头："我好讨厌分班，为什么要分班？我不想和你分开。"

许知意心脏一缩，强撑着笑了笑，安慰她。

"我们就在隔壁，下课了还是能一起去吃饭，一起回家啊。"

许知恙从前在南城附中的时候也有同桌，关系也很好，但是和沈舒迤同桌的这一年来，她第一次觉得，原来女孩子间的友谊可以比恋人之间的感情还要牢固，还要深刻。

从前她觉得沈舒迤没心没肺，每天无忧无虑的，但是现在她觉得，沈舒迤比自己想象的还要重感情。

许知恙的那番话不仅没有安慰好沈舒迤，反而让她更伤心了，她的眼泪止都止不住。

"你别哭，大不了我以后下课都去找你，好不好？"

许知恙手忙脚乱地从书包里抽了张面巾纸给她擦眼泪。

沈舒迤却一把夺过去，边哭边控诉道："许知恙，你一点都不在意我们之间的友谊，你太无情了。"

沈舒迤夺过她手里的面巾纸再到说出那番话，前后不过十几秒的时间，许知恙脑子转得有些慢，张了张嘴，还没来得及开口，沈舒迤就跑开了。

无情。

许知恙顿在半空中的手缓缓垂下，指尖发凉，颤抖地蜷缩了一下。

她要是真的无情就好了。

许知恙抱紧胸前的书包，转身朝校门口走去。

她没有怪沈舒迤，她知道沈舒迤是公主脾气，你对她好，她会一百倍对你好，但是你如果没有给她相应的回应，她就觉得这份感情不对等。

可许知恙就不是一个喜怒形于色的人，她从小就习惯把所有的事都压在心里，不习惯向人倾诉。

第二天她照常上下课。

高三的课程比高二紧张很多，上午下午都是四节课，晚上还强制要求上晚自习到九点十分。

终于熬过了上午四节课，许知恙打算去食堂吃个饭后再回来补个觉。

她刚走出教室就看见沈舒迤拎着书包截在前门，四下张望着。

走廊里下课的学生人来人往，沈舒迤被一群高大的男生挤到差点撞到墙上。

许知恙快步走过去，拉着她走到空旷的地方。

"你……"

许知恙还没开口问她怎么来了，沈舒迩就抢了话头，快速道了歉："对不起。"

"啊？"许知恙愣了一下。

沈舒迩拉着许知恙下楼，朝校外走去，一路上她不停地和许知恙道歉。

其实昨天回家的路上沈舒迩就想清楚了，自己和许知恙不是一个水平，许知恙是好学生，她不可能永远待在普通班，和他们这些不爱学习的纨绔子弟一样浑浑噩噩度日，她值得更好的。

谁都知道高三会面临分班，沈舒迩也知道这个分班的结果是必然的。

她做好了心理准备，但是当许知恙真正从她身边离开的时候，她还是控制不住自己，怪她太冲动了，差点将自己唯一的朋友推开。

她后悔昨天对许知恙说的那些话。

她怎么可以说许知恙无情？

虽然许知恙没有像自己一样表现出来，但是沈舒迩知道，许知恙一点也不快乐。

眼神是骗不了人的。

"恙恙，重点班的压力是不是特别大啊？你别不开心。"

许知恙吃饭的动作一顿，扯着嘴角笑了笑，说："我没有不开心，我分到重点班，说明我的数学卷子没有白刷，刘老师再也不会拿我当反面教材，我开心还来不及。"

沈舒迩眼睛一眨不眨地盯着许知恙，许知恙表现得一脸轻松，安慰完她又垂着眼睛安静地吃饭。

说是这样说，但是沈舒迩在她眼睛里看不见一丝一毫的高兴。

周四下午只上两节课是所有年级都一样的，许知恙收拾完书包，去隔壁班找沈舒迩一起回家，却发现她不在教室，连书包都不在。

许知恙兜里的手机一振，是沈舒迩发来了信息。

她在操场。

操场？

许知恙不知道她去操场做什么，但还是往操场走去。

"哥，你在那边还习惯吗？"

篮球场旁边的阶梯上，沈舒迩正举着手机和远在国外的陈恙视频。

"还行。"

对面的男生在干自己的事，低着头，很简短地答了一句。

沈舒迩还想说什么，突然听见许知恙在身后叫她："舒迩。"

沈舒迩手一抖，把画面切成了前置摄像头。

于是，陈恙就那么毫无阻隔、毫无预兆地看清了入画的少女。

许知恙穿着短袖的校服，扣子很规整地扣到最上面，堪堪遮住了她白皙的锁骨，只露出少女纤细柔韧的脖颈。

她扎着马尾辫，朝前跑来时额前的碎发被风拨开，露出了饱满的前额。

和之前他见到的相比，她没什么变化，若说有，就是女孩原本圆润的下巴似乎尖了些。

那个画面只清晰了几秒，之后就是一团模糊。

沈舒迩拿手机的那只手抖得像得了帕金森病一样，陈恙被晃得眼花，索性切换成小图挂在右上角。

"你在干吗？"女孩轻软的声音隔着蓝牙耳机传来。

沈舒迩拉着她坐下："我在和我哥视频。"

许知恙倾身的动作微顿，手保持着撑着上一节台阶的姿势，目光落在沈舒迩高举着的那只手上。

对面男生的手机放得有些低，摄像头自下而上照出男生的脸，角度很差，但挡不住他桀骜不驯的少年意气。

她的心口像是被细密的针刺着，有点说不出口的抑郁和难受。

她移开眼，声音微微发颤，强忍着鼻头的酸涩："舒迩，我还有事，我先回去了。"

她说完，不给沈舒迩拉住她的机会，逃似的跑开。

陈恙只能看见许知恙一晃而过的侧脸，沈舒迩那边好像网卡了，这一帧就那样停留在了陈恙面前。

鬼使神差地，他按下了截图。

第 21 章

目送许知恙走了之后，沈舒迩又把画面切回来，继续和陈恙抱怨："我当初为什么不努力一点？这样就能和恙恙同班了。"

对面一阵沉默。

但是沈舒迩没发现，继续说："不过在重点班也不是什么好事，恙恙每天都有写不完的作业，人都瘦了一大圈，可见压力是有多大。"

陈恙微顿，低低地嗯了一声算是给了反应。

他点进相册，打开刚刚截图保存下来的那张照片，出着神。

沈舒迩还在絮絮叨叨地抱怨着，但是陈恙不知怎的，头一回没有不耐烦地切掉。

因为，她三句话离不开许知恙。

陈恙拿到教室里那堆属于自己的试卷和五颜六色的情书的时候，已经是高三开学后一个星期的事情了。

他回南城办了手续，东西是乔望帮他收来的。

试卷他没要，全都扔在了垃圾桶里。

至于那堆花里胡哨的情书，陈恙之前没少收，但是也不会扔，全都堆在课桌的抽屉里面，乔望不会不知道。

所以，当陈恙看见乔望寄过来的那堆东西时，有些不解。

他翻着那一堆东西，眼皮垂着，有些不耐烦。

他准备收起来的时候，不经意间碰散了那堆信封，于是被压在粉色信封下面的白色明信片就那样突然暴露在陈恙眼前。

纯白的纸上写着两行字，字迹很工整，娟秀的蝇头小楷。

没有署名。

但也就是那两行字，让男生原本平静的面色生出了一丝裂痕。

上面写着——

再无相见的日子里，祝你前途无量。

陈恙，我再也不要喜欢你了。

最后一笔的笔锋凌厉，隐隐看得出来，写这字的人当时下了多大的决心。

陈恙的记忆力不算差，他见过类似的字迹。

在作文上，在试卷上。

那是属于她的字迹。

陈恙眼底不耐烦的神色褪得一干二净，取而代之的是讶异和沉默，他眉眼低垂，薄唇紧抿。

之前某些不明朗的情绪似乎在一瞬间自动理清，但是他并未觉得舒缓，反而觉得轻一下重一下，惹得他心里一燥。

高三开学一周了，按照明中的教学进度，并不会给高三生一个适应学习强度，放缓复习进程的过渡期，而是直接进入了紧锣密鼓的复习阶段。

学习不比高二轻松，尤其许知恙还在重点班。

但是许知恙基础好，一轮复习也不会很吃力。

得益于寒假补习，许知恙的数学成绩突飞猛进，在期初考的时候竟然上了140分。

没了数学拖后腿，许知恙的成绩稳稳地占据前排，成了年级第一。

这一年除了陈恙出国之外，还发生了另外一件事——陆之杭复读了。

起初她听见这个消息的时候还是挺震惊的。

许知恙听说陆之杭这次考了590分，在普通班算是不错的成绩，却没能上重本线。

她早就知道了陆之杭的真实水平其实远超他的成绩。

他可能觉得自己这次没有发挥出真实的水平，想再拼一把，所以选择了复读。

一个骄傲的人复读不是什么光荣的事，他没有选择在明中复读，而是去了六中。

一所民办的中学，升学率惊人，封闭式管理，在教学上堪称魔鬼式训练。

一晃半个学期过去了，许知羡每天起早贪黑，三点一线式的学习让她稳坐年级第一的宝座，且成绩和第二名拉开了很大的差距，一骑绝尘。

她拼命地学习，虽然让她的成绩遥遥领先，她的身体却跟不上她学习的脚步了。

沈舒迩看她越来越瘦，看得很心疼。偶尔和她一起吃饭，也会发现她根本吃不了多少，有时候还会不吃。

沈舒迩有些担心："羡羡，你是不是生病了，你有没有觉得哪里不舒服呀？"

许知羡安慰她说："没事，就是没什么胃口。"沈舒迩将信将疑。

下午第一节课的时候，许知羡上着数学课，突然觉得天旋地转，她默默地从后门出去，几乎是冲到厕所，掬着冷水洗了把脸。

这是预兆，也给许知羡提了个醒，她开始重视自己的身体，每顿饭都逼着自己吃下去。

可好景不长，这半个学期来的强撑终于在某一天中断。

那天是周六，陆之杭回来，经过许知羡房间的时候听见屋里传来椅子拖拽的声音，随后有东西倒地，发出了砰的一声。

他脚步一顿，敲了敲门。

里面没人应答。

陆之杭想到许知羡那弱不禁风的样子，心里隐约有种不祥的预感。

他拧了几下门把手，发现门没锁，松了口气，推开门一看，发现许知羡倒在了书桌旁，东西撒了一地。

少女的唇色和脸色一样白，闭着眼，头枕在臂弯，露出的手腕细到陆之杭觉得他能轻易把它折断，她整个人脆弱得让人不敢触碰。

他没敢耽误，先叫了救护车，之后才打电话通知远在明大的陆弘铭和周清茹。

许知羡醒过来时已经是晚上九点。

她睁开眼睛的时候还有些恍惚，整个人轻飘飘的。

她好久没有睡过这么舒服的觉了。

她打量了四周，看到床边挂着点滴，才发现自己身处医院。

病房里的窗户没关，风透过薄薄的纱窗吹进来，她压在被子上的手凉飕飕的，忍不住瑟缩了下。

倏地，窗户被关上。

许知羡抬头望去，发现陆之杭不知道什么时候站在了窗边。

他双手插着兜，脸色不太好看地看着她。

两人对视了十几秒，都没有开口。

陆之杭低着头，从兜里摸出一包烟，抽出一根夹在指间。

"陆之杭。"

许知羡开口，声音有些微弱。

"我是病人。"她说。

言下之意就是不能在病房里抽烟。

陆之杭低声骂了句脏话。许知羡虽然听不清，但是她知道按照陆之杭的性子，那就是脏话。

他骂骂咧咧地把烟塞回了口袋。

她也是在看见陆之杭后才想起自己的处境，醒了醒神，开始回忆自己为什么会晕倒，又为什么会在这儿。

她记得她刚洗完澡，头发才吹了个半干，就听到有电话进来，是沈舒迤打来的。

在接沈舒迤那个电话的时候许知羡已经觉得眼前有些黑了，但是她把这归因于洗澡洗了太久，没去在意。

直到电话挂断，她才隐隐觉得双腿有些发软，四周的景象也在眼前打转，越来越模糊。

然后她就直直地倒在了书桌旁。

万幸的是，没有磕到头。

许知羡呼了口气，对上了陆之杭的视线。

她问："是你送我来医院的？"

陆之杭跩得跟二五八万似的，理直气壮地开口："废话。"

许知羞："……"

即使如此，她还是感激地和他说了声谢谢。

时间有些晚了，走廊里很安静，病房里更是只有他们两个大眼瞪小眼，氛围有些诡异和尴尬。

许知羞盯着他的脸看了一会儿，忽然幽幽地开口："你被甩了。"

没头没尾的一句话，陆之杭却听懂了。

陆之杭走近，低头看着她，脸色阴沉，嗤笑道："你别再让我听到这句话，不然你就不只是躺在这里这么简单，得去负三了。"

负三，太平间。

许知羞挠了挠眼下的皮肤，一脸无辜地眨了眨眼。

陆之杭见她没心没肺的样子，觉得她应该没什么事了。

再开口时他的语气有点贱："你情场失意，好歹考场得意。"

陆之杭顿了顿，又说："你喜欢他。"

这句话是肯定句。

两人打交道的次数很少，但兴许是同道中人，一个眼神就知道对方在想什么。

这个年纪的少男少女哪有什么其他心事？无非就是失恋了。

许知羞觉得被窥探到心事，有点羞赧。

陆之杭看了看她，突然开口："许知羞，及时止损。"

许知羞抬眼，入目是男生罕见的正色，他说这话的时候神情格外认真，就像是在劝阻一个误入歧途的少女迷途知返一样。

她心脏有些抽痛。"及时止损"，这四个字就像一只强有力的手，无情地将她好不容易闭合的内心撕扯出一道口子。她的心细细密密地疼。

沉默了半晌，她才开口："我知道，我不会的。"

陆之杭看着她惨白的小脸，虽然他知道说这些对她来说很残忍，但是该停在那儿的东西，就该让它停在那儿，陷下去，对她毫无益处。

许知羞也深谙这个道理。

有什么想不开的？她又不是失恋。

陈恙有自己的选择，她也有，她的目标是高考，是南大。

人永远会往前走，能陪自己走下去的，只有自己。

兴许是交换过了秘密，许知恙觉得自己和陆之杭也算是秘密之交了，他怎么说也会对自己客气一点。

于是她得寸进尺地向他提了个小要求。

许知恙说："你能不能帮我倒杯水？"

"你使唤我？"

陆之杭尾调微扬，是不可思议的语气。

但是当他看着少女湿漉漉的杏眼，突然就有点心软。

他开口，语气极为欠揍："你求我啊。"

许知恙说："求你。"

陆之杭："……"

对方的态度太好，他一点成就感都没有。

他揉了揉头发，打了个长长的哈欠，懒懒地回："行。"

许知恙唇角勾起了一抹弧度，眯了眯眼，弯着的眼睛像月牙一样。

那笑很干净，带着点小俏皮。

陆之杭看得愣了一下，心里好像有个地方塌陷下去。

第 22 章

那天陆之杭回去之后周清茹和陆弘铭就来了。

周清茹询问了医生详细的病情之后才放下心来。

医生说没什么大事，就是长期休息不够，导致脑供血不足才会突然晕倒。

周清茹从家里带了炖好的补汤给许知恙，盯着她全部喝完后，又打电话给许知恙的班主任请了三天假，让她在家好好休息。

许知恙是文科重点班的重点关照对象，班主任一听未来的"省状元"学习到晕倒，差点就要打车亲自去医院看她，哪敢不批假？

班主任询问了几句，确认许知恙没什么大事才放心地挂掉电话。

晚上十一点她回了家，简单洗漱后就上了床。

陆之杭今天也折腾得挺晚的，没回学校。

他现在读的六中是寄宿学校，每周只有一天假。

这会儿已经十一点了，对面的房间里还传来一阵很大的说话声，听上去像是在打游戏，又像是在……打电话。

当时陈恙那边的时间是下午三点多，他刚从外面回来，还没开门就接到陆之杭的电话。

他按了接听键，一声"喂"还没说出口，对方就开始骂骂咧咧。

脏话不带重复的，听得陈恙一愣一愣的。

末了，陆之杭终于进入正题。

"她还没成年。"

陈恙："……"

"你这辈子都别回来祸害人了。"

陈恙："……"

陈恙进了浴室关上门。

他不紧不慢地脱了外套随手扔在脏衣篓里，手机随意地搁在洗手池上，陆之杭的声音在外放。

"你说你到底招惹了多少个女孩子？你又是什么时候招惹了许知恙？你招惹别人也就算了，好学生你也不放过。"

陈恙赤着身出来，拿了浴袍又进去。

"喂喂喂，你到底有没有在听我讲话？"

"有，我挂了。"

陈恙果断挂了电话，转身继续洗澡。

陆之杭被挂了电话，火力全开但中途被熄了火，一股气无处撒。

他又在微信上不断地骚扰陈恙。

浴室里水雾弥漫，陈恙开了花洒站在下面，冒着热气的水自他头顶流过他的眉骨，顺着下颌滚下去，自上而下汇聚成一股水流最终没入了腰腹之下。

他一手抵着湿热的瓷砖，浓密的睫毛挡住了模糊视线的水流。

他的脑海里不断回放着刚刚陆之杭说的话。

陆之杭那人一向嘴上没把门的，什么脏话都敢往外说，嘴臭得不行，但是他说的话却直击人心。

陈恙闭着眼，撑在瓷砖上的手收紧握成拳，抹了一把脸上的水，舌尖舔了舔后槽牙，咬牙切齿。

陈恙，你可真是好本事。

他脑海里忍不住闪过少女蹲在花圃旁朝他看来时那干净的眸子。

他冷硬的喉结滚了滚，有些哑地低骂了一声。

请假在家的那三天周清茹都在帮许知恙补身体，每天鸡汤、乳鸽汤轮着来，早餐加鸡蛋，夜宵温牛奶。

许知恙觉得自己再这么吃下去，可能到去上学那天就得胖死了。

许知恙请假的消息没能瞒过沈舒迩，那天下午放学晚，沈舒迩说她要过来，但是许知恙阻止了她，说自己明天就去上学，沈舒迩这才放心。

那次之后许知恙的身体变好了很多，小脸圆润了些，那双眼睛又恢复了以往的神采。

好身体的加持让她在学习上如鱼得水，她的基础本来就好，稍加努力就是别人追赶不上的高度。

似乎沉下心来之后自然而然就会忘记一些东西。

高三日复一日的考试和复习对她来说不是枯燥无味，相反，她很享受这个平静的过程。

一模的时候全市都在讨论这次的模拟考试是有史以来最难的一次，但是许知恙却以全市第一的成绩让文科班的老师看到了希望。

所有人都在讨论许知恙会不会是明中继陈恙之后的第二个省状元。

去年陈恙以裸分715分的成绩成了名副其实的省理科状元。

不过明大和南大被拒在前，其他学校也没好意思上门招生，加上人家出国的意思很明确，一颗耀眼的星星就以那样低调的方式消失在了众人的视野里。

不过许知恙对于自己是不是省状元并不感兴趣，她一向低调，觉得做好自己该做的事比什么都重要。

就这样，许知恙顶着"未来省文科状元"的名头活在了各科老师和全年级同学的口口相传里。

事实证明，期望过高使人发挥失常。

许知恙也在二模的时候迎来了人生中第一次滑铁卢。

她的数学基础本就薄弱，全靠那些补习学到的技巧在填补，数学很容易拖后腿。

那一年的二模卷子听说是市里某位数学教授出的，很多人都在他手里栽过跟头。

许知恙也不能幸免，数学只考了 79 分。

一夜回到解放前。

这让一众老师捏了一把汗，但是又不敢苛责，只能疏导她。

但是那次的成绩是个意外，三模的时候许知恙就又以绝对的优势位居第一。

高考前一天，许知恙难得出了趟门。

明城有个香火很旺盛的寺庙，名为西檀寺，听说求学业和求姻缘最灵验。

许知恙来明城这么久还没去过，鬼迷心窍地搭了那天最早的一班地铁去了。

西檀寺不像大多数寺庙一样建在山上，相反，它建在老市区，出了地铁站走个十几分钟就能到。

许知恙起得有些早，出门后只喝了袋牛奶，吃了几片冷的吐司，这会儿肚子有些凉。

她走了五分钟就觉得有点累，走走停停，晕晕乎乎地跟着手机里的导航绕进了一条小巷子。

铺着青石板的地面有被洒扫过的痕迹，映着从树梢打下来的阳光，有些晃眼。

许知恙一抬头，就看见大雄宝殿正中供奉的用黄铜打造的大佛像。

她进了佛寺，一路走到大殿。

这会儿还早，没什么人，她在大殿的蒲团上跪了快半个小时，也不见有人来赶她走，于是就和佛祖多说了会儿话。

许知意从不是个信佛的人，但是她看见陈恙腕上那串佛珠的时候，莫名地对神佛生出了敬畏之心。

她阖眸，诚心诚意地拜了拜，然后起身离开。

踏出大殿的时候有个人问她要不要去求个签，许知意想着来都来了，于是点了点头，随他转身进去。

西檀寺灵不灵验许知意不知道，她倒是在当天晚上发了低烧。

第二天就要考语文，她那天晚上睡到半夜的时候突然止不住地咳嗽，一躺下就犯恶心，她看了眼时间，才凌晨两点，她翻了个身，没去吵周清茹，自己轻手轻脚下楼去倒了杯水。

躺回床上时翻来覆去睡不着，她试着坐起来睡，拉高了被子靠在床头，闭着眼，就那样睡了一夜。

第二天考试的时候许知意咳嗽得越来越厉害，语文开考的时候还伴随着一点耳鸣。

她只敢小声地咳，忍得很辛苦。

终于挨到了八号下午的最后一场考试，伴随着结束铃敲响，高考结束。

这场千军万马过独木桥的战役总算是完美收官。

她的感冒有所好转，所以在高考后的第一天，沈舒迤拉着她去主题公园，她答应了。

可结果就是，许知意的感冒变得严重，又开始发烧。

医生来家里给她吊完点滴，周清茹跟着去拿药。

陆之杭就趁着那个空当，慢悠悠地走到她的房门口，嘲笑她。

没错，嘲笑。

"你上辈子是不是林黛玉？"

许知意："……"

"动不动就生病。"

许知意："……"

"你不如去学医好了。"

许知恙喝水的动作一顿，随即缓慢地喝了口水润润嗓子，淡淡开口，把话题抛到陆之杭身上："陆之杭，你想学什么专业？"

"你呢？"陆之杭反问。

许知恙没回答，心里却有一个呼之欲出的答案。

她没的选择。

从她读高中起，从她每个假期都回南城起，她就注定别无选择。

高考后的暑假她照旧回了南城。

回南城的这天，她接到了来自不同的人的电话。

也是在这天，许知恙知道了自己的成绩。

670分，名副其实的省文科状元，她的努力没有白费，也没有让所有人失望。

高考成绩出来之后，明大和南大招生办的人都到家里来了。

那天，周清茹打了电话给远在南城的许知恙，对她说明大和南大总得选一个，当然，明大最好，毕竟就在明城。

许知恙却坚持："妈，我想留在南城。"

许知恙的选择把周清茹气得够呛，她知道这里面有大部分原因是连书因想让许知恙留在南城，她对自己的女儿没有独立思考感到失望。

几番波折之后，许知恙还是去了南大。

她也说不出来为什么不想留在明城，大抵是那个城市有太多她不想回忆的东西。

这一年陆之杭超常发挥，复读一年没有白读。

他以698分的成绩考上了明大，被计算机系录取了，而沈舒迩也堪堪过了一本线，去了明城戏剧学院读艺术生。

大学开学之前许知恙回了一趟学校，碰巧在高三文科重点班的教室外面碰见了刘胡波，她曾经的数学老师兼班主任。

刘胡波看见她还有些意外，笑着邀请她去办公室喝茶。

许知恙再面对他时没有了高二那个时候对他的那种抵触——一种因为厌恶学科而抵触科任老师的那种抵触。

她发自内心地感到轻松，笑着说："老师，我数学考了130分。"

听到这话的时候刘胡波眼里泛着泪光，点了点头，很欣慰。

其实他知道这些孩子都不容易，尤其是许知恙，前段时间她生病请假那次高三年级的老师都知道，也都格外关注她。

刘胡波作为她曾经的班主任，自然也会下意识地关心她。

说完话，许知恙去了语文组的办公室拿回属于自己的奖状。

市里的征文比赛很拖沓，奖状层层分发，发到他们这里的时候他们竟然已经高三毕业了。

拿完奖状后，许知恙下了楼，漫无目的地走着，不知怎的就走到了篮球场。

她永远不会忘记那无数个假装不经意经过这里，只为看篮球场上某个打篮球的男生的下午。

她想，每个女孩子应该都会在青春期遇到一个像光一样的少年，他随性坦荡，意气风发，让人爱慕一生。

不过，从今往后，那个穿着黑色球衣的男生再也不会出现在这个篮球场里了。

她收回目光，继续朝前走着，快要拐到教学楼的时候，正好碰到了刚上完体育课的高三学生。

一群男生嬉笑着迎面走来，走在最前面被人簇拥着的男生穿着黑色短袖，头发被汗水浸湿，拂过眉骨，他正和旁边的人说着话，漫不经心地扯了抹笑，笑骂一声。

许知恙看得出了神，就那么直勾勾地看着朝她走来的男生。

可能是她的目光过于直白而又炽热，不只是为首的男生注意到她了，旁边来来往往的人看见她站在那儿一动不动，都好奇地多看了几眼。

周围响起起哄声，夹杂着轻佻的口哨声，许知恙被猛地拉回神，却见刚刚那个男生已经走到她对面，眼睛一眨不眨地盯着她，口吻带着些戏谑："学姐一个人吗？中午要不要一起吃个饭？"

话落，周围的男生大笑。

"笑屁啊笑，"男生骂了一声，又换上一副笑脸看着许知恙，显然也是来了兴趣，"学姐赏脸吗？"

他话里的轻佻让许知恙有些反感和无措，她后退一步，很小声地说了一句"抱歉"之后就快速地上了楼。

经过二楼教务处的时候，许知恙看到一个熟悉的面孔，是乔望。

乔望看见她也有些意外，朝她点了点头。

许知恙愣了一下，朝他摆了摆手。

乔望是陈恙的朋友，她和陈恙的交集并没有多到能认识陈恙朋友的地步，他们只在奶茶店见过一次。

乔望手里拿着东西朝她走来，一见面就向她道喜："恭喜，省文科状元。"

许知恙有些不好意思，腼腆地笑了一下，说了声谢谢。

遇到旧时人总让人觉得很亲切。

听说去年陈恙是省状元而他是榜眼，但遗憾的是，他们都没选择明大或南大，而是选择出国。

那一年这两所高校就这么错失了两位难得的人才。

说话的时候许知恙觉得乔望很温柔，有着那种由内而外的，来自骨子里的教养。

乔望谈吐不俗，想必也和陈恙一样，有一个不错的家世。

和许知恙道别后，乔望目送少女往校门口走。

他不由得想起，他们高考前的某天，少女蹑手蹑脚地进了他们教室，将什么东西夹在给陈恙的那堆情书里。

从那刻起，乔望就知道，陈恙输了。

第 23 章

暑期很快就过去了，八月底的时候许知恙就回了南城，准备入学。

她是那一年的省文科状元，专业都在等着她挑。

和连书因商量后她还是报了非物质文化遗产保护专业。

连书因是南大非遗专业的顾问，学院里很多人都知道许知荟和连书因的关系，也知道许知荟就是连书因选中的非遗传承人，于是许知荟一入学就受到了来自全院的关注。

报道之后许知荟领了校园卡就去了宿舍。

许知荟住的是四人间，其他几个舍友有来自川市、徽城的，只有一个和她一样是南城本地人。

睡在许知荟对面床铺的女孩子叫云朵，名字很甜美，人长得却和她的名字大相径庭，是个身高1.72米，有着大波浪的高冷御姐。

开学第一天，许知荟就看见她在宿舍楼下拒绝了三个前来搭讪的男生。

入学前三天，新生基本都在听院长和各个教授的讲座，为接下来的学习做准备。

第四天，大一新生迎来了军训。

许知荟从小就不爱锻炼，体育特别差，为期十三天的军训显得格外煎熬。

但是八卦是打发煎熬时光的好法宝。

他们是以宿舍为单位站在一起的，站在许知荟旁边的女生叫周涵，一个川市的妹子，性格是带着地方特色的火辣辣。

她站着军姿，趁教官不注意，凑在许知荟耳边说："你看见没有？对面计算机系第一排的第一个男生长得特别帅。他就是我的菜，我下训一定要去找他要联系方式。"

许知荟憋着笑，没回她，只点了点头，对她的英勇行为表示鼓励。

周涵见她不信，又凑过去一点："你别不信，三天，老娘一定泡到他。"

这话说得掷地有声，前后排站得近的人都听见了，有的人憋不住，扑哧笑出声。

刚巧被教官听见，被训斥了一番。

"后面的女生在笑什么？说大声点让大家一起笑啊。"

许知荟立马拉平嘴角，不敢再笑，谁料周涵是个不怕死的，举了手打报告。

"报告教官，我说我三天之内一定要追到对面计算机系的那个男生。"

话落，方阵中发出了一阵不小的起哄声，掌声热烈，似乎是在赞赏女生的勇敢。

教官喝了一声："吵什么吵？都安静！"继而对周涵说："你，出来。"

周涵挠了挠许知恙的手背，悻悻出列。

"扰乱秩序，二十个深蹲。"

周涵一脸正经地说道："报告教官，不是你让我说的吗？"

他们的教官是一个二十来岁的小伙，一听她当众叫板，有些下不来台，当即就冷声道："再说做四十个。"

周涵好汉不吃眼前亏，服从指令做了二十个之后就归队。

当天洗完澡，许知恙坐着抹护发精油，就见周涵钩着云朵的脖子，气愤地说道："我怎么了，我说我要追计算机系的男生有什么不对吗？他凭什么叫我当着所有人的面做深蹲！"

云朵低着头在回信息，时不时点头表示赞同，没说话。

周涵火力全开却没人捧场，有些不得劲，她撒开云朵蹭到许知恙身边，又开始新的一番抱怨。

"恙恙，你说我说得对不对？喜欢就要去追啊，干吗藏着掖着？喜欢一个人又不是什么见不得人的事情，现在是新世纪，大清都亡了多少年了？现在都倡导自由恋爱啦！"

后面的话许知恙没有听进去，她听见前半段，心头便猛地一颤，脑子里空白了几秒，继而脑子像是被人拿着锤子一下一下敲着，嗡嗡作响。

周涵说完发现她不对劲，推了她一把，拿手在她的眼前晃："恙恙，你有没有听我说话？"

"啊？"许知恙回神，蒙蒙地看着她。

她刚洗完头，头发擦得半干，微湿地搭在肩上，一双杏眼湿漉漉的，就那么直勾勾地朝周涵看去。

周涵即将说出口的话一滞，心脏像是被重重一击。

她突然就叹了口气，觉得自己的说辞并不能让许知恙认同。

"算了，你那么乖，追你的人肯定很多，肯定不知道喜欢一个人是什么感觉。"

许知恙眉头轻皱了下，抿了抿唇，挪开眼。

云朵一直在刷手机，但是这里发生的一切全都被她看在眼里。

她收了手机走到许知恙身边，摸了摸许知恙柔软的发顶："看你这样子，是有喜欢的人的。"

周涵大大咧咧的，没有云朵观察得仔细，闻言，双眼发光地看着许知恙问："真的假的，你有喜欢的人？那他长什么样，是哪里人，是什么类型的？"

周涵嗅到了八卦的味道，顿时就忘记了要追计算机系男生的大任。

许知恙笑着摇了摇头："他很优秀，不过他已经和别的女生一起出国留学了。"

云朵看着许知恙温软无害的笑，一瞬间觉得很心疼。

"是暗恋啊。"

许知恙点头。

周涵眨了眨眼，觉得有些不可思议，话准备说出口时就被云朵一个眼神制止，她抿了抿唇，目光又落在许知恙身上。

周涵笑嘻嘻地说："多大点事啊？南大多少优质单身狗，实在不行，考个研，明大也有。"

许知恙被她逗笑。

还挺押韵的。

许知恙摸了摸鼻子，一脸轻松地说："已经过去很久了，我也快忘了他了。"

云朵拍了拍她的肩，特别豪放地说："男人，影响我们学习的效率，玩玩可以，千万别当真，男人都不是好东西。"

许知恙："……"

那天晚上聊完八卦之后，舍友之间的关系肉眼可见地亲密了很多。

云朵和她是南城本地人，俩人口味比较像，经常一起吃饭。

时不时会有男生凑上来跟云朵搭讪，云朵冷得不行，一口回绝。

她戳着碗里的白米饭，懒洋洋地开口："你看他们这小胳膊小腿的，还敢上来搭讪，姐姐一手就能把他们撂倒。"

许知恙忍俊不禁。

她倒是忘记了，云朵练过跆拳道。

人家只喜欢将青春奉献给祖国的兵哥哥。

云朵忽然托着腮冲许知恙暧昧一笑："我要是男生，我就喜欢你这样的，谁会拒绝甜妹啊？我爱得不得了。"

许知恙脸皮薄，不经挑逗，一句话耳朵就红了。

她捏了捏耳垂，让云朵赶紧吃饭。

大一一晃而过，许知恙大一的时候就把该修的学分都修了，绩点保持遥遥领先，准备大二再修一门。

她原先读的是非遗教育与传播，又修了一门文物保护。

她没有参加社团，但是大二的时候她参加了一个院里的辩论赛。

辩论赛的主题是"非物质文化遗产应不应该融入流行元素"，许知恙是正方，持"非物质文化遗产应该融入流行元素"的观点。

一开始他们进行得很流畅，许知恙的队伍占了上风，但是后半场自由辩论的时候，反方一个叫温奈的女孩子步步紧逼，提问很犀利且很有针对性。

许知恙在最后三十秒以一个强有力的例证力挽狂澜，险胜了反方。

赛后，许知恙被同队的人拉着去吃饭，地点就在校外的一家大排档。

饭吃到一半，许知恙注意到正前方有道很炽热的目光一直在盯着自己。

她警惕地抬头，发现温奈不知道什么时候进来了，还坐在了那里，温奈手里拿着一杯喝了一半的啤酒，眼神犀利地盯着她。

许知恙握着筷子的手一紧，下意识地避开温奈的视线。

下一秒，温奈起身朝她走来，停在她身侧的位置，微微俯身，弯了弯唇，自我介绍道："你好，我是温奈，你的……对方辩友。"

许知恙盯着她朝自己伸来的手，愣住了。

看她刚刚那架势，怎么说都不像是要来和自己交朋友的，倒像是想把她手上的啤酒往自己脸上泼。

许知恙下意识地松了口气，握上她的手，说："你好，许知恙。"

温奈点头，递给她一个了然的眼神："认识，省状元。"

许知恙又是一愣。

她有种敌暗我明的不祥的预感。

仿佛所有认识她的人都知道她是省状元，她却对他们一无所知。

同队的人见温奈过来，面面相觑，顿时明白了这是不打不相识的交情，于是吆喝着邻桌的对方辩友过来凑一桌，变相地联谊。

许知恙原本以为温奈是那种不服输的要强的性格，但是接触过之后，她觉得她对温奈一无所知。

比如温奈看起来要强，不服输，实际上她才是名副其实的随性第一人。

这次参加辩论赛只是因为和同队的人打赌输了，被安排到自由辩论环节，她憋着一口气无处发泄，只好逮着对方辩友一通输出。

虽然最后还是输了，但是这场辩论赛打得相当漂亮。

再比如她长了一张清心寡欲的脸，但实际上比任何人都爱看一切让人心情愉悦的东西，比如美女和帅哥。

许知恙得知温奈和自己交朋友是因为自己长得好看的时候，已经大二下学期接近期末了。

他们专业大一课多，大二反而课少，整个学年许知恙都在文献室度过。

温奈偶尔会和她一起待在文献室。

一来一往，两人就结下了深厚的文献室友谊。

一天她们从文献室出来的时候，正巧遇到同门的一个学弟站在文献室门口，温奈瞥了他一眼，搂着许知恙的腰，有些漫不经心地说："这周都第几个了？你再拒绝下去会伤害祖国的花朵知不知道？"

许知恙笑笑，拉着她拐到楼梯下去，绕开了那个男生。

温奈挽着许知恙的手，很认真地说："我就想知道，会不会有个男生出现，战胜你的白月光。"

许知恙顿了顿，眼里的亮光一闪而过，复又恢复平静。

她弯了弯唇："不是所有的喜欢说出口都会有回应。"

她在巷子里遇到他和秦欢的那次，她的勇气就已悉数散尽。

她不是个胆小的人，但也绝不是勇敢的人。

第 24 章

吃完饭后两人回了宿舍。

等着洗澡的时候，许知恙闲来无事刷着朋友圈，突然看见一条评论，刷手机的手一顿。

南大有个同乡会的群，她读大一的时候被大一届的学姐拉了进去。

每年过节什么的都会有活动，但是许知恙不是喜欢凑热闹的人，想退又觉得不太好，于是就这么放着。

有一天一个男生通过同乡会的群来加她。

许知恙原本是不想通过的，但是那个男生连续发了三条验证信息：

小姐姐，你是明中的吧？我也是。我之前和恙哥打球的时候见过你，你是沈舒远的同学吧？

当时她的脑子里一片空白，手指不听使唤地点了同意。

但是那个人只是看在同校的分上加了许知恙，并没有其他的事，只安安静静地躺在许知恙的好友列表里。

她都快忘了自己的好友列表里还有这么一个人，刷朋友圈的时候才猝然想了起来，也从他的评论区里想起了那个人。

他转发了一条推文，是某条最新出台的环境政策，在底下评论的人不少，插科打诨的人也不少。

朋友圈的评论只有共友可见，所以许知恙看不见其他人评论了什么，只能看见他的回复：等我恙哥去拯救。

拯救。

许知恙忽然笑了一下。

拯救世界吗？

不过一分钟底下又刷新了。

这次他的回复是：别删我，恙哥!!!

许知恙握着手机，手指抠着手机壳，原本勾着的唇角缓慢拉平，盯着那几条回复，情绪有点低落。

从这两句话中她大概能猜到陈恙读了什么专业。

听乔望说，他和陈恙都在 T 大，当时许知恙装作漫不经心地听着，可是之后她就偷偷去查了 T 大的地理位置。

在英国。

所以这么多年过去，她手机里面的时间一直都有英国这一项。

"恙恙。"

周涵拿着毛巾从浴室里出来，看她又开始一个人发呆，拿手在她面前晃了晃。

"啊？"许知恙回神，慌忙把手机扣住。

周涵挑了挑眉，打趣了她几句："哟，看什么呢，看得这么出神？帅哥？八块腹肌的？"

许知恙下意识地摇头。

周涵又说："那是 05 后的八块腹肌的弟弟？"

许知恙下意识又要摇头，倏地发现被她带偏了，脸红了红，小声辩驳："才不是什么帅哥，我不和你说了，我去洗澡！"

许知恙说完，把手机放好，拿着睡衣冲进了浴室。

周涵擦着头发的动作一顿，笑了一下。

许知恙真是太可爱了，什么都当真。

几分钟前小胖发的那条朋友圈，许知恙和他的共友不多，能看到的点赞也不多，但实际上这条朋友圈有上百个赞。

所以，当陈恙让小胖把这条朋友圈删掉的时候，小胖情绪激动地把点赞的截图发到他们几个人的小群里。

小胖：恙哥！你看看，这么多人点赞，你怎么忍心让我删掉?!

陈恙那边刚下课，他从兜里掏出蓝牙耳机塞进耳朵里，发了条信息给乔望后就径直出了教室。

教室门口围着几个女生，其中有一个黄头发黑眼睛的中国妹子。

她看见陈恙走出来，大着胆子凑到他身边，朝他扬了扬手机，屏幕上的二维码格外显眼。

她的目的也格外明显。

陈恙脚步一顿，换了只手拿课本，眉毛扬了扬，恰在此时，耳机里传来男生平淡的说话声。

陈恙淡定地把手揣进兜里，勾了勾唇角："教室门口，过来。"

女生一愣，就见陈恙绕开她走向了另一个……男生。

男生同样眉眼清冷，容貌出众，两人走在一起一时竟不知道是谁更胜一筹。

陈恙和女生擦肩而过时很轻地说了声抱歉。

拒绝的意味很明显。

但这两字，远不及陈恙所做的更让她吃惊。

陈恙朝着乔望走去，站定在他面前的时候微微倾身，凑上去。

女生手上握着的手机顿时吧嗒一声掉落在地上，发出了不小的声响。

他俩!!!

女生瞳孔地震，止不住震惊!

难怪陈恙从来不接受女生的表白，原来是这样!

她像是知道了什么不得了的事情一样，拉着小姐妹跑开。

这边。

陈恙朝乔望走过去后就仗着身高优势挡住了女生的视线，乔望冷着一张脸皱眉，刚想把这厮推开，就听见他很轻地开口。

"我裤链没拉。"

乔望刚从裤兜里抽出来的手一顿，没推开他。

等到陈恙转头时他一低眼，才发现又被陈恙摆了一道。

"你这挡桃花的本事渐长。"

陈恙把耳机取下来，顺手揣进兜里，笑了笑："谢了。"

吃完饭，陈恙去了趟实验室，交完报告之后在楼下的咖啡厅等乔望一起回宿舍。

他就是在这个时候看到了小胖的信息。

陈恙之前刷朋友圈，浏览到这条推文的时候就笑了。

这条推文是最新的一条环境政策不错，但是里面的某些指标和数据，甚至术语都格外不严谨，一看就是那种野鸡公众号在蹭时事热点的热度。

他二话不说，让小胖删了，结果这傻子还拿了一张截图和他商量。

陈恙带着最后一点耐心点开了小胖垂死挣扎发来的一张截图，用指尖放大时看见一个熟悉的名字，不禁一愣。

他骨节分明的手指保持着缩放图片的姿势，那个名字就那么从指缝中暴露在陈恙面前，他的目光自动将其他信息虚化，眼里只有不断放大的三个字：

许知恙。

他愣了好几秒，直至手机传来嗡嗡两声振动，才回过神，习惯性地点了保存。

他也不知道是什么时候养成的习惯，反正就极其自然。

上次沈舒迩和许知恙去主题公园，沈舒迩发了三次朋友圈，基本都是沈舒迩的自拍，刷屏刷得他都想把沈舒迩拉进黑名单。

一开始陈恙没注意这小屁孩是和谁去的。许是消息更新太快有点卡，他点了好几次都没有退出去，不慎就点开了其中一张图。

照片是沈舒迩拍的，从照片中的视角来看，应该是她站在大南瓜前，举着手机拍蹲在地上摸着小兔子的女生。

不得不说沈舒迩没什么文化细胞，但艺术细胞还是有一点的。

那张照片的光影和构图都很好，阳光从女生的身后打下来，衬得她的皮肤格外白皙。

她垂着头，马尾辫朝一边垂下，露出了饱满的后脑勺，以及纤长细嫩的脖颈上小得近乎看不见的红痣。

看不清脸，但这圆滚滚的后脑勺陈恙还是认识的。

他盯着那张照片看了很久，眼底有他自己都没发觉的柔软。

保存了那张截图之后，陈恙退了出来。

群聊里小胖刷了满屏的感叹号和表情。

陈恙皱了皱眉，没听他胡扯，点了他的头像，直接跟他私聊。

陈恙：哪个许知恙？

这句话很无厘头，小胖直接被问蒙了。

小胖：恙哥，什么许知恙？

陈恙顿了顿：你截图里面的那个。

小胖恍然大悟：就高中那个啊，沈舒迩妹妹的同学。恙哥，怎么了，国外的妹妹太好看，以至你这么快就把我们的"明中之光"忘记了？

陈恙发了个问号给他。

没等陈恙多问，小胖就像万事通一样开始向他讲述许知恙在南大的事迹。

末了，陈恙问：很多人追是多少？

小胖：她是中文系的，中文系男生少，应该不会很多。

陈恙听完心里莫名地松了口气。

紧接着小胖的下一句话让他笑不出来了。

小胖：不过计算机系和他们系上课的地方隔得很近，好像经常看见计算机系的男生在文献室门口转。

小胖说完，愣了几秒，随即感觉到不对劲：不对，恙哥，你问这个干什么？你要追她?!

陈恙扯了扯嘴角，冷笑一声：追个头，我替陆之杭问的。

小胖隔着屏幕都能感觉到陈恙说这句话时凉飕飕的语气，不由得摸了摸脖颈。

陈恙没再追问许知恙的事，扯回正题：把推文删了。

小胖刚想再狡辩，陈恙又甩出了一条链接。

陈恙：信息有误，数据不对，发这条。

陈恙发给他后就没再搭理他，接着又看见他在群里咋呼。

小胖：把"恙哥严谨"打在公屏上！

陈恙："……"

洗完澡后许知恙接到了周清茹的电话。

周清茹嘱咐她天气转热了不要贪凉吃生冷的东西，千万不要喝奶茶和咖啡。

许知恙穿着无袖的棉质睡衣，手臂搭在栏杆上，听着周清茹絮絮叨叨，时不时嗯一声表示回应。

快要挂断的时候周清茹又问了一句："暑假会回明城吗？"

许知恙指甲敲着阳台的不锈钢栏杆，发出细小的嗒嗒声。

她垂着眼，看向楼下一对对黏在一起的小情侣，淡淡开口："回吧。"

周清茹一听这话语气也不免轻松起来："好，回明城妈妈给你多炖点汤，多补补，回来之后约个时间去医院复查一下。"

许知恙点了点头，应了声好，和周清茹道了声晚安之后就挂了电话。

回明城的那天，沈舒迩给她打了个电话，问她什么时候有空，能不能出来吃个饭，许知恙想两人也很久没见了，就应下了。

沈舒迩如今已经进组拍戏了，虽然不红，但是资源还不错，接了几部青春校园的戏，就在明城拍。

两人约在明大附近的一家夜宵摊见面。

沈舒迩比许知恙晚到，她刚停好车就看见等在门口的许知恙，撒开腿就朝许知恙奔过去，许知恙被她扑了个满怀。

她还是老样子，一点也没变。

沈舒迩捏了捏许知恙的脸，笑着说："我的宝，你终于长肉了呜呜呜。"

许知恙被她逗笑，拉着她进去。

她现在可是公众人物了，搞不好还有狗仔什么的在门口蹲着，万一被拍到什么，影响不好。

吃饭的时候两人从各自的大学聊到大学的人，一句都没提到高中的人和事。

沈舒迩说自己下半年可能会去南城拍戏，让许知恙多来探班。

许知恙没拒绝，笑着答应了。

许知恙的大二过得还算轻松，相比之下大三专业课多了起来就没那么轻松了。

她的成绩一直稳稳地居于系里前三，直接获得了保研的资格。

不过许知恙没有选择留在南大，而是选择去明大读研。

从教学实力上讲，南大和明大不相上下，但是明大的非遗专业有更权威的教授和专家。

连书因也有这方面的考虑，才支持许知恙报了明大。

温奈和许知恙一样打算报明大的研究生，不过她没有许知恙那么天赋异禀，学得很吃力。

毕业答辩那段时间，两个人就像是文献室的原住民一样，脚下生了根，拉都拉不走。

毕业答辩一结束，温奈就订了机票拎着行李箱飞去了澳大利亚。

许知恙老老实实回了明城，和周清茹去了医院复查。

高考前她晕倒的那次就被查出来轻微抑郁，周清茹很担心，不过医生说没什么太大的问题，能好的，定期复查就行。

这家诊所是私人的，许知恙不是第一次来，不过这次看诊的是个年轻漂亮的女医生。

聊天的时候许知恙觉得医生很眼熟，但是也没多想，等到快要走的时候，医生突然叫住了她。

"你是许知恙？"医生惊讶地开口。

许知恙穿衣服的动作一顿，有点疑惑，但还是回过头朝她点头。

"我在明中的时候听说过你。"

她摘下口罩，淡笑："你好，我是秦欢。"

第 25 章

许知恙对于在医院遇到秦欢这件事觉得很震惊。听秦欢说高三那年她没有出国，而是选择了去央医读心理学，现在在当心理医生。

她长得确实很漂亮，明艳张扬，性格也很好。

从她追陈恙那会儿就看得出来。

秦欢倒了杯水给许知恙，说到当初在明中听说过许知恙的事。

"你高二读的是普通班，却是年级的黑马，我们老师每次讲作文的时候都会拿你的来举例子，我那个时候就知道你肯定会考上一个很好的大学。"

许知恙抿了口水，弯着嘴角："你也是，很优秀。"

秦欢愣了一会儿，又失笑："再优秀也配不上喜欢的人。"

许知恙心里一紧，预感到了她接下来要说的是什么，呼吸都变得很缓慢，凝神听着。

"高三那会儿我原本打算出国的，和陈恙，你认识吗？高三竞赛班一个很牛的男生。"她顿了顿，又自顾自地说，"你应该认识，之前你们还一起参加比赛来着。"

许知恙在她炽热的目光下点了点头。

秦欢又说："但是他那人，又踅又疯，我追了他那么久，他一点反应都没有，我觉得没劲，就不追了，最后就选择去央医了。"

一个被许知恙藏在心里四年的误会就在那个早上毫无预兆地解开了。

秦欢没有和许知恙聊太久，许知恙临走前留了她的联系方式，秦欢说以后可以随时来诊所找她。

许知恙道了声谢之后就离开了。

九月份，明大开学，许知恙也从一个学校踏进了另一个学校。

在南大遇到了太好的舍友，以至许知恙以为宿舍关系就该是那样的，但是事实证明，你永远不要用自己的一腔热忱去低估别人对你的恶意。

刚读研一时有做不完的课题，同门的师兄师姐看他们是新生，端着架子将大部分的活都交给了他们几个研一的干。

当初选课题的时候她和同宿舍的人为了方便，就以宿舍为单位加入了这个课题。

其他人埋怨不公平，但还是骂骂咧咧地把该干的活干完了。

许知恙知道无论如何都是要做完的，有工夫在这儿开骂，还不如早点做完早点回去补觉。

结果报告交上去，四个人里面只有许知恙是合格的，其他人的都被打回来了。

从那个时候开始，宿舍里就已经有人对她不满了。

虽然没有当着许知恙的面说，但是那眼神、那嘴脸无不把"拍马屁""只会讨好师兄师姐"写在脸上。

不过这事本来就是她们没做好在先，她们即便有再大的意见和不满，也不得不承认许知恙的报告就是写得比她们的好。

她们悻悻地重写交上去。

宿舍关系的恶化不是一瞬间发生的，而是慢慢酿成的。

和她同宿舍的人里有一个是明城本地人，叫林清清，日常接触中许知恙觉得她的家庭条件应该还不错，穿名牌，用的也是不错的化妆品。

但是她的人品许知恙是真的不敢恭维，这是许知恙活了二十多年，第一次觉得一个人的人品如此之差。

当时恰好是竞赛季，林清清和她一样也报了名，如果在竞赛中获奖还能被推选参加非遗展，当宣传大使，这可是很拉风的一个名头，竞争的人很多。

但由于是跨专业组队，落到她们专业的竞赛名额只有一个，导师也明确地说凭成绩排名公平竞争。

许知恙成绩一向拔尖，能力出众，这个名额落在她头上可以说毫无悬念，她也确实当之无愧。

但不能否认的是，总会有一些人看不惯别人的优秀，眼红别人的成就。

许知恙一开始觉得没什么，都是一个宿舍的，抬头不见低头见，不要弄得彼此都尴尬。

谁知道林清清竟然用一些小恩小惠拉拢宿舍其他人，联合她们孤立许知恙，最后无理取闹到在许知恙的化妆水里倒酒精。

被许知恙知道了之后，林清清还很理直气壮："怎么，你不会傻到去用了吧？我就是闹着玩而已。"

闹着玩？

许知恙气笑了。

她这辈子没这么无语过，这东西真拿去用估计会烂脸吧，林清清一句闹着玩就翻篇了？

显然是不可能的。

许知恙平时待人和气，但不意味着她是任人捏的软柿子，以前在南大的时候周涵和云朵都不是好惹的主，跟她们待久了，许知恙也学了一两成。

"林清清，我不知道你为什么看我不顺眼，我想告诉你的是，你所看到的成就都是我无数个日日夜夜努力的结果。报告一次又一次被导师打回来重做，等结果等到每晚失眠。我自己努力挣来的名额，我拿得问心无愧。我也不会傻到因为你断送我的前程。我已经上报辅导员了，你就等着领处分吧。我会尽快搬走，祝你在看不见我的时候，能够过得顺心。"

她实在无法容忍自己的努力被别人诟病为使手段。

这事是和解不了，她上报辅导员后很快上面就给了林清清处分。

但是许知恙心里硌硬，和这样的人生活在同一个屋檐下，她怕哪天就不是往化妆水里倒酒精这么简单了。

明大的研究生宿舍不多，她申请了换宿舍之后宿管科那边说要等有空位才能搬，于是许知恙直接申请了外宿。

温奈的消息灵通，人脉广，不等许知恙自己找房子，温奈就帮她找好了一个。

房子在明大附近，房租是看在温奈的面子上给的友情价，1900元一个月，在这么好的地段能找到房租这么低的房子确实不容易。

许知恙也挺满意的。

除去研一那段不称心的宿舍经历，许知恙对明大的期望还是大于失望的。

明大是一个和所有人的名字挂钩的地方。

陆之杭当初选择了明大，令人吃惊的是他如今还在明大，就是许知恙想的那样，他被保研了。

之前过年回家的时候，许知恙无意间看见他和一个女生走得很近。

许知恙上了大学后视力不如从前，看不太清那女生长什么样，但是能看清楚大概的身形。

瘦瘦高高的，长头发。

那时许知恙心里就在猜测，陆之杭那人那么骄傲，却甘心选择复读，如今想来，为爱考明大也不是不可能。

许知恙在明大一次都没有遇见过他，却经常能听见他的名字。

他是校草，名字如雷贯耳。

研二那年的暑假许知恙又回了一趟南城，连书因的身体不太好，她就多留了几天在那儿陪她。

碰巧沈舒迩在南城拍戏，她约了许知恙出来吃饭。

吃的是许知恙很爱吃的川渝火锅。

沈舒迩运气不错，加上她在演戏上有点天赋，如今已经算是二三线的女明星了。

两人边吃边聊，包厢里很安静，氛围也很适合回忆往事，三杯红酒下肚，许知恙的脸上已经有点发烫了。

沈舒迩从对面的位置挪到了许知恙身边，搂着她不撒手。

"你都不知道她有多过分，每次出席活动都要和我穿一样的衣服，长得那么丑，她怎么好意思和我撞衫啊？"

沈舒迩话里的控诉意味很明显，她说的是和她同剧组的一个小明星，那人刚拍了一部网剧，有了点名气就开始蹭鼻子上脸耍大牌。

许知恙也有点好奇，能让沈舒迩这种绝对不会吃亏的人这么生气的人，是何方的妖魔鬼怪？

"别气别气，小仙女是不能生气的。"许知恙失笑，顺着她的话哄了几句。

许知恙不让她喝太多，给她盛了碗热汤让她垫垫肚子。

沈舒迩的经纪人把车停在地下停车场，许知恙扶着她出电梯的时候，余光一扫，隔着商场的环形天井，注意到了对面电梯里一闪而过的男人的脸。

她的脚步顿住，胸口像是被紧紧揪住一般有些喘不过气，纤长浓密的睫毛微微发着颤，心跳的节奏乱作一团。

随即她摇了摇头，觉得有点可笑。

上次见到陈恙都是七年前的事了，他现在应该在国外才对，怎么可能会在明城？

沈舒迩也发现了许知恙的不对劲，晃了晃她的手臂："恙恙，你怎么了？"

许知恙回神，说了句没事，两人这才出了电梯去停车场。

对面的电梯内。

穿着一身黑色衣服的男人歪斜地靠在轿厢壁上，一副懒散的模样，正在垂着头玩手机。

额前细碎的头发遮住眉眼，侧脸轮廓分明，下颌线干净利落，他身上的少

144 .

年感并没有全部褪去，又多了些成熟男人稳重的气息，二者交织在一起，无形之中有些撩人。

放假之前陈恙就接到了柏清瑜的电话，陈老爷子年纪大了，身体一日不如一日，柏清瑜让他抽空回趟南城公馆。

他从公馆出来，和柏清瑜去见了律师。

陈老爷子只有他这么一个孙子，陈恙和他爸闹得厉害，陈恙又是那种绝对不低头不服软的性子，陈老爷子怕陈恙吃亏。

陈老爷子怕自己哪天真的走了，陈恙不服软的话，他爸就要把名下的产业都转给那个私生子。所以在自己还能主持大局的时候，就已经联系律师把自己名下所持尽数给了陈恙。

陈恙刚见完律师，顺带和几位公司的大股东吃了饭，正要回公馆。

柏清瑜问他："好端端的家产不去继承，搞什么环境研究？"

电梯的顶灯打在陈恙身上，他一双眉眼狭长又多情，不笑也风流。

"柏姐姐，这个世界上有远比金钱有趣的东西，在遥远的未来。"

柏清瑜撩了撩长发，不想理他"高大上"的发言："别给我扯那些有的没的，你柏姐姐听不懂，你还是好好考虑吧。"

研三的那一年，许知恙为了一个课题专门跑去南城绥芜调研，来来回回跑了很多趟，其间还被导师叫去参加一个非遗展，做结束演讲。

那天邀请的嘉宾还不少，首排坐着的大佬中不少都是在教材上见过名字的，说不紧张那是假的，但是当她看见坐在贵宾席上，穿着一身大气的绛紫色旗袍的连书因时，心似乎在一瞬间镇定了下来。

接近尾声时，许知恙一手扶着话筒，声音通过电流缓慢传遍报告厅——

"在我读高中的时候，我有一位很仰慕的人，他曾经说过这么一段话：'我们不能崇洋媚外，老祖宗留下的东西，才是我们该用心守护一辈子的东西。让精神与古典共传承，让国粹与社会共繁华，是我等非遗研究者肩担的使命！'我的演讲到此结束，谢谢大家。"

她演讲结束，即将下台的时候，主持人让她留步，给大家一个提问的机会。

许知恙点了点头，唇角扬起一抹笑，说："大家有什么想问的都可以问，学姐知无不言。"

她没有做学术研究的那种死板，相反很有亲和力，话音刚落，台下的人立马十分捧场地举起了手。

有个女生问："师姐，听说中文系男生很少，师姐长得这么漂亮，能不能传授一下怎样在男女比例失衡的情况下找到男朋友？"

许知恙一愣，随即有些不好意思地回答："抱歉，学姐单身 23 年，恐怕无法回答你这个问题。"

说完，台下顿时炸开了锅。

美女学姐没对象！这是什么福音？中文系的学弟不得喜大普奔①？

肥水不流外人田！

借着热起来的场子，不少男生扯着嗓子开始表白，愈演愈烈。

今天这场演讲的嘉宾有的是院里的教授，还有非遗方面的专家。

主持人看场面有些失控，让许知恙先行离场，才控制住局面。

非遗展结束之后，许知恙在礼堂外面遇到了她的硕导，他身旁还跟着院里的几位教授，许知恙不陌生，一一打了招呼。

谈话间，她的导师有意让她继续读博，这是对她能力的肯定，她也能精进专业知识。

许知恙笑笑，礼貌地听着，没给肯定的答复。

回去的路上，她回想着刚刚导师说的话，其实他说得很对，和她同级的同学都面临着继续读博还是就业的选择。

如果按照许知恙自己的想法，大概率会直博。

可是没过多久，她又遇到了陈恙。

————————————

① 网络用语，是"喜闻乐见、大快人心、普天同庆、奔走相告"的缩略形式，指一件欢乐的事情，大家相互告知，共同庆祝。

卷四　　向他靠近

佛说一切皆为虚幻，

可你不是。

第 26 章

八年，真的太久了。

她不知道如何去形容那种久别重逢的震撼。

她好像做了一个很长很长的梦，在梦里，有校园，有她，还有陈恙。

在梦里，她的目光无数次在各种瞬间不自觉地追随着他，可每次换来的都是他的背影。

这个梦很真实，真实到她大梦初醒时，心下仍然压抑不住翻涌的情绪。

她自以为能将那些"曾经"藏得很好，藏得很深。

可当他再次出现时，一个眼神就足以令她溃不成军。

南大礼堂外的走廊里。

此刻陈恙就站在她面前，对她说："好久不见。"

过去的画面像电影一般在她脑海里播放，许知恙强忍下心里的酸涩，扯了抹笑，有些艰难地开口回他："好久不见。"

还未来得及寒暄，礼堂的侧门就猝不及防地被人推开，礼堂明亮的白光涌入狭窄的走廊，将昏昧的廊道照亮一瞬，随后走出来两个人。

为首的是西装革履的周院长，身后跟着一个年轻的男人。

离得有些远，周院长只能看见陈恙和一个背对着他们的女生在说话，他不明白状况，但还是很识趣地止步于十步开外。

"陈先生，该上去致辞了。"周院长殷切地催促。

陈恙收回目光，慢条斯理地将半卷到小臂的袖子放下去，侧颜浸润在柔光中，显得禁欲而又矜贵。

他掸了掸手上的西装外套，掠过许知恙径直朝礼堂门口走去。

回礼堂的路上，周鄞一直在打量陈恙的神色，他脑子一转，忽地想起那个背影有点像上次他们被追尾之后，在路上遇到的那个帮他们报警的女生。

他像是知道了他们老大不得了的事情一样，但是他没胆子多问，只摸了摸鼻子，将事先准备好的稿子递给他："恙哥，稿子。"

"不用。"陈恙松了松领口，把西服外套的第一颗扣子扣上，神色淡淡，掠过他朝台上走去。

陈恙是此次南大的特邀嘉宾，还是 T 大代表队的队长，他刚出现在台上，就收到了来自四面八方的注目礼。

台上追光灯的灯光随着他的步伐缓慢移至演讲台。

他垂眸将话筒拉直，一手撑在台上，金属质感的嗓音通过电流在礼堂里回荡。

他戴着金丝框眼镜，矜贵而又随性张狂，鼻尖有一点红痣，给他平添了一丝与他的气质不太相符的妖冶气息。

"那个人是谁啊？"许知恙听见身侧有几个女生在小声议论。

"陈恙你都不认识？"女生压低的声音里难掩雀跃。

"他年纪轻轻就是 T 大环境研究领域的核心人物了，我听说上次的青年环境论坛上，他是唯一一个华人学生代表，就当今的环境局势发表了英语演讲，你看过视频没？帅爆了!!!

"而且刊登了他的采访的那一期学术周刊都被哄抢一空，火爆到不行!!!"

许知恙默默听着。

果然，有他在的地方他就是焦点，他轻而易举就能夺去所有人的目光。

温奈见她的脸色不太对劲，瞧了瞧四周，在手机上噼里啪啦打字然后拿给许知恙看：你刚刚怎么去那么久？

许知恙抽出手机，指尖在屏幕上顿了顿，打字：我遇到他了。

而后又补充：他认出我了。

温奈看完那条信息，心里八卦的号角猛地吹响：然后呢？你们在外面那么久，就没发生点别的？久别重逢啊!!!

温奈实在难掩激动，但发完之后看许知恙的表情好像有点不对劲，想了想，觉得还是不要问了。按许知恙那个性子怕是发生不了什么，要是勾出她的伤心事，回头又得哄好久。

温奈刚想撤回，许知恙就回复了：没说什么，就是打个招呼而已。

温奈刚想继续打字，台下就响起了雷鸣般的掌声。

许知恙抬头，台上的追光灯追随着男人挺立的身影，缓缓地朝帷幕后移去。

主持人宣布典礼结束，礼堂里的人纷纷起身朝外走去。

"陈先生，这边请。"周院长候在台下，客气地引着他往会客厅走去。

陈恙颔首，也打了个手势，收回目光，跟着周院长从 VIP 电梯下去。

一行人转至会客厅，开始聊起了此次南大和明大合作的项目，绥芜古镇非遗发源地的调研。

"T 大也对绥芜古镇有兴趣？"周院长问道。

"是个典型的课题。"陈恙礼貌回复。

T 大对环境这方面的研究其实很广，包括人类生存的自然环境和动物栖息地，绥芜鹭湖是野生白鹭的栖息地，古镇开发、动物生态，一整个都包纳在生态系统中，确实是个典型的课题。

周院长欣慰地点头："绥芜镇至今已有七百年历史，对于绥芜古镇的开发政府向来重视，但是保护不得当，如今有三大高校的介入，重振指日可待了。"

聊完公事，其他人都出了会客厅。

偌大的厅内只剩下周院长和陈恙。

当年招生的时候周院长并没有参与，但是他听过陈恙的名号。

全科状元，难得一遇的人才。

当年高考成绩一出来，明大和南大都争相去招生。不论他选择哪个学校，都会是日后招生的活招牌。

可惜人家志不在此，婉拒之后去了 T 大，事实证明他的选择是正确的，T 大的环境专业在全球的排名是数一数二的，他也有这个本事在一个前沿研究领域获取核心地位。

聊完南大的专业，周院长话头一转，问道："陈先生认识许知恙？"

陈恙喝茶的动作一顿，抬眼朝他看去，低笑："校友。"

周院长恍然大悟："哦，我倒是忘记了，当初你们明中可是连续两年出了省状元啊。一个文，一个理。那你们还有联系吗？"

陈恙讳莫如深，勾着唇淡笑，没开口。

周院长这才意识到自己过于深究了，唇角的笑有些僵硬，没有继续追问，转移了话题。

陈恙出了会客厅，助理和周鄞在门口等他。

陈恙让周院长止步。

"陈队，明大那边的非遗展还去吗，还是直接去绥芜？"

一行人往外走，为首的男人身形出众，宽肩窄腰，身高腿长，行走间吸引了来往的人的目光。

陈恙单手插着兜，行走的速度不慢，有些疲倦地闭着眼揉着眉心，脑海里回想着周院长刚刚说的话。

明大办的非遗展，是他的得意门生在负责。

得意门生指的是谁，不言而喻。

他抬眼，揉着太阳穴的手突然顿住，目光直直地落在礼堂门口撑着伞的女生身上。

明城这几天的天气不稳定，早上还出着太阳，下午就飘起了雨丝，礼堂门口高大的法桐树旁，女生撑着伞朝后张望着，看上去像是在等人。

"陈队。"助理的声音再次响起。

陈恙回神，目光依旧落在女生身上。

"你说什么？"陈恙问。

"明大的非遗展……"

"去。"

陈恙接过他手里的伞，留下愣在原地的两人，朝礼堂门口的女生走去。

从礼堂出来之后许知恙就被主任叫去给院里的师弟师妹们做了个演讲，演讲这种事许知恙现在已经习惯了，应付自如，什么场合讲什么话，她心里都有数。

做完演讲，她和温奈在南大的校园里逛了一圈。看时间差不多了，两人打算回明城，温奈让许知恙在礼堂门口等她，她去把车开过来。

许知恙在等温奈的时候，身后突然传来了男人的声音。

"你在等人？"

许知恙被他吓了一跳，回过头，愣了好几秒才开口："对。"

俩人沉默了一会儿。

陈恙又问："腿没事吧？"

许知恙愣了一下，才意识到他在说上次的事。

"没事，小伤而已。"

许知恙在女生里面算是高挑的，但是在陈恙面前还是矮了一截，她一只手举着伞，伞面微微朝后仰，堪堪能看到男人一双黑沉沉的眼。

四目相对的一瞬间，有行人从她身边经过，不小心撞了一下她的伞，许知恙来不及反应，往前跟跄了一下。

伞面上的水珠就那样随着转动的轨迹在半空中画出一道弧线，而后，准确无误地尽数甩在了陈恙的白色衬衣上，浸出了斑驳的水痕。

许知恙震惊还不过一秒，下一秒，男生骨节分明，带着些灼人温度的大手，就那样稳稳地扣在了她的腰间。

两人的距离猛地拉近，近到许知恙能嗅到他身上那股好闻的淡淡的烟草夹杂着冷香的味道。

许知恙回神，意识到两人之间的距离有些微妙，正想挣脱开往后退，这时身后的大 G 前灯猛地一闪，有点催促的意味。

许知恙后退了一步站稳，和他小声说了谢谢，虽然强装镇定，但慌乱的脚步有些落荒而逃的嫌疑。"我先走了。"

说完，她头也不回地钻进了白色大 G 的副驾驶。

温奈咽了下口水，瞥了窗外的男人一眼，等许知恙系好安全带之后，就踩一脚油门马上开离了这个是非之地。

出了校门，车辆汇入右侧车流，行稳之后温奈才问："你们这是？"

许知恙擦着身上被雨水打湿的地方，闻声失笑："不是你想的那样。"

温奈说："哦，我想的哪样啊？"

许知恙说："意外。"

她含含糊糊，概括性很强地总结了两个字。

温奈看她一脸不在意的样子，哦了一声，没再追问。

陈恙目送许知恙上了车，直到白色的大G缓缓驶出校门，消失在朦胧的雨幕中后他才回过神来。

他有点无奈，舔着唇角轻笑出声。

都这么多年不见了，即便她记得他是谁，恐怕也不见得对他还有那种别样的情绪。

许知恙确实也成长了不少，就连院长都对她赞不绝口，可以想见，她从前在南大，追求她的人应该也不少。

她看过了形形色色的人，再见到他，不过是匆匆一瞥，无形中有种想和他划清界限的意味。

到底是八年没见了。

陈恙那只手还僵在那儿，过了一会儿，他收回手，指腹轻捻，指尖似乎还残存着女生身上温软的触感。

陈恙缓慢弯起唇角，自嘲地笑了一下。

她当真是不再喜欢他了。

第 27 章

此时南城的拍摄基地，沈舒迩刚拍完一组封面，助理正扶着她去后台休息。

孟微微正在候场，玩着手机，抬眼看见她进来，拿腔拿调地开口。

"舒姐，拍完啦？"

沈舒迩也是前段时间才知道，原来孟微微和许知恙的同学孟冬妮是姐妹。

还真是不是一家人不进一家门。

孟微微和沈舒迩从上一次合作一部网剧开始就彼此不对付，偏偏公司还让两人接同一个产品的代言。

沈舒迩知道之后差点没被恶心得背过气去。

她的脑海里只有四个字——小人得志。

她有点后悔高中没好好学语文，否则肯定能想到更多成语来骂孟微微。

换作许知羞，估计一开口孟微微就不知道人家在说什么了。

沈舒迩没搭理她，径自坐下后接过助理递过来的保温杯喝了口水。

孟微微翻了个白眼，又自顾自地玩手机。

许是刷到了什么好笑的东西，打字无法表达她喜悦的心情，她咯咯地笑着发语音。

"这张照片是我一个学妹发给我的，没想到你那竞争对手还有点东西，竟然勾搭上了去南大参加校庆的大人物。

"哎，这张照片要是传到你们学校的论坛上，那她肯定就火了呀，哈哈哈。

"你不是说许知羞很牛吗？那你就再让她牛一把啰。"

听到敏感字眼，沈舒迩玩手机的动作一顿，眼皮一抬，目光犀利地朝孟微微看去。

像是要吃人。

她大概知道孟微微在和谁说话，也大概知道她握住了许知羞的什么把柄。

沈舒迩噌的一声站起来，提着礼服的裙角，踩着八厘米高的高跟鞋走到孟微微面前。

她抱着臂，以高高在上的姿态睨着她，冷冰冰地开口："把照片删掉。"

孟微微最看不惯她这副高高在上、不把人放在眼里的姿态，噌的一声也站起来。

"你是她的谁啊，我凭什么删掉？"

沈舒迩比她高半个头，冷着脸不做解释，直接从她手上抽出手机。

虽然沈舒迩知道自己这样做不磊落也不厚道，但没办法，沈大小姐从小到大奉行的准则就是"我不爽你们谁都别想活"。

沈舒迩的目光落在手机屏幕上。

照片里礼堂门口站着的男女格外惹眼，男人身形笔直，女人身姿绰约，女人微微抬着伞面，两人就那样对视着。

女人的身子后仰，虽然角度有些远，还有些刁钻，但是不难看出，男人骨节分明的手搭在女人后腰上。

沈舒迩认得，这就是她的宝贝许知羞。

但是对面的男人……她愣了会儿，随即瞳孔放大。

她哥!!!

她哥什么时候和许知羞在一起了?!

她竟然不知道!

等等，她哥为什么回国了?

不过几秒，沈舒迩的气势就由兴师问罪转为八卦之火熊熊燃烧。

沈舒迩按捺住自己八卦的心，淡定地将照片发了自己一份，继而把孟微微手机里的删掉，把手机丢回她怀里。

"谢了。"沈舒迩拍了拍手，嫌弃意味十足。

"不过，"沈舒迩转身的动作一顿，"下次再让我看见你偷拍，见一次我删一次。"

孟微微接住自己的手机，拳头紧攥，咬牙切齿地盯着沈舒迩扬长而去的背影。

她不就是仗着有个当娱乐公司老总的爹吗，嘚瑟什么?

沈舒迩刚想发微信去怒问三百回合许知羞为什么会和陈羞在一起，外面就传来经纪人催促她去拍摄的声音。

她只好收回手机，暂时将这事压下来。

T大代表队此次代表T大对南城绥芜古镇进行考察，上面对他们的住行都做了详尽的安排。

虽然南城是陈羞的地盘，但是他并不想让太多人知道他回国的消息。

他的住行一切随队。

回酒店的路上，程斯衍开着车，突然问他："明大那小姐姐，就是我们上次在大学路遇到的那个女生，是不是就是我们前年在西檀寺遇到的那个女生?"

后座，陈羞脱了西服外套随手丢在一边，闭目养神，闻言淡声嗯了一声。

"这就是你每年都会回明城，去一趟西檀寺的原因?"程斯衍透过后视镜瞥了一眼坐在昏暗中的男人。

"问那么多?"陈羞头微微后仰，靠进座椅里，有些不耐烦地乜了他一眼。

程斯衍做了个闭嘴的动作。

安静不过几秒，他又按捺不住八卦的心，压低声音，有些不敢相信地问："你要追她？"

陈恙原本合上的眸子再度睁开，漆黑的眸子几乎融进黑暗中，他没回答，沉默着从兜里摸出包烟，抽出一根捻在指尖。

程斯衍等了半晌都等不到他的回复，刚默默收回眼专心开车，却在下一秒，被他的一句话惊得差点在四十八小时内让第二辆车报废。

"追啊，为什么不追？"他勾着唇笑，语气一如既往地轻狂。

前面是红灯，程斯衍回过神来踩了刹车，在撞上前面那辆车的车屁股前停稳了。

"哥们儿，没开玩笑？"程斯衍扭过头去看他。

后座的车窗贴了遮光膜，街上的灯光照不进来，程斯衍看着男人陷在黑暗里的脸，只能看到一双黑到反光的眸子，分辨不出他脸上的神色。

程斯衍一时也不知道陈恙说的是真的还是假的。

绿灯亮了，后面的车在鸣笛催促，陈恙敲了敲前座座椅，说："专心开车。"

车子一路开到酒店地下停车场，停好之后两人乘电梯上楼。

程斯衍揣着一肚子八卦，瞅了瞅陈恙的脸，几次想开口。

直到陈恙刷卡进了套房，程斯衍还是没有要走的意思。

陈恙把外套丢在沙发上，看着镜子里被雨水打湿的衬衣，解扣子的手一顿，不知道想到什么，扬了扬唇角。

"不是，哥们儿，你思春了呀，对着一件衣服也能笑得这么甜？真看上了？"

陈恙对他的聒噪容忍到了极限，解扣子的手一顿，莫名其妙地笑了下，模样很痞，他勾了勾手指。

程斯衍毫无察觉地靠近，下一刻，陈恙箍着他的脖颈把他抵在墙上。

"还问吗？"

程斯衍大声喊着"脖子快断了"。

"不问不问，松手！"

程斯衍在陈恙松手的那一刻捂住自己的脖子喘了口气，逃似的拉开门火速跑了。

陈恙转了转手腕，边走边解衬衣的扣子，懒散地朝浴室走去。

驱车回了明城，温奈先送许知恙回了家。

今天下了雨，许知恙身上的衣服有点被打湿了，贴在皮肤上有些难受，她换了鞋后把外套和包包挂在玄关，走进浴室，卸妆洗脸，快速冲了个热水澡。

热水滚过肌肤，浑身的疲惫散尽，整个人舒服不少。

热气氤氲，浴室的瓷砖上凝出一层薄薄的水雾，自上往下又汇成一股水流流了下来。

许知恙盯着盯着就出了神。

她开始回忆最近发生的一切，觉得有些不可思议，又觉得是自己自作多情。

她怎么能因为陈恙多和她说了几句话就觉得他对自己不一般？说不定陈恙只是因为她的腿受了伤而觉得抱歉呢。

许知恙抬手捏了捏鼻梁，缓慢地呼了口气。

想不通，索性就不再想。

周一，明大的非遗展正式拉开了序幕。

许知恙是此次非遗展的负责人，当天一大早，她就出现在报告厅门口，吩咐各个部门各就各位。

今天倒是难得没下雨，天气很好，报告厅门前的橡树被冲刷得格外翠绿。

九点二十分。

报告厅陆续有校领导和嘉宾进去。

许知恙站在门口签到处，耐心地解答来宾的问题，让志愿者引导嘉宾进去就座。

一个流程下来有条不紊。

身旁那些研一研二的同门师弟师妹因为有许知恙带着，也安心了不少。

九点三十分。

T大的代表队在校领导的簇拥下，缓步朝报告厅走来。

其实许知恙知道陈恙今天会来。

虽然是临时接到通知，但是明大这边非常重视，还安排了人陪同。

所以，当许知羡看见站在陈恙身边的孟冬妮时，一点也不意外。

她站在报告厅门口接待来宾，确认签名之后让志愿者引导来宾进去就座。

"陈先生，这边签名。"孟冬妮今天依旧高调，穿着一身某名牌的联名款套裙，化着精致明艳的妆容，笑容可掬，一脸殷勤。

许知羡对上陈恙的眼神，马上又移开视线，转头跟志愿者交代工作。

陈恙后退了一步和孟冬妮拉开距离，让程斯衍过去签名。

临进门经过许知羡身边的时候，陈恙很冷淡地和孟冬妮说了一句："你不用跟了。"

许知羡错愕了一瞬，随即又恢复平淡，只是在微微偏过头去的时候，眼底有些细碎的笑意。

因为孟冬妮还保持着躬身打了请的手势就那么僵在那儿，脸上明艳的妆容都遮不住她的尴尬。

有点不厚道。

许知羡摸了摸鼻子掩饰自己的笑意，转过头继续接待另一组来宾。

报告厅里坐了几千人，许知羡站在后台，靠着墙盯着音控室。

"许知羡。"

身后，孟冬妮踩着高跟鞋气势汹汹地朝她走来。

许知羡回头看了她一眼，平淡地转头，继续盯着音控室屏幕上的画面。

孟冬妮对她不搭理自己的态度有些恼火，绕到她面前，质问道："你认识陈恙？"

许知羡一顿，目光暗沉了一瞬，转而语气平淡地开口："认识。"

她话里的坦荡让孟冬妮一噎。

"看不出来你还挺有手段，连这种人都能勾搭上。学霸果然在哪方面都是学霸呀。"

这话一出，许知羡的脸色顿时就冷了下来，还没开口，温奈不知道什么时候过来，站在她身旁轻飘飘地开口。

"也好过某些人，小人嘴脸，谄媚殷勤吧。我们许组长，那是坦坦荡荡地和人认识的。"

孟冬妮又在温奈这里吃了哑巴亏，瞪了她一眼，扬着下巴说："有人拍到南大礼堂门口陈惹搂了你，有图有真相。"

温奈喝水的动作一顿，虽然她知道昨天并不是那样的，但还是很震惊，竟然会被拍。这些人是有多无聊？

"我不知道你在说什么。"许知惹轻描淡写地回应。

孟冬妮刚想说什么，后台外面就响起了一阵掌声，打断了她即将说出口的话。

许知惹给温奈使了个眼色，两人齐齐撇下孟冬妮朝报告厅门口走去。

许知惹在工作群里发了信息，让工作人员帮忙将所有出口打开，特别是专梯一定要有人守着。

等全部人都离场之后，她才吩咐工作人员可以进报告厅收拾东西。

结束的时候温奈被院长叫走，温奈叫许知惹不用等她，她待会儿直接回家，让许知惹早点回去，别赶上地铁晚高峰。

许知惹发了信息和她说了声好，看着音控室里的人都走完，报告厅里的所有设备检查无误后才离开。

出了校门，行色匆匆的学生很多，大多都是往地铁站走的。

许知惹看了看腕表，快六点了，确实快赶上晚高峰了。

思及此，她加快脚步朝地铁站走去。

走出好长一段距离，在经过一辆黑色车子的时候，许知惹的脚步冷不丁顿住。

花圃旁停着一辆低调的黑车，一个男人靠在车上，低着头在抽烟，似乎听见了动静，朝她看来。是陈惹。

他扬了扬眉，随意地开口："回去？我送你。"

许知惹抓紧手里的包，笑了笑，说了声谢谢，随即很干脆地拒绝了："不用了。"

她抓紧手里的包，硬着头皮在他直勾勾的目光下走过去。

经过陈惹身边时，他很平淡地说了一句话，却让她的心跳漏了一拍。

"许知惹，你在躲我。"他说。

第 28 章

事实证明，躲是躲不掉的。

前段时间明大和南大一起申请的关于绥芜古镇的调研已经批下来了。

两大高校会各自组织小队前往绥芜调研。

刚巧，许知恙就是明大组带队的组长。

院里昨天就下发了通知，队伍一共七个人，调研期限为两个月。

许知恙接到通知后就被院长和硕导叫了过去，被交代了此次调研的重点和注意事项，以及和南大的负责人交接的事。

从明大去南城只需要两个小时车程，许知恙和其他人一起坐了学校的专车过去。

不过温奈先回了一趟家，就没有和许知恙一起过去，两人约好到时候直接在绥芜会合。

绥芜古镇地处南城腹地，北边与南城的中心城区苏汀仅一河之隔，绥芜古镇始建于南宋，历史文化资源丰富，绒花非遗工艺饮誉全国。

许知恙虽然不是在绥芜长大，但在她的记忆里，绥芜占据了她成长过程中一个很重要的位置。

由于他们坐的是专车，速度略慢，到绥芜的时候已经下午两点了，许知恙下车的时候发现车停在一栋地方特色鲜明的庭院式的民宿前。

绥芜古镇在政策的扶持下如今已经被打造成一个旅游景点，既然是古镇就少不了民宿，明大对这个项目很重视，在住行方面斥了巨资，用温奈的话讲就是度假式考察。

他们一行人推着行李进大厅的时候，发现厅内的沙发上已经坐满了人。

几乎都是西装背头，精明干练。

一部分是明大的领导，一部分是绥芜的政府人员。

剩下的……

许知恙一转头，就和坐在沙发正中间的陈恙对上了眼神。他穿着一身剪裁得宜的黑色暗纹西装，容貌俊秀，气质矜贵。

许知恙心里咯噔一声，紧张地咽了咽口水。

她费尽心思想要避开陈恙，没想到最后是自己把自己往他跟前送。

项目是她争取的。

她无处可躲，避无可避。

那边的院长听见动静，转过身看见许知恙他们到了，起身向其他人介绍，两方寒暄过后，陈恙送领导们出去，等到停在前院的几辆黑色轿车开走，大厅里才又恢复了安静。

但这安静持续不到一会儿就被程斯衍打破了。

他咧着嘴朝许知恙笑，搭话道："你好啊，小姐姐，我们之前在路上见过的，没想到我们还挺有缘，这不又见面了？"

许知恙微愣，随后想起来了，银色耳钉。

上次在火锅店门口，他还好心出手帮了她和温奈。

许知恙笑了笑，和他打招呼："你好。"

程斯衍嘿嘿一笑，继而用手肘捣了捣陈恙："这是我们的队长，你应该也不陌生，嘿嘿。"

许知恙下意识地抿了抿唇，神色依旧淡定，礼貌地点了点头，微笑了一下。

陈恙原本在低头看周郾递过来的手机，闻言抬眼朝许知恙看去，忽地勾起半边唇角，眼底有细碎的笑意，他朝她伸出手，说："合作愉快。"

不知怎的，许知恙愣是从他这个笑中解读出了些意味深长。

她呼吸一紧，目光由他的脸上转移到他朝她伸来的手上。

他的手指修长纤细，骨节分明，手背的皮肤很白，浑身上下都透露着一个贵字，是那种养尊处优的金贵。

她硬着头皮将自己的手递过去，礼貌地回他："合作愉快。"

其实除了 T 大，国内很多高校都开设了环境专业，央大和明大都走在科研前线，最近明大就拿下了一个项目，而且已经和 T 大签订协议，明大和 T 大小组共同负责。

也就是绥芜项目。

不得不说 T 大那边真是来办事的。

明大和 T 大为了联系方便特地建了一个讨论群，几分钟之前许知意就看见有 T 大的人在群里说收拾好东西火速到会议室开个短会，于是许知意一回到房间就听到从五楼大型会议室里传来用话筒说话的声音。

不过五分钟，楼下就寂静一片。

这时，外面传来汽车的引擎声，许知意从窗口往下望，发现前院停着的车都朝苏汀的方向开去。

许知意心底觉得有些怪异，但是又说不上来哪里怪。

陈意似乎真的只是来绥芜考察的。

"这边记得让队里监测的人不要过分打扰这里的居民。"

陈意和程斯衍他们刚到绥芜附近的水库拍了照片，取了样。

他把测试仪递给周鄞，裤兜里的手机恰在这时响了起来。

他眉头轻皱，按下接听，示意周鄞他们先回去。

"什么事？"陈意问。

手机对面传来一道慵懒的男声："你回明城就待了一天？去了南大也就算了，现在还要在南城待上两个月，去那什么山旮旯里考察。哥们儿，你这回来和没回来有什么区别？"

陈意开了蓝牙，从兜里摸出耳机戴上，把手机揣回兜里，摸出包烟。

"你找我有什么事？"陈意皱了皱眉。

陆之杭说："没事不能找你吗，你这人什么毛病？我听说许知意也去了绥芜，你可以啊。"

陈意没搭理他，低头抽出一根烟点上，吸了一口，吐出一团烟雾，清秀的脸隐在白雾后，有些朦胧。

他皱了皱眉，很轻地哼笑了一声，嗓子微哑地开口："我一直都很可以。"

对面先是沉默了几秒，继而拔高声音骂了句脏话。

他听见陆之杭说："成，地址发来。"

"在发。"陈意懒懒地开口。

他慢悠悠地摸出手机。

那边，陆之杭把手机从耳边拿开，看了眼微信。

一分钟过去了，还没有新信息弹出。

"你那边的网这么差？"

陈恙："……"

听陆之杭的意思他也要过来，今晚就会到。

陈恙没搭理他，收起手机就回了民宿。

许知恙把东西收拾好，打开电脑查资料的时候，温奈从外面进来，手上还推着两个行李箱。

"你去哪儿了？"

许知恙从电脑屏幕上挪开眼，看见她手上的箱子，皱了皱眉。

"回家呀。"温奈把行李箱推到她房里，手上还挂着两个新买的包。

"你快过来帮我一下。"温奈把包包往床上一扔，扶着门框喘气。

许知恙点了保存，应声走过去。

"你从家里带了这么多东西来啊。"许知恙帮她把行李箱打开，瞧见里面堆着的衣服和鞋子，眼睛都看花了。

温奈跑到她桌边咕嘟咕嘟就把她的水喝光了。

温奈呼了口气，继而说："虽然我们来绥芜是有任务的，但是这不妨碍我们度假式完成任务。"

许知恙："……"

她失笑，拎起其中一条腰部镂空的裙子，问："现在都快十一月了，你在绥芜穿这个？"

"不是我穿，是你穿！"温奈朝她挤眉弄眼，把她拉起来，将裙子往她身上比画。

"这条裙子是我去巴黎的时候买的，当时只觉得好看，没有想到我根本穿不进去，这腰围五十八厘米，我得绝食几个月才能穿进去。"

"夸张了夸张了。"许知恙被她逗笑，拍了拍她的肩膀。

"你穿嘛，这条裙子很适合你。"温奈眨了下眼睛，目光在她胸前一扫而过，"清纯中带点性感，规矩中带点小心机。"

许知恙："……"

温奈捏了捏她的脸，说："我打听过了，绥芜也不是很落后，在靠近苏汀那边有个露天酒吧，还挺热闹的，我叫我朋友帮我们订了位，我们今晚就去！"

许知恙一噎。

温奈说这是她们来绥芜的第一天，先好好玩，体验当地的民俗风情，打入内部。

许知恙也不是那种特别保守的人，何况有温奈在，也不会出什么事。

她没拒绝。

不过作为交换条件，那条裙子她坚决不穿。

温奈觉得有些可惜，但还是没强迫她，南城的天气已经凉下来了，许知恙挑了件毛衣，下搭一条高腰的深蓝色牛仔裤。

不出挑，但是也很吸睛。

晚上七点，绥芜一家叫"control（控制）"的酒吧。

许知恙和温奈到的时候，外面看上去冷清安静，一推开门，发现里面早已塞满了人，音浪一浪高过一浪，震得许知恙的心脏也跟着怦怦跳。

许知恙没来过这种地方，她的眼睛里掠过一抹好奇，仿佛发现了新世界一般，有些探究意味地环视着四周，但这惊艳只持续一瞬，随即又恢复了平静。

她一路跟着温奈穿过人群，七拐八绕地找到了卡座。

她很少喝酒，也不喜欢喝酒，以至她至今不知道自己的酒量怎么样，酒品怎么样。

保险起见，她点了杯度数最低的鸡尾酒。

温奈眯着眼扫了一圈，搜寻的目光里有掩不住的雀跃，她上了妆的狐狸眼眼尾轻挑，有些妩媚。

温奈凑到许知恙耳边说："看来今天很热闹嘛，你看九点钟方向那帅哥，长得怎么样？"

许知恙循着她的目光看去，吧台边坐着的男人穿着黑 T，手臂上的肌肉紧实，充满力量感。

许知恙点头："还行。"

是温奈喜欢的款。

继而温奈又指着隔壁卡座的男人："这个呢？"

许知莣依旧点头："也可以。"

温奈捏了捏她的脸："就没有最优选？"

许知莣点头："都好，看你。"

温奈语塞，她就不该和许知莣讨论这种问题，她拍了拍许知莣的肩，让许知莣一个人好好待着，就撩了撩头发准备上阵了。

陆之杭到绥芜的时候才五点多，陈莣去接的人，他和程斯衍、周鄞刚好在古北桥那边考察完，接到陆之杭后，四人挑了一家还算干净的大排档吃饭。

程少爷消息灵通，一来就打听到在这古旧的绥芜还有一家露天酒吧，饭后，他大手一挥请所有人去喝酒。

"哥们儿，还是你厉害，"陆之杭跷着脚，睨了陈莣一眼，"来酒吧吃果盘，我还是第一次见。"

陈莣握着手机，连眼皮都没抬，声音沙哑地开口："喉咙不舒服，不喝酒。"

温奈走后，许知莣百无聊赖地刷着微博，抿了最后一口加了冰的鸡尾酒，视线落回手机屏幕，上面弹出来电提醒。

是沈舒迩的电话。

许知莣捏了捏被震得有些疼的耳朵，拿着手机往外走。

舞池灯影摇曳，人群跟着节奏扭动着身体，许知莣艰难地挤进人群，晃动的人没注意到她，噌的一下就撞到了她的手臂。

是个穿得很性感的女人。

女人被扫了兴致，有些不耐烦，旁边的人应该是她的朋友，许知莣道了歉，但是她的男性朋友好像不想就这么算了。

那人低着头俯下身，轻佻地碰着许知莣的手臂，甚至还想拉她的手。

"干什么！"

许知莣后退一步避开了他伸过来的手，语气有些冷。

也就是这一步，让距离舞池最近的一个卡座里的男人注意到了这边。

陈恙不喝酒，低头抽着烟，不经意地一抬眸，就那样看清了女生的模样。

她穿着一件宽松的毛衣，身形显得单薄而娇小。

下身搭着一条高腰牛仔裤，牛仔裤包裹着的一双腿笔直又纤细。

她的气质有点清冷，和周围的环境格格不入。

他多看了两眼。

也就是这两眼，让他的心火烧得更旺，烧得他喉间干涩得发疼。

长长的一截烟灰抖落在冷白的指尖上，他被猛地一烫，才回了神。

"哎，恙哥你去哪儿？"周鄞看见陈恙把烟按灭后起身朝舞池走去，还有些不明所以。

当他看见舞池旁的美女时才恍然大悟。

但是周鄞当时并没有把她和许知恙这个名字联系起来，只以为他们恙哥是看上了哪个姑娘，要出手了。

许知恙后退避开男人伸来的手的这个举动惹恼了他，他发狠地想要去拽许知恙，她来不及躲，但是下一秒，她就被另一只手猛地一拽，撞在了一个人结实的胸膛上。

鼻尖萦绕着独属于他的淡淡冷香，不知怎的，她忽然就安下心来。

"我的人。"

陈恙冷冷开口，声音有些沙哑，她贴着他的胸膛，能感受到他的心跳。

对方看见陈恙，即使想得寸进尺也不得不适可而止，这个男人一看就不是好惹的。

这人虽然年轻，但是眉间透着矜贵和冷厉，在这种场子玩玩就行，闹大了，惹的是什么人都不知道。

他目光贪婪地看了许知恙一眼，拉着同伴钻进舞池的人堆里。

陈恙忍着心头的烦躁，从她腰间抽回手，拉着她的手腕出了舞池。

外头月明星稀，灯影也稀。

只有一盏暖黄的照明灯从头顶打下来，显得有些昏昧。

陈恙手插着兜靠在小阳台的木栏杆上，锐利的目光紧紧攫住她。

男人带着点侵略性的气息笼罩在她的周身。

许知恙被他盯得有些不自在，小幅度地后退了一步，让自己退到一个相对安全舒适的距离。

他没开口，许知恙也不知道该说什么，乖乖地站在那儿。

有点像小时候做了坏事被老师和家长抓个正着，罚站的情形。

人一放空就容易受别人动作的影响，许知恙盯着他从兜里摸烟，点烟，直到男人再次朝她看来，她才心虚地低眼。

"和谁来的？"他开口，嗓子有些哑。

许知恙抬眼："嗯？"

她顿了顿，眨眼，有些困惑地反问："和我的朋友，怎么了吗？"

陈恙抽烟的动作一顿，被猛地呛了一下，拳头虚拢着掩着唇，背过身咳了几声。

他回过头来时眼尾染上了一抹红，衬着阳台上令人昏昏欲睡的灯光，狭长的眉眼显得格外勾人。

许知恙心痒了一瞬。

"嗯。"陈恙弹了弹烟灰。

对上她疏离的眼神，他心里有些乱。

"没什么，注意安全。"

许知恙听着男人低沉的嗓音，紧紧咬着下唇，缓缓地点了点头后转身又钻进人堆里。

陈恙没了抽烟的心情，他把指间的烟摁灭，双手搭着栏杆，想起许知恙刚刚的样子，很轻很低地嗤笑一声。

她的乖是从骨子里生出来的，毫无防备地看着你的时候，眼睛里干净得仿佛写着"涉世未深"四个字。

许知恙对他的疏远让他想起了一个不太恰当的比喻。

她就像一只养了很久的小白兔，在你不知不觉的时候长出了獠牙，你对她释放善意，她却张嘴咬了你一口。

真疼。

连着几次在她这儿吃了闷亏，他也算摸清了许知恙对他的态度。

她在躲他，具体原因不详，但是表现得非常明显。

如果前几次叫躲，那今天这次，得叫避之不及。

第 29 章

进去之后许知恙拐进了洗手间。

此时外面正热闹，洗手间内空无一人，许知恙回拨了沈舒迩的电话。

电话一接通，她就听见沈舒迩焦急的声音。

"恙恙，你怎么现在才接我的电话？"

"我刚刚，"许知恙咽了下口水，没说实话，"没看手机呢。"

沈舒迩哦了一声，显然是信了，继而又想起自己找许知恙的目的，很激动地说："对了！我哥怎么回来了，你和他怎么在一起？"

当然在一起只是字面意思，没有深层含义。

许知恙张了张嘴，欲言又止，一时不知道从何说起。

好半晌，她才缓缓开口："上次南大校庆，我只是碰巧和他遇到而已。"

这件事在沈舒迩这儿就过去了，毕竟她找许知恙还有别的更重要的事。

沈舒迩在电话里很愤怒地说了她抓住孟微微给孟冬妮发照片的事，大有将人生吞活剥的气势。

许知恙听着她破口大骂，低着头轻轻地笑了一下，时不时应和几句，配合女明星的疯狂输出。

末了，许知恙揉了揉笑得有些僵硬的嘴角，缓声开口。

"我以后注意点，不再被她抓住把柄就好了。"

回到卡座，温奈已经转了一圈回来了，她看见许知恙就问："你刚刚去哪儿了？"

许知恙在她旁边坐下："出去接了个电话。"

许知恙顺便把刚刚发生的事都说给她听。

听完，温奈噌的一声站起来就要冲过去找人干架："什么人啊？手这么欠！"

许知恙拉着她坐下："算了，最后也没事了。"

在这种地方撞来碰去在所难免，好在刚刚陈恙帮她挡了。

许知恙想起刚刚陈恙拽她的手，她整个人撞在他胸前的情形，脸颊不自觉地红了，好在酒吧灯光很暗，温奈看不清她的神色。

温奈点了点头，拿起手边的包："那我们回去吧。"

这个时候将近九点了，里面正热闹。

出了酒吧，温奈打算去取车，却冷不丁看见门口停着一辆有些眼熟的黑色宾利，车前靠着一个男人。

身形也很眼熟。

温奈晃着钥匙的手一顿。

"陆之杭？"

他怎么会在这儿？

听见温奈的声音，许知恙低头回沈舒迩信息的手一抖，眼皮猛地跳了一下，抬眼朝陆之杭看去。

陆之杭单手插着兜，酷酷地走到温奈面前，下巴一扬指了指许知恙："借个人。"

温奈猛地眨了眨眼，疯狂对许知恙使眼色。

这什么情况？校草追人都追到绥芜来了！！！

许知恙看懂了温奈眼底的震惊和不可思议。

许知恙失笑，叹了口气，和温奈说实话："介绍一下，陆之杭，我……异父异母的哥哥。"

陆之杭不置可否地挑了下眉："我有话和你说，上车。"

许知恙拍了拍温奈的肩，递给她一个"安心"的眼神："放心吧。"

温奈没什么不放心的，就是特别震惊，她怎么想都想不到许知恙和陆之杭还有这种关系。

上了车，两人都没开口。

许知恙也不知道陆之杭要对她说什么，等着等着就靠在窗边开始发呆。

陆之杭开着车，透过后视镜看着靠着座椅的女生，一时也不知道怎么开口。

就在他第四次朝许知恙看去的时候，她终于忍不住问："你要和我说什么？"

语气很轻很软。

还有点疲惫。

陆之杭握着方向盘的手一紧，下一秒哼笑一声："没，就是今晚在那儿看见你有点意外，好学生怎么还去那种地方？"

许知恙就知道他肯定会问，挑了挑眉，颇为淡定地回道："看来你对好学生的理解有点刻板啊。"

陆之杭摸了摸鼻子，停顿了几秒，又问："刚刚陈恙和你说什么了？"

前面都是铺垫，许知恙就知道陆之杭真正想问的是这个。

兜兜转转，必定离不开这两个字。

"能说什么？无非就和你说的一样。"许知恙轻描淡写地一笔带过。

"你这毛病能不能改改？说来说去都是废话，我想听的是这些吗？"

她心里藏着一堆破事都不说出来。当然这句话陆之杭没敢说。

之前许知恙抑郁的时候他是知道的，她就是习惯把自己的想法藏得很深，以最柔软的一面示人。

许知恙看上去很好接近，但是你不可否认，除非她愿意打开自己，否则你绝对走不进她的内心。

"你还喜欢他吗？"陆之杭也不拐弯抹角，直接就问。

他看得出陈恙这次回来，是有目的的。

除去合作项目，许知恙也是陈恙此次回来的目的。

许知恙被他单刀直入的问话问住了。

还喜欢吗？

这个问题从她和陈恙重逢开始，她就在回避。

喜欢和不喜欢没区别。

喜欢，会让自己再次陷入卑微的暗恋。

不喜欢，又是欺骗自己的内心。

哪个回答都会让自己难受。

她不想做个矫情的人。

许知恙摇了摇头，失笑："陆之杭，你还记得我住院那晚你是怎么和我说的吗？不是你告诉我及时止损的吗？"

陆之杭："……"

"我的想法很简单，我不想再难过一次。"

话落，车内又陷入了沉寂，原本被玩笑话带起来的氛围也变得格外压抑，密闭的空间里只有送风口轻微的呼呼声和女生微不可闻的叹气声。

许知恙摇了摇头，自嘲地笑了。

喜欢他要花八年的时间去遗忘。

再喜欢他一次，她可能会把自己赔进去。

她还有多少个八年？

陆之杭瞥了一眼后座的女孩，忽然有些不厚道地笑了。

这些年他或多或少也了解了许知恙是个什么样的人。

敏感，慢热。

似乎认识她的人都这样觉得。

她认定的事十头牛都拉不回来，表面看上去柔软无害，实际上比谁都固执。

她要放下陈恙。

陆之杭很轻地扯了扯唇角，她花了八年都忘不掉的人，如今又出现在她面前，哪有这么容易说放下就放下？

他们俩这辈子算是栽在对方手里了。

成吧，许知恙及时止损，顶多就让他那哥们儿多费点时间追呗，对他又没有坏处。

陆之杭得逞地哼笑一声，摸出放在暗格里的手机，摁下一个键后重新将手机塞回去，方向盘一打直接开进了车库。

隔天一早，许知恙起床的时候就看见院里给她发了好几个文档，都是需要及时处理的材料。

她在小群里提醒所有人半个小时后到会议室开个短会，布置任务。

五楼只有一间大型会议室，T大那边一般是早上开例会，下午考察，她下楼的时候没有遇到陈恙，倒是看见程斯衍拿着很多仪器和设备和她打过招呼之后就急急忙忙驱车离开。

许知恙迅速下楼解决了早餐，她习惯在吃饭的时候想事情，一顿饭的工夫就已经在脑子里把任务分好，等所有人都到会议室之后便开始有条不紊地分配任务。

他们小组有五个女生和两个研二的师弟。

几个人都是之前和许知恙组过队、策划过非遗展的人。

之前组队的时候他们只觉得许知恙好说话，但是活动结束之后他们特别服许知恙，同样的报告，别的小组做得叫苦连天，他们组却轻松自在，跟着学霸，就是能打。

他们本来做好了做到晚上的准备，但是许知恙带着他们做，速度快很多，下午五点多的时候就搞定了。

"来绥芜就是不一样，这报告写起来好像也没有那么难。"

另一个人附和："就是，这里空气好，写报告都写得身心舒畅。"

"希望院里能多搞几个这种调研，我愿意随时奔赴前线！"说话的女生格外激动，双手合十，看上去十分诚恳。

许知恙没搭话，低着头整理会议资料，听到他们开玩笑只是笑笑。

突然，玻璃门外有人敲了敲门，然后门被推开了，许知恙抬眼就看见周鄞朝她走来。

"许组长，我们队长找你。"

许知恙赶到古北桥的时候已经是半个小时后的事了。

周鄞送她过来之后就急忙开车走了，说是他们副队程斯衍叫他去苏汀一趟。

目送他的车子离开，原地只剩下许知恙和陈恙两人。

陈恙今天倒是没穿西装，他穿着一件黑色飞行夹克，里面搭一件质地偏软的黑T，穿了条同色系的裤子，还是和以前一样，很随性，很有少年感。

许知恙的目光从他身上移开，抬眼问："你找我？"

陈恙单手插着兜，目光从远处收回，落在她脸上，问道："听说这边有个赵氏老宅？"

许知恙皱了皱眉，印象里好像是有这么个地方，她点了点头。

陈恙收起手机，一脸公事公办的表情："听绥芜政府那边说要把它迁了，如果要迁势必会牵连周边的住宅区，你知道在哪儿吗？方便带我去看看吗？"

好在古北桥离赵氏老宅并不远，走个十分钟就到了。

许知恙陪他绕了一圈，看过老宅后，许知恙沉默了。

赵氏老宅在她懂事的时候就已经荒废了，冷冷清清的，和连书因的老宅靠在一起，如果要拆迁，势必会影响外婆的宅子。

但是这里要拆迁好像挺麻烦的，听陈恙打电话的时候提到了什么民宗局、政府、政策之类的，她也不太懂这些，听得迷迷糊糊、一头雾水，他挂完电话之后许知恙数度瞟他，但是不好意思问。

陈恙看她的脸色不太好，挑了挑眉："你想问什么？"

许知恙正在想这件事要怎么和连书因说，闻言愣了一下，目光笔直地看入陈恙眼底，问他："一定要拆吗？"

许知恙的眼底有光，目光很炽热，直勾勾地看着他时，他有那么一瞬喉间发干。

陈恙没开口，目光深沉，看上去非常严肃认真。

她试着和他商量："可以不拆吗？其实还有很多办法，不是非得拆掉才能……"

陈恙冷不丁瞥了她一眼，许知恙激动的情绪就那么卡在那儿，并在他的注视下逐渐弱下来。

许知恙意识到自己有些过激，顿时泄了气，头低低垂着，整个人的气场显得格外软，看得陈恙心底也软得一塌糊涂。

陈恙的喉结滚了滚，别开眼，说："嗯，还会有别的办法，你先别担心。如果能在拆迁的基础上保持其他民居完好，那是最好。"

许知恙依旧低着头，心里很沉重。

陈恙盯着面前那个软软的脑袋，终究松了口："不过我会争取看看能不能不拆迁。"

闻言，许知恙眼皮动了动，盯着铺着青石板的地面眨了下眼，而后抬头，小声说："我明白。"

继而又补充了一句："谢谢。"

陈恙一顿，眼里有些复杂，情绪不太高地嗯了一声。

"回去吧，不早了。"

许知恙点了点头，跟着他往外走去。

没注意前面的人停下了步子，许知恙毫无防备地撞了上去。

"外面下雨了。"

许知恙摸了摸额头，越过他挡在前面的身体，看向院子里。

前院荒废，杂草丛生，还有一个废旧的鱼缸倒在地上，蓄了半缸水。

这雨下了有一会儿了。

南城的雨就是这样，不大，但是很密，而且能持续下很长一段时间。

不怪他们在里面听不见，即便是现在站在檐下，下雨的声音也很小。

这雨一时半会儿也不会停。

许知恙问："你打电话给周郸了吗？"

陈恙说："他和程斯衍在苏汀那边，估计要晚点过来。"

将近二十分钟过去了。

但是这雨一点也没有要小的趋势，这个地方真的如陆之杭所说的那样，山旮旯，还没信号。

许知恙下午一直在整理材料，手机只剩30%的电都不知道，这个时候已经快关机了。许知恙绝望地叹了口气，心想要是再不回去，她和她的手机都要饿死在这里了。

她本来是想打电话给温奈的，但是忽然想起来温奈今天不在绥芜。

入了秋，风带着刺骨的冷，夹着雨丝不断往檐下飘来。

许知恙拢了拢单薄的风衣外套，小幅度地往里挪了挪。

下一刻，她感觉到肩头一重。

"别着凉了。"陈恙将身上的外套脱下来披在她肩上。

侧过身时，属于他身上的气息在一瞬间将她包围。

烟草裹挟着冷香的味道带有很强的侵略性，许知恙忍不住放缓呼吸，耳朵发烫。

她的心跳得很快，而且很大声。

大声到她觉得陈恙一凑近就能听见。

她下意识地想推开他，但是她发现，檐下能避雨的位置只够两人脚尖对脚尖，她要推开他就只能出去淋雨。

她终究是没推开他，放任陈恙不断靠近。

许知恙咽了下口水，发现男人不知道什么时候指尖捏着她的耳垂，他的指尖温度有些灼人，带着薄薄的茧，一瞬间让许知恙从耳根酥麻到了心底。

她颤着眼睫抬眼，入目是男人上下翻滚着的喉结。

带着些危险的、浓得化不开的欲望。

第 30 章

时间回到去酒吧那天晚上。

那晚陈恙看着陆之杭送许知恙回去后就走了。

他半路接到陆之杭的电话，一声"什么事"还没问出口，就先听见了许知恙的声音。

鬼使神差地，他就那样听了一路。

及时止损。

她不想再难过一次。

陈恙听到那些话的时候喉咙忍不住一紧。

她从来都是乖的。

乖到让人不忍去破坏她纯良的心性。

他难以想象这些年她都是怎么过来的。

他不知道许知恙现在还喜不喜欢他。

即便他有心接近，也得先了解她对自己到底是什么意思。

"别动。"陈恙靠近，嘴唇悬在她的脸侧，微微倾身，低沉的嗓音在许知恙耳边响起。

她没敢动，紧张地咽了咽口水。

"怎……怎么了吗？"

陈恙垂眼，看见她浓密卷翘的睫毛低垂，在眼下投出了一片阴影，近在咫尺的距离。

"有蜘蛛丝。"

陈恙指腹轻轻拂过，确定摘干净了之后才抽回手起身。

许知恙捏了捏被他碰过的耳垂，小声地和他说了谢谢。

大概又吹了半个小时的风。

快入夜了，许知恙穿着两件外套依然抵不住南城郊外逐渐下降的温度，她掩着嘴偏过头打了个喷嚏，揉了揉鼻子。

陈恙侧过头看她。

他身上只穿着一件短袖，许知恙身上穿着两件外套还着凉了。她的身体到底是有多差？陈恙忍不住想。

思绪一旦飘远，就有点遏制不住，他不知道想到了什么，额上的青筋突然跳了下，呼吸有些急促。

他咽了下口水，看着她问："还是很冷吗？"

他侧过身，整个人挡在风口，把能吹到她身上的风尽数挡住了。

冷风吹得他黑色的短袖鼓起，男人肩膀很宽，撑在她脸侧的小臂匀称有力，给人一种无形的安全感。

许知恙承认她想躲他，但是当下，陈恙莫名地让她安心。

她心里有些松动，对他说话的语气也不禁放缓了几分。

赵氏老宅附近就是连氏老宅。

隔得不远，但是走过去差不多要五分钟。雨小了一点，许知恙一句话在心里绕了好几次，她打了七八遍腹稿，才勉强让这句话听上去没什么歧义。

许知恙说："要不，先去我家吧。"

果不其然，陈恙脸上错愕了一秒，垂眼看着她。

许知恙下意识地捏了捏耳垂，说："我外婆的家，离这儿很近，我们可能一时半会儿也回不去民宿那边。"

许知恙怕他想多，指了指他的衣服，连忙补充："我怕你感冒了。"

事实证明在恶劣的环境下人也会变得很好说话，陈恙没拒绝，只点了点头，说了声好，拎起他的外套将许知恙遮得严严实实，然后揽着她瘦弱的肩膀一头扎进雨幕里。

两人沿着屋檐走到巷口，穿过一条小巷就到了老宅。

还好李婶在家，给他们俩开了门。

"是恙恙啊，你这是去哪儿了，怎么淋成这样？"

李婶从门边的花架上拿了伞给他们，让两人赶紧进屋里去。

"先去楼上换衣服吧，我去帮你们熬点姜汤驱驱寒。"

许知恙和李婶道了声谢后就带着陈恙上楼。

他的外套披在了许知恙肩上，身上只有一件很单薄的黑色短袖，被雨水打湿后紧贴在身上，勾勒出他硬实的胸肌，还隐约可见延伸到腰腹之下的人鱼线。

一想到他刚刚就是以这副样子搂着她跑了半条巷子，许知恙摸了摸鼻子，有点不好意思。

"抱歉啊，客房的热水器坏了，还没来得及修，楼下的只有冷水，你只能在我房里将就洗一下了。"

陈恙打量着四周，说了声："好。"

这还是陈恙第一次进女生的房间，在他的印象中，女孩子的房间应该是粉白色系的，少女心一点，但是许知恙的房间给他一种走进了博物馆的感觉。

不是说物品很陈旧，而是整个房间的风格很古朴。

门边的博古架上摆放着花瓶和一些瓷器。

书桌衣柜都是那种定制的雕花木制品，正对着床的一整面墙都被做成了书架，上面摆满了书。

他进来前许知恙给他拿了条干净的浴巾和一套干净的浴袍。

许知恙抱歉地说："不好意思啊，我家里没有男士穿的衣服，不过客房那边有个烘干机，我让李婶帮你把衣服烘干。"

浴室不大，但是也不小，老宅的格局都是差不多的，有点像公馆的布置。

浴室里目之所及都带有独属于女孩的气息。

热水从头顶浇灌而下，一些乱七八糟的想法在陈恙脑子里一晃而过，一时燥得他浑身发热。

这个澡洗得格外难挨。

他出浴室的时候许知恙刚巧从外面走进来，手上拿着叠得整整齐齐的他的衣服。

陈恙刚洗完澡，头发擦了半干，湿发拂过眉骨，微微遮住眉眼，一双黑漆漆的眸子被水汽濡湿，一眨不眨地盯着许知恙。

许知恙避开他的目光，把衣服递给他："衣服干了，去换吧。"

陈恙接过，许知恙刚转身准备离开，就听见身后的男人声音很低地叫住她："许知恙。"

她脚下一顿，没转身，就保持着背对他的姿势。

"我在绥芜会待两个月，"陈恙低沉的嗓音和缓地传来，"其间少不了和你们明大合作，抬头不见低头见的，"说着，他似乎往前走了一点，声音更加清晰，"你别躲着我，成吗？"

许知恙不知道自己是怎么走出房间的。

她呆呆地坐在书房的藤椅上，脑子里回放着陈恙的那句话。

他是看出来自己在躲他了吗？

也是，他都说了那肯定就是知道了。

许知恙懊恼地拍了拍额头，呼了口气。

她脑子里很乱，闭着眼不断地深呼吸，努力厘清这一连串的思绪。

这次的项目大家都要在绥芜待两个月，诚如他所说的，她要和陈恙抬头不见低头见两个月。

碰面不可避免。

既然避不开，何不坦荡一点？

陈恙洗完澡后许知恙让他下楼喝点热汤。

许知恙刚刚跑回来的时候身上没怎么湿，等陈恙洗完澡后她才进去洗澡。她拿了换洗的衣服进浴室时才后知后觉地发现，他洗的是冷水澡。

一般洗热水澡浴室里会有一股热气，可是浴室里很冷。

许知恙咬了咬唇，眉头一皱，心里困惑。

快速洗完澡，许知恙下楼的时候听见陈恙在给周鄞打电话，好像周鄞和程斯衍现在还在苏汀，赶回绥芜可能都凌晨一点了。

那头周鄞被挂断电话，保持着举着手机的动作怀疑人生。

"衍哥，恙哥叫我明天一大早去南郊巷老宅那边接他。"

"不是，我说现在过去接他，还被骂了一顿，是怎么回事？"周鄞说，"说得含含糊糊、不清不楚，还叫我赶紧忙完，尽快。"

程斯衍输着数据的手顿了下，周鄞听不懂，他是听懂了。

敢情陈恙现在和许知恙在一起呗。

为了制造独处的机会，他还真是煞费苦心。

程斯衍摇了摇头，怜爱地摸了摸周鄞的脑袋瓜："没事，恙哥就是青春期，脾气大，衍哥哥疼你。"

周鄞："……"

第二天一早，周鄞准时准点地出现在了连氏老宅的门口。

两人吃过早饭后就坐着周鄞的车回了民宿那边。

回去的路上许知恙瞥了坐在身侧的男人几眼，他的脸色看上去不太好，嘴唇紧抿，单薄的眼皮阖着，眼下有淡淡的乌青。

她有些愧疚，毕竟陈恙是因为她才淋了雨。

回到民宿，许知恙想让他先去好好休息，但是一下车程斯衍就急忙把他拉走了。

经过五楼的时候她透过玻璃门看见里头正在开视频会议。

看他的样子应该还好，许知恙就没有多嘴，转身上楼了。

但事实证明再铁再硬的人都会生病，毕竟是血肉之躯。

陈恙本来嗓子就不舒服，加上前段时间抽烟喝酒，淋了雨还洗了个冷水澡，直接就发烧了。

隔天开例会的时候周鄞就注意到陈恙整个人的状态很差。

陈恙受过专业的训练，体能和体格比一般人强很多，在国外的时候很少生病，这还是周鄞第一次看见陈恙这么萎靡不振。

早会结束，程斯衍拿了感冒胶囊给他。

"行不行？不行就去医院，今天也没什么事，有事的话我再通知你。"

陈恙疲倦地捏了捏鼻梁，接过药，掰了几颗用温水吞下去。

他的嗓子一如既往地哑："不用了。"

中午吃饭的时候许知恙碰到程斯衍下来拿饭上去，拿的是很清淡的粥。

许知恙注意到了，唇瓣动了动，故作镇定地问："陈恙他……身体不舒服吗？"

程斯衍装小菜的动作一顿，眼里闪过一抹狡黠，抬起头时叹了口气："别提他那人了，他简直就是工作机器，昨晚熬了个大夜，今早又接着和 T 大那边开会，我看他那喉咙都快烂了。"

程斯衍打包完，抬眼看她："唉，你要不去劝劝他？我也不知道他昨天干吗去了，怎么今天就发烧了？好像还挺严重的，烧到 38 摄氏度呢。"

程斯衍说得恳切。

许知恙犹豫了一下，在他期待的目光下重重地点了个头。

会议室里的人都走得差不多了，她到的时候周鄩正边接电话边出去，说的好像还是英语，他看见许知恙，朝她点头打了个招呼就出去了。

许知恙敲了门进去，一眼就看见坐在会议桌中间位置的男人。

一件黑色的衬衣松松垮垮地套在他身上，袖子被卷起一截，露出的手臂匀称修长，线条很好看。

他目光笔直地落在笔记本屏幕上，一只手虚握成拳抵在唇边，轻咳了声，鼻梁上架着一副金丝框眼镜，气质温和，和平时的恣意很不一样。

许知恙抿着唇走过去，不过他好像没察觉到有人进来，眼睛都没抬。

"听程斯衍说你感冒了。"许知恙走到桌边，轻声说。

"嗯？"陈恙猛地抬眼，看见是许知恙，愣了一下。

"是有点。"他的声音因为感冒略显低沉，听上去更有磁性了。

许知恙对上他的眼睛，瞥见他眼下的乌青，心下有些不忍。

"你去医院吧。"

陈恙顿了顿，一开口嗓子就火辣辣地疼，他眉头轻蹙，脸色看上去很差。"算了，从这里去医院还挺远的，司机回苏汀了，折返太麻烦了。"

"我陪你去吧。"

许知恙想也没想就说出口。

"什么？"陈恙抬眼看她。

"我说我陪你去医院。这镇上有个诊所，先去看看需不需要挂水，如果严重再去苏汀医院。"

许知恙说这话的时候陈恙一直盯着她，说完，陈恙挑了下眉，有些迟疑。

许知恙捏了捏手背上的肉，强装镇定地说："还是去吧，你是因为淋了雨才发烧的，别……别落下病根。"

陈恙目光深沉，眼底掠过一抹难以言喻的情绪。

落下病根。

陈恙最终还是和许知恙去了医院。先是去了诊所，医生说他扁桃体化脓，还伴随着发烧，最好去医院做个雾化吊个水。

去了医院，医生开过药，护士带着他们去了病房。

听医生的意思要住三天院，一开始陈恙不是很乐意，但许知恙说为保险起见还是住吧。

苏汀离绥芜不远，但是来回也挺麻烦的。

许知恙站在一旁，等护士帮他插了针后，倒了杯温水，跟医生开的药片一起递给他。

"你要不躺下休息？"

陈恙从手机屏幕上抬眼，看出她好像要走，眉头轻皱了下，面色如常地开口："不了，待会儿周鄞要过来送文件，我等他。"

许知恙瞟了一眼挂着的点滴，心下叹了口气，认命地开口："你先休息吧，我不走，我在这儿等他。"

单人的病房里很安静，阳光从窗户透进来，斜斜地打在许知恙脚边，有微风从半开着的窗户吹进来，吹着她别到耳后的头发。

许知恙站在床边，眨着眼看着他，眼睛很亮。

陈恙眉心微动，收回眼，把手机按熄了屏。

他最后还是点头，顺从地躺了下去。

他躺下的同时，侧过头，唇角在许知恙看不见的地方微弯了弯。

第31章

可能是吃了退烧药的原因，陈恙昏昏沉沉的，脑袋一沾枕头竟然真的睡过去了。

他还很稀罕地做了个梦。

梦里的画面像放电影一样一帧帧晃过，有高中的，有大学的。

画面零零碎碎，最后停在了他高三那年，和许知恙初见的时候。

梦里的她穿着白色的短袖校服，扎着高高的马尾辫，站在巷口，遥遥朝他看来。

少女弯着眸对他笑，喊了他一声："陈恙。"

梦里的他目光追随着许知恙，但是等他跑到巷口的时候许知恙的人影却消失了。

画面一转，他像是瞬间移动一样又来到了学校里，他边走边找寻少女的身影，这个时候应该是下课时间，不断有人上上下下，他被挤在楼梯上，拼命地想走上去，却一直迈不开腿。

等他跑到高二（7）班门口的时候，他看见许知恙和一个男生站在一起，她在朝那个男生笑，是那种眉眼舒展开的笑。

男生亲昵地摸着她的头，当着很多人的面亲吻了许知恙的脸颊。

陈恙感受到自己心痛了一瞬，怒冲上去将男生拉开，问许知恙他是谁。

"陈恙，这是我的男朋友。"

他看见许知恙护在男生面前，有些责怪地看着他。

在梦里，陈恙的心跳得很快，拳头攥得咯咯作响，他很轻地嗤笑一声，一把拨开了护在男生面前的许知恙，上前揪着男生的衣领。

男生始终沉默着，抬头的那一刻，两双同样漆黑的眼就那么猝不及防地对上。

陈恙错愕了一瞬，许知恙的"男朋友"长着一张和他一样的脸。

"陈恙！"

梦里许知恙叫喊的声音不断远去，越来越小，逐渐消失在耳际，取而代之的是近在耳边逐渐清晰的声音。

"陈恙。"梦里的声音和耳边的声音重合。

陈恙从大梦中醒来，分清了梦境和现实。

他缓慢睁眼，干涩的唇动了一下，想出声却发现嗓子干得厉害，他沉重地闭上眼，抬手，摸到一头的细汗。

四周很安静，窗外的天已经暗了下来，风从半开着的窗户吹进来，带着些潮湿的冷。

"你醒了。"

身旁女生轻软的声音响起。

陈恙缥缈的思绪猝不及防地被拉了回来。

"嗯。"他眯着眼朝她看去，在看见她的那一瞬，心下忍不住松了口气。

"你快松手。"许知恙急切地催促。

陈恙有些不解，循着她的目光，才看见自己垂在被子上的手不知何时紧握成拳，动作幅度有些大，插在手背上的针管已经被绷开，细密的血珠渗了出来。

女生素白的手就按在他的手指上，保持着试图掰开他手指的动作。

见他松手，许知恙忍不住松了口气，将他手上的胶布贴好，眉头紧皱着，问他："你做噩梦了吗？"

陈恙不习惯仰着头看人，他撑着床坐起来，靠在枕头上，开始回忆那个不知道算不算噩梦的梦。

他唇线抿直，看见许知恙一脸担心的样子，心里紧绷着的弦隐隐开始松弛。"没什么。"

因为那个梦，陈恙觉得医院的风水肯定不好，死活不肯住院，吊完水之后就联系了司机马上过来接他。

许知恙有点理解不了陈恙的操作，但看他满脸写着"我一点也不想待在这个地方"，许知恙便没有多劝，毕竟她也不是喜欢来医院的人。

两人回到民宿的时候已经将近晚上十一点了。

刚回到房间，许知恙兜里的手机就振了一下，微信弹出来一条验证信息。

"Y"请求添加你为好友。

许知恙看到这条验证信息的时候心跳加快了。

她手有些抖，小心翼翼地点开那条验证信息，来源那一栏显示的是对方通过群聊添加。

验证信息只写着简单的两个字：陈恙。

许知恙紧张地咽了咽口水，目光上抬，像是在看什么机密文件一样一行一行很认真地看添加页面的所有信息。

陈恙的微信头像是一片白色，许知恙点开，发现这是一片雪地，应该是陈恙去哪里考察之后拍的照片。

非好友看不了朋友圈，除了一个非常简洁的昵称和一个头像，基本没什么信息。

许知恙心跳得很快，有点像高考查成绩的时候，她紧张而又期待地点下了通过验证。

微信立马出现了两条未读信息。

许知恙点进和陈恙的对话框。

陈恙：今天谢谢你。

许知恙盯着这条信息看了会儿，缓慢地打出两个字：没事。

陈恙：你什么时候有空？我请你吃饭。

陈恙：就当是道谢。

许知恙顿了顿：真不用了。

陈恙：我不喜欢欠人情。

人情。

许知恙强忍着心里的酸涩，呼了口气：行，我晚上都有时间。

发完，她后知后觉地感到这句话听起来不太对劲。

她刚想撤回，陈恙就发了个"好"过来，显然是没多想。

她靠坐在桌子上，一只手往后撑在桌面上，望着天花板呼了口气，刚想把手机按灭，手机就振了一下。

陈恙：晚安。

许知恙盯着那两个字发愣，刚刚有些酸涩的心情被陈恙这一句话拂得干干净净。

她唇角勾了勾，像是被抢了糖的小孩，忽然又有人递来两颗更为珍贵的，突如其来的惊喜让她没察觉到自己脸上的笑意。

她耳朵有点烫，指尖在屏幕上敲击着，也回了他一句：晚安。

隔天。

许知恙以为陈恙说请她吃饭只是当时随口客套一下，没想到他真的把这件事记在心里。

周末没什么事，周五晚上温奈就拿起她的车钥匙一脚油门踩回了明城，回到了大小姐声色犬马的欢乐场。

许知恙目送她开车走了，刚想上楼吃饭，转身就遇到了从电梯出来的陈恙。

他手插着兜，望向她身后，继而收回目光，问道："今天有空吗？"

许知恙蒙了一瞬，还没反应过来他说了什么，下意识就点了头。

陈恙说："那走吧，去吃饭。"

许知恙愣了一下，讷讷地张了张口，啊了一声。

有点傻。

陈恙看着她呆呆的模样，眼里掠过一抹兴味，唇角弯起一抹弧度，闲散地道："你上次已经答应了。"

上次已经答应了。

许知恙这才知道陈恙说的是他要请她吃饭的事。

她抿了抿唇，跟着他走到车前。

许知恙以为这顿饭就是陈恙随口说说，随意请的，却没想到他请得这么有诚意。

陈恙让她上了车，一路上也没怎么和她搭话，很专心地开着车，许知恙也不知道他要带自己去哪儿，等到了目的地的时候，她才知道是苏汀一家很有名的私房菜馆。

车停在门口，他把车钥匙丢给泊车的门童，有侍者引着他们上了楼，许知恙没想到的是他还订了包厢。

有点正式。

那个包厢是中式的布置，有山水屏风，墙上挂着水墨画，桌上还燃着香炉，有点好闻。

落了座，陈恙问她："你有没有什么忌口的？"

"没有。"许知恙摇头。

陈恙把菜单递给她，许知恙也不知道点什么，让他随意点就行。

等了一会儿，服务员推着车进来上菜，许知恙在看见最顶层的小蛋糕时愣了一下。

来绥芜的这段时间大家都在忙，她也不好意思大张旗鼓地过生日，不过她的生日也就温奈知道，陈恙是怎么知道的？

陈恙指尖轻叩着手机，扬着眉，说："沈舒迩零点发了生日祝福。"

许知恙听他这么一说还有点蒙。

昨天小组的几个人忙着交调研报告，她回到房间睡觉的时候已经快一点了。

沈舒迩在她准备睡觉的时候给她发了句生日快乐，许知恙回了她这一条信息就睡了，朋友圈也没刷。

所以，听见陈恙说到这件事的时候她才后知后觉点进沈舒迩的朋友圈点了个赞。

"寿星，吹蜡烛吧。"

许知恙盯着烛火，挽着耳边的碎发，弯了弯眸，顺从他的意愿闭上眼睛许了个愿。

她许的愿很短，也可能是觉得陈恙在这儿尴尬，意思意思就睁开眼睛吹灭蜡烛，算是许过愿了。

许知恙原本以为这顿饭会吃得很不自在，但出乎意料，一顿饭吃得还算和谐融洽。

她一直知道陈恙是那种很有绅士风度的人。

吃饭也是，他会照顾她的口味，点的是南城的菜。

吃过饭，两人很默契地往外走，上车，开车回民宿。

不知道是不是她的错觉，她总觉得陈恙对她有一种既亲近又疏远的态度，她现在不反感和他接触，相反还很自在很舒服。

她也没去想这其中的缘由，顺其自然发展就好了。

回去的一路上陈恙也没找她搭话，许知恙闲散地看着窗外的霓虹灯，看着看着就有些犯困。

她迷迷糊糊半睁着眼强撑着，之后眼睛眨动的频率越来越低，眼前的景物也越来越模糊，最后化成一团白雾消失在了眼前。

等红灯的时候陈恙注意到她的安静，侧过头看了一眼，有些意外她竟然这么放心地睡过去了。

陈恙敲着方向盘的指尖微顿，目光落在她身上，突然很轻地笑了一下，眼里有细碎的笑意。

他开了暖气，开车的速度也放缓了。

许知恙不知道自己睡了多久，醒来的时候车子已经停在民宿外面了，车熄着火，也没开灯，车内有些昏暗。

透过风挡玻璃，许知恙清晰地看见男人靠在车前抽着烟，他抬头的动作将脖颈拉得笔直，微凸的喉结上下滚动了一下，这个动作他做起来带着莫名的蛊惑感。

不知道是不是车内太闷，许知恙看着看着脸就热了起来。

她拿手捂了捂脸，呼了口气之后才开门出去。

外面风有点大，许知恙裹紧外套，关了车门。

陈恙注意到车里的人下来了，转身把烟掐灭。

"醒了。"陈恙开口，嗓子有些抽过烟的哑。

许知恙把头发撩到耳后，点了点头，注意到他把烟掐灭的动作，还是忍不住提醒他。

"医生说你最好短时间内别抽烟，你……这段时间……要不忍一忍？"

陈恙听完怔了下，随即垂眼低笑，倒是难得地好说话，他应了一声。

"好，听你的。"

许知恙的心里忽然咯噔了一下，不敢对上他的眼睛，低着头闷闷地和他说了一句再见之后就转身回了民宿。

陈恙站在风口，眯着眼看着女生小跑远去的身影，唇角弯了一下，心里某个地方忽然松动了。

隔天是周六，许知恙不习惯起得很晚，起床下楼吃了个早饭后就回了房里看报告。

将近十点的时候从楼下传来很频繁的开关车门的声音。

她忍不住起身从阳台往下看，是 T 大那边的人。

许知恙刚想继续看，就看见有人在群里提醒她，他们 T 大来了顾问，要在五楼开会，昨天明大开完会有资料还落在五楼会议室，他们让许知恙过去收走，免得丢失。

她迅速回了个"OK"之后就下去了。

许知意迅速收完东西，刚出会议室就碰见了 T 大的人。走在最前面的是程斯衍和周鄞，他们身旁还有一个穿着西装的男人，那人身形高大，黄头发，棕色的眼睛，是 T 大的外籍顾问。

程斯衍一脸严肃，在用英语和那位先生交流，那位先生看上去很困惑，表情比程斯衍还严肃。

许知意离得近，大概知道发生什么事了。

她上前，先和程斯衍打了个招呼。

程斯衍看见是许知意，愣了一下，想让她先上去，这顾问现在火气很大，可别误伤了许知意，不然到时候他意哥会把屎盆子全扣在他头上。

程斯衍刚想开口，就听见许知意用一口非常流利的那哥们儿的母语，向他亲切问候。

许知意其实也不太自信，但是抱着试一试的心态，她用法语和那位文森特先生交流："您好，请问您遇到了什么问题呢？"

她的语速很慢，语调很轻柔，一句话由她说出来有种别样的味道。

文森特先生听见熟悉的语言挑了下眉，脸上严肃的表情顿时放松了下来，意外之余还有些欣喜。

"你会讲法语？"

许知意比了个手势说："一点点。"

文森特先生笑了："会讲法语就好了，是这样的，我的翻译临时有事来不了，我的老朋友陈意先生不在这里，这里没人能听懂我在说什么，你能试着为我翻译一下吗？"

许知意听懂了他的话，轻轻地笑了一下："我试试。"

文森特先生朝周鄞比了个 OK 的手势，T 大那边的人才松了口气。

许知意跟着他们一起进去，听着他们开会，一句一句翻译给文森特听。

大概半个小时后陈意才姗姗来迟。

"抱歉，我来迟了。"陈意推开玻璃门，朝文森特颔首。

他一抬眼，注意到文森特身边的女生时有些意外。

文森特起身走到他身边。

"非常感谢许知恙小姐为我翻译,她可真是一个善良的人。"文森特用法语和陈恙交流。

许知恙听得懂。

陈恙看向他身后的许知恙,说:"辛苦。"

许知恙愣了一下,朝陈恙笑着摇头。

文森特注意到陈恙的目光,探究地问:"这位小姐是你的朋友?"

突然的语言转换让许知恙听不懂他们说的是什么话,但是大概知道是西语。

陈恙轻笑了下,眼里含有深意:"我正在追求她。"

文森特像是听到了什么意外的事情,目光在他们之间流连,突然大笑一声,而后看着陈恙,诚心诚意地开口:"祝福你。"

陈恙点头,笑着说:"谢谢。"

会议结束后,程斯衍陪着文森特先生去了苏汀,陈恙送他们到门口,等一行人都走了之后,许知恙才问:"你刚刚……和文森特先生在说什么?"

陈恙收回目光,朝电梯走去,许知恙落后几步跟在他右侧,看他按了电梯上行键,她跟着进去,电梯门合上。

她听见陈恙说:"没什么,他夸你。"

陈恙顿了顿:"翻译得很准确,反应很快。"

许知恙有些不好意思,如实开口:"其实也没有,毕竟你们很多专业术语我都不懂,你可能需要让他重新看一遍翻译后的文件。我怕出错了。"

陈恙看出她的担心,一挑眉,应了声好。

"你什么时候学的法语?"

陈恙突然问。

许知恙盯着不断跳动的数字,挠了挠眼下的皮肤:"大二的时候,那个时候课少,我就加入了一个外语社,我不会弹舌,西语比较难学,就选了法语。"

"我教你,你想学吗?"陈恙开口。

"什么?"

陈恙答:"弹舌啊。"

"怎么教？"

"用嘴教。"

"……"

第 32 章

电梯里有一瞬的死寂。

密闭的空间里因为这句话逐渐染上了暧昧的气息。

许知恙摸了摸鼻子，转过头，有些不自在。

陈恙插着兜，瞥见她的小表情，狭长的眉眼不自觉地弯了弯，眼底掠过一抹得逞的笑意，但随即又往下压了压嘴角，不敢笑得太明显。

隔天，许知恙抽空回了一趟老宅。

前几天连书因从南大回家，给她带了些资料和书，让她有空过去拿。

拿完快要出门的时候李婶突然叫住了她。

"恙恙，我包了点饺子，你要不要带一些过去吃？"

许知恙脚步顿了一下，对上李婶期望的眼神。

"好。"她说。

李婶眉开眼笑："哎，那你等等，我去拿个盒子给你装。"

许知恙笑了一下，走回客厅等她："不急，李婶你慢慢来。"

李婶回到厨房将那些还没煮过的饺子都装起来，拿给许知恙，许知恙和她道了谢后就走了。

回到民宿，她经过会议室的时候看见周鄞正在收拾东西，周鄞看见她，跟她打了个招呼。

"许组长今天没出去玩啊？"

"没呢。"许知恙笑着说。

周郸摸了摸后颈，说："有空一定要多出去玩，不像我们，每天都在不断开会，连出去玩的机会都没有。晚上还要和 T 大那边开视频会议。

"而且我们老大和程队都去苏汀了，可能很晚才会回来，这会议还得我来开。"

许知恙不知道他们竟然这么忙，又问了他几句绥芜考察的进度后就走了。

许知恙上了楼之后就待在房间里，除了吃饭时间，一整天都没出去，她也没见到陈恙。

她做完后天开会用的 PPT，身体往后靠，捏了捏鼻梁，隐约能听见从楼下传来的开会的声音。

许知恙皱了皱眉，现在都快十一点了，还在开会。

她下楼的时候看见周郸在门口接电话，电话挂断，许知恙朝他笑了笑："我给你们订了汤，待会儿记得下去喝。"

周郸愣了一下，随即脸上绽开了笑，有种意料之外的惊喜："许组长，你是什么人间天使？谢谢许组长！"

许知恙笑着和他说不用谢后就上了楼。

这些天和 T 大那边的人待在一块，她仔细回想了一下，T 大那边的人确实挺好的，平时有什么设备故障都会帮着处理，程斯衍和周郸更不用说。

大家还要在这儿待两个月，抬头不见低头见，还住在同一栋楼里，搞好关系比什么都重要。

回到房间后许知恙的手机振了一下，微信群里有人 @ 了她，下面清一色的：谢谢许组长！

许知恙没有一一回复，发了一个"不用客气"的表情后就关了手机。

接下来的几天，明大那边有新的通知下来了。

小组几个人在来绥芜的几天后终于感受到了项目的艰难。

这份报告需要 T 大那边的一些数据，晚些时候许知恙在大群里 @ 了程斯衍和周郸，问了数据的事。

周郸在群里回她，数据都在陈恙那里。

许知恙说了声好后就没有下文了。她忙着整理资料，等她想起这回事的时候已经晚上七点了。

她实在是困得不行，揉了揉眉梢，就听见温奈朝桌子上一趴，号了一声："我要睡觉，我顶不住了。"

许知恙也很困，拍了拍她的肩膀，说："今天这部分算是完成了，等 T 大那边的数据出来再整理下一部分。大家先回去休息吧，辛苦了。"

温奈一听立马活了过来，打着哈欠，伸了伸懒腰，说："恙恙，那我回去洗澡，你早点睡。"

许知恙说了声好，等他们都收拾东西回去了，才最后一个走。

刚关上会议室的门，许知恙就和出电梯的陈恙打了个照面。

陈恙摸烟的动作一顿，对上许知恙的眼神，突然问道："你找我？"

许知恙愣了一下，才想起来是什么事。"听周鄞说报告都在你那儿？"

"嗯。"

许知恙问："那你能发我一份吗？"

陈恙低头摸着烟，漫不经心地回："还没整理出来，你需要的话，去我房间看。"

许知恙愣了一下，讷讷地啊了一声。

陈恙面色淡定，语气很寻常："你不急的话可以等周鄞都整理出来再看，不过他去苏汀了，报告出来可能得等几天。或者你看得懂的话，我可以让人传源数据给你。"

许知恙摸了摸后颈，想了想，慢吞吞地开口："我看不懂，可能……需要麻烦你了。"

陈恙刷着手机的手一顿，忽地勾唇一笑，挑了挑眉，拖腔拉调地开口："行，那去我那儿？"

他顿了顿，又补充说："去你房里也行。我都可以。"

许知恙："……"

许知恙咽了咽口水，表情严肃，重重地点头，像是在做一个重大决定一样："去你那儿。"

陈恙点头，神色平淡，许知恙瞧见他一脸云淡风轻，心里暗叹自己不坦荡，没想太多，和他说自己先回房间拿点资料后再过去。

陈恙闲闲地点了烟，说了声好，在原地等她，但在许知恙转身的那一瞬，陈恙眼里的得逞笑意掩饰不住。

许知恙拿完资料，跟着他上电梯，进了房间。

陈恙说："你先看，有什么不懂的可以问我。"

许知恙点头，目光克制地打量了一圈。

民宿房间的格局都差不多，只不过陈恙的这间略显宽敞，有一扇落地窗，能将绥芜的夜景尽收眼底。

陈恙随手将西装外套丢在沙发扶手上，开了壁灯，从书房里拿来笔记本电脑放在茶几上。

许知恙和他说了声谢谢后，安静地坐在沙发上，将 PPT 上需要的数据输进去。

她工作的时候很认真，几乎不会受别人干扰。

这份报告是要交给院里的，算是第一阶段的调研报告。

绥芜的旧居、老宅、人口、生态以及各项政策都在 T 大的考察范围内，T 大算是有一个很全面的数据库。

全面归全面，但是也有一些复杂难懂。

许知恙坐在沙发靠墙的一边，陈恙坐在另一边。

两人各自安静地干着自己的事，显得格外和谐融洽。

过了一阵，许知恙皱了皱眉，将笔记本电脑朝他的方向转过去，指了指电脑屏幕："能不能麻烦你帮我把这个导出来？"

陈恙的目光从电脑上移向许知恙，他的鼻梁上架着金丝框眼镜，暖黄壁灯打下来，折射出冷光，他皱了皱眉，淡声问："哪个？"

许知恙以为他看不见，俯身凑了过去，指着第二行的数据："这一行，还有最后那个都要。"

她没有意识到这个动作让他俩贴得多近，也没有注意到她的头发若有若无地蹭着陈恙的耳郭，像是挠在他的心上，陈恙痒了一瞬。

他喉结滚了滚，手指在键盘上敲击着，忽地就顿住了。

"还有哪个？"

许知恙看了看电脑屏幕，指了指最后一行，说："这个也要。"

许知恙等着他的下一步动作，但见陈恙一直不动，她侧头看了他一眼。

"陈恙？"

他回神，有点隐忍意味地将那份数据导出去发给她。

许知恙和他道了声谢，并没有察觉到身旁的人不对劲。

陈恙盯着她看了几眼，目光移开，喉间燥得发涩。

他不敢太快、太突然，怕她被吓到。

他一直忍着，尽量让自己不要太像个禽兽，人家碰自己一下脑子里都产生一堆"有色废料"。

但是……

忍得真难受。

陈恙舌尖抵着后槽牙，在心里骂了句脏话。

完善好报告已经是两个半小时后的事情了。

许知恙把电脑合上，揉了揉发酸的脖颈，打了个哈欠，眼里泛着泪光。

陈恙敲键盘的动作一顿，目光落在她身上。

许知恙本来想和他道谢后就回去，陈恙却突然问她："饿不饿？"

许知恙顿了一下："还好。"

"我早上发现这附近有家夜宵摊，要不要去吃点？"

"也行。"许知恙点头。

那家夜宵摊在民宿附近的一条小巷里，他俩十点多过去的时候人还挺多的。

两人随意找了一个避风的地方坐下，点了两碗豆浆加鸡蛋，还有一屉灌汤包。

吃完的时候将近十一点了。

两人走出夜宵摊，路灯的光很是微弱，打在他们身上，拉出了两道若即若离的影子。

小巷昏黑，许知恙脚下一不留神就踩到了塑料瓶子，身子往一侧倒，下意识地就抓住了身旁人的手臂。

她踉踉跄跄地朝前倾。

陈恙弯腰，捞起她的腰肢往自己身前带，两人的距离猛地拉近。

许知恙保持着半屈着膝，一手抓住陈恙的手臂，一手拉住他衣角的姿势，脑袋撞在他的腰腹上，有点硬邦邦的。

两人的距离拉近，近到他身上的烟草味带着夜里的冷冽直钻她的鼻腔。

许知恙抬头，猛地撞进一双漆黑的瞳里。

他的气息变得滚烫，有些灼人。

她的视线笔直地对上他的，一时忘记起身。

随着陈恙低头的动作，许知恙头顶的灯光被他挡住，黑影笼罩下来，他目光深沉，蕴含着无尽翻涌的情绪。

静谧中，她听见男人极其明显的喉结滚动的声音。

许知恙意识到姿势不大对，急忙收回目光起身，站稳了往后退。

她的脑子里有一瞬间的慌乱。

陈恙收回手，指腹习惯性地捻了捻。

"你这是在……趁机占我便宜？"

许知恙耳朵热了，知道自己不占理，但还是想辩驳。

不过话还没说出口，陈恙就低笑一声："放在古代，你是要对我负责的。"

男人的声音很轻缓，慢条斯理，许知恙却从他的话里听出了无穷意味。

"我又不是故意的。"

许知恙捏着手背上的软肉，小声说。

陈恙哼笑了一声，单手插着兜。

冷风灌进他敞着的黑夹克里，吹扬起他的衣摆。

他的头垂着，眼睛注视着她。

"要是每个人都像你一样占了便宜不负责，我得多亏啊。"

"那你想让我怎么……"

负责两个字还没说出口，许知恙就被陈恙猛地扯进怀里，下一秒，她的手腕被人紧紧扣住，被拉着往前跑。

许知恙有些不明所以，但是跑开了一段距离后，她猛地听见从身后传来很大一声玻璃碎裂的声音。

许知恙无暇顾及身后是在打架还是怎么了，因为陈恙拉着她跑的脚步越来越快。

眼前奔跑的背影和记忆中的不断重合。

他们逆着风狂跑，眼前的街景飞速掠过，小巷的昏暗弱化了人的视力，将视野缩窄，再缩窄，窄到只能看见眼前狭小的一方。

黑暗里人的恐惧和情感被无限放大。

冷风从奔跑的方向扑面而来，静谧的老巷里有疾奔的脚步声，有身后打架的唾骂声，甚至还传来宅子里犬吠的声音。

她向来怕走夜路，但此刻，紧紧握住她的那只手宽大温热，通过掌心源源不断地给她传来热量。

给足了她安全感。

她听见自己的心跳，一声高过一声。

声声沦陷。

她觉得自己心里好像有什么东西即将破土而出。

她在期盼，又在等待。

但是又说不出那种感受。

她喘着气，眼角很酸，鼻子也酸。

冷风从四面八方灌入，呛得她喉间火辣。

漆黑的巷子走到尽头，巷口的亮光将浓重的黑暗撕开道口子，许知恙也终于重新看清楚了身前男人的背影。

"陈恙。"她忍不住叫住他。

她的声音有些发颤，带着浓重的鼻音。

陈恙察觉到自己抓着她的手被她轻扯了一下，他的脚步猛地顿住，朝身后看去。

视线触及她那双不知是被风吹得通红还是哭得通红的眼时，他的心脏在一瞬间抽了一下。

"你怎么哭了？"

第 33 章

许知恙不知道自己后来是怎么回到房间的。

她的眼睛被风吹得一直流眼泪，红得吓人。

她冲进浴室洗了把脸，顺带把妆给卸了。

再出来的时候她的手机微信里多了两条未读信息。

是陈恙。

陈恙：怎么了？

陈恙：是哪里不舒服？

许知恙顿了一下，回他：没事，只是被风吹得有点难受。

回完这句话，许知恙仰着头呼了口气，把手机反扣在桌面上。

她当时也不知道怎么了，一股子酸涩从心底直冲鼻端。

她想到了高中时期的她和他。

像是紧绷了很多年的心弦在一瞬间突然断掉。

她的内心翻江倒海，无法平静。

另一边。

陈恙想着女生跑开的背影，还有些蒙。

直到程斯衍一个电话打过来，他才回过神。

"哥们儿，你刚刚是和许知恙出去了吗？我看她眼睛红红地跑进来，连招呼都没打就进了电梯。"那头，程斯衍似乎正在下电梯，陈恙听见叮的一声，程斯衍又继续说，"你把人怎么了？"

陈恙心里本来就躁，程斯衍还一直往枪口上撞。

"我能怎么？没事我挂了。"

"哎，别挂，躁什么躁？躁就去喝酒，正好乔望回南城了，叫我俩出去呢。你在巷口等我，我去接你。"

程斯衍火速说完，不等陈恙反应就挂了电话。

到达苏汀 pub（酒吧）已经是半个小时后的事情了。

程斯衍走在前面，陈恙冷冷地跟着，一脸生人勿近的表情。

即便如此，还是不断有目光朝他身上瞟。

推开包厢的门，坐在沙发上的男人朝他们看来。

乔望的目光从手机上移开，看见陈恙冷着一张脸，觉得稀罕地挑了下眉，问："心情不好？"

陈恙没开口，坐在一侧的沙发上。

"望哥，这厮是真的牛。"程斯衍从兜里摸出一包烟，递给陈恙一根。

乔望没开口，透过薄薄的镜片睨了他一眼："还没追到？这都过去半个月了吧。"

"你可闭嘴吧，不知道当年是谁追老婆追了三年。"陈恙拿烟的手一顿，痞痞地开口。

程斯衍实在看不下去他俩这一脸在女人那儿吃了瘪的样，叹了口气。

"你俩差不多，别互相伤害了。"

"他怎么了？"陈恙咬着烟，靠进沙发里，眼睛微眯，忽地来了兴味。

乔望深夜把他们叫出来喝酒，着实罕见。

乔望这人一向寡淡，在女人那儿吃了亏，更是罕见。

"小嫂子和他闹别扭，不让他回家。"程斯衍瞟了他几眼，轻笑着开口。

陈恙指间夹着烟，皱着的眉头松开了些许。

"啧，你是干了多丧尽天良的事？连家都不能回。"

乔望不想和陈恙扯这些，家事上，他一向习惯自己处理。

乔望倒了杯酒，口气很淡："听说陈总那边有意向和明庭合作，新兴科技项目，回报率可观。"

陈恙目光一凛，手一抖，半截烟灰掉在他脚边，他慢悠悠地将烟按灭。

"你问我干什么？想不想合作你说了算，该怎么做就怎么做。"

陈恙兴致不高，接过乔望递过来的半杯醒过的红酒，仰头喝尽。

乔望倒是对他的态度不意外，握着手机不冷不热地应了一声："嗯。"

恰在此时，乔望的手机振了一下，他几乎是秒接。

陈恙跷着脚，眯着眼觑向乔望。

"回，半个小时差不多。

"我很快过去，嗯。"

电话很快就挂断了。

陈恙倒酒的动作没停，懒洋洋地掀了眼皮，嗤笑他："没眼看。"

乔望起身的动作一顿，自上而下打量陈恙，有一丝怜悯的意味。

"也好过没有老婆的人在这儿喝酒买醉。"

陈恙："……"

"这就走了？"陈恙弹了弹烟灰，看着起身往外走的男人。

乔望平淡地开口："不然？陪你在这儿喝酒？"

陈恙哼笑一声："你半夜把我叫过来，就是为了说这事？"

"我有说不是吗？"

陈恙："……"

"回家有什么意思？"陈恙靠进沙发里，头磕在软垫上，嗤笑一声。

"至少比在这儿和失恋的男人喝酒有意思，"乔望松了松领口，眉梢轻挑，很平淡地哦了一声，"你这还不算失恋，你连对象都没有。"

陈恙额上的青筋跳了一下，舌尖抵着腮帮子，咬牙切齿地开口："成。"

包厢门一开一合，乔望真的走得干脆。

陈恙没了喝酒的兴致，踢了旁边的程斯衍一脚。

程斯衍目送乔望走后就又投入了新一局的游戏，他抽空抬眼看了眼陈恙，手抖了一下，放错了技能。

"哥们儿，你知道你现在像什么吗？"

陈恙挑眉，没接话。

"怨妇。"

陈恙无语："不会说话就别说。"

程斯衍一局游戏打了没一会儿就死掉了，索性不打了，把手机吧嗒一声扔在茶几上，拍了拍兄弟的肩，语重心长地劝道：

"哥们儿，你要不看看身后，女人排着队追求你，干吗把自己活得这么清心寡欲？还被人误以为你是弯的。"

陈恙咬着烟，忽地扯着唇角朝程斯衍笑了一下，头顶的灯打在他脸上，显得有些邪恶。

他朝程斯衍勾了勾手指，示意程斯衍靠近。

程斯衍可太熟悉他这个表情了。

程斯衍捂着脖子后退，说："恙哥，你直，你最直，直得不能再直了！"

求生欲很强。

陈恙没理他，垂眼又掐灭了烟，起身朝外走。

翌日一早。

许知恙还担心见到陈恙尴尬，谁知她刚吃完早饭就看到陈恙驱车离开了。

一个人。

身边没有跟着程斯衍和周鄞。

许知恙开完会碰见程斯衍，他说陈恙回公馆了。

于是一连几天，许知恙都没见到陈恙。

一直到周末，她从南大回来，才在民宿门口遇到了陈恙。

那天连书因叫她去南大听个讲座，许知恙去了，结束的时候遇到了连书因的一个学生。

他以前去过老宅，许知恙对他有点印象。

连书因正准备送她出校门，刚巧就遇到他。

男生叫应嘉言，现在是明大的教授，也算是年少有成。

连书因和他闲聊了几句后猛地想起什么，目光在许知恙和他身上打量了一圈："你顺路的话就送送她，这样我也放心。"

应嘉言笑着点头应下："老师放心，我一定帮您安全送到。"

许知恙本来想说不用，但是连书因都让应嘉言送了，她也不好拒绝，想了想觉得也没什么，就应下了。

"那谢谢师兄。"许知恙笑了笑。

应嘉言把许知恙送到民宿门口，许知恙和他道谢后便准备进去。

身旁传来关车门的声音。

许知恙闻声回头，发现陈恙不知道什么时候到了，车就停在应嘉言车旁边。

几天没见了，所以许知恙在看见他的第一眼时下意识地走了神。

男人穿着黑色的冲锋衣，身形很单薄，下身依旧是同色系的黑裤，脸上的神情很寡淡，冷着一张脸，没什么表情，但在目光触及她的那一瞬，眉梢轻轻挑了一下。

许知恙还保持着和应嘉言面对面的姿势。

她有些不自在，硬着头皮和应嘉言说了再见，她不敢回头看陈恙，捏了捏手指故作镇定地顶着陈恙打量的目光进了民宿。

应嘉言目送着许知恙进了民宿，这才朝陈恙看去。

同为男人，应嘉言不得不承认眼前的男人身形气质确实出挑，男人眼里的淡漠和矜贵的气质掩不住从骨子里散发出来的狂妄。

他不知道许知恙和这个男人是什么关系，但他在陈恙眼里看到了某种熟悉的炽热。

是对想追求的女孩子才有的炽热。

应嘉言心情复杂地收回目光，出于礼貌点头和他打了个招呼，而后驱车离开了。

陈恙愣在原地，手插着兜靠在车门上，头微垂着，神色很淡，盯着地上的某一处，忽然嗤笑一声。

他气笑了。

她还真是没心没肺。

合着他做那么多，她看都不看一眼，还和别的男生走得这么近。

什么眼光？

陈恙突然想起那晚程斯衍和他说的话。

"再不努力她就要被人'捷足先登'了，你还搁这儿温水煮青蛙，水还没开呢，青蛙就跑了。你得明显点。"

陈恙舔了舔唇，扯着嘴角笑。

这难道还不明显？

隔天，调研小组和院里开完会后又开始写新一轮的报告。

这次的调研报告完成时间很短，只给了他们三天时间。

资料有限，查阅文献成了最艰巨的任务。

三天时间，过程可以说是兵荒马乱，除去睡觉的时间，他们吃饭基本都在会议室吃。

报告截止的最后一天，小组成员忙到很晚，几乎是熬了个大夜。

三万字的报告，他们赶在时间截止前最后半个小时交了上去。

许知恙提交完最后一组材料，整个人像是被人拿针戳破的气球，泄了气一样靠回靠椅。

"终于结束了。"温奈靠在她身上，整个人像是被榨干了一样。

许知恙任她靠着，抬手捏了捏酸胀的鼻梁，太阳穴突突跳得厉害。

这是她熬夜才会出现的症状。

"老胡也太不够意思了，就开了个会议，其他的都丢给我们做。"

老胡是他们的导师。

"一句'辛苦了'就让我们昼夜颠倒了三天！三天啊！"

说话的女生叫关月月，和她们同级。

她语气愤慨，说完，把目光投向许知恙。

"哎，知恙，你不累吗？"

许知恙纤细的手指摁了摁眉心，用实际行动证明："累啊。"

"为什么大家一起熬夜，你一点黑眼圈都没有？"关月月拿着化妆镜看着自己眼下的青黑，长叹一口气。

许知恙失笑："大家都辛苦了，先回去好好休息吧。"

会议室里立马闹哄哄的，大家说着要回去睡个昏天黑地，吃顿大餐之类的。

许知恙戳了戳瘫坐在椅子上目光呆滞的温奈，说："回房间睡。"

温奈耷拉着眼皮，强撑着坐起来。

许知恙刚想收拾东西回房间，一抬手就看见手边放着一杯咖啡。

周慕对上她的眼神，有些不好意思地笑了笑："许组长，喝咖啡。"

是一个研二的师弟。

许知恙微愣，笑着和他说了声谢谢。

她目光环视一圈，这才发现他给所有人都准备了咖啡。

倒是有心。

温奈瞟了他俩几眼，揽着许知恙的肩，有些意味深长地开口："小师弟有心了，不过我们许组长不喝咖啡，她那份我就收下了。"

周慕愣了一下，有点呆呆的："啊，不喜欢，那要不我重新去买？"

许知恙失笑："不用麻烦了，你早点回去休息吧。"

回到房里，温奈躺到她的床上，有气无力地开口："姐妹，不是我说，周慕这个人呢，确实不错。长得好看，还奶，还贴心。"

许知恙挤了洗手液搓着手，听温奈在那儿絮絮叨叨。

"你要不考虑一下？"

许知恙开了水龙头冲掉手上的泡沫，说话声和着水声，有些模糊不清。

"上一个你也是这样说的，每个我都考虑，我哪里考虑得过来？"

温奈唉了一声："你和陈恙……进展到哪一步了？"

许知恙擦手的动作一顿，又随便擦了几下，脱下身上的外套挂起来。

她将头发散开，坐在床上，整个人没什么精神，看上去软软的。

"少女，喜欢就去追，像陈恙这么正的男人，过了这个村没这个别墅啦。"

许知恙被温奈的话逗笑。

"行了，我不逗你了，你好好休息，听说明天还要去那个什么老宅一趟是不是？唉，有什么事等我睡一觉再说。"

温奈捏了捏她的脸，起身回了自己的房间。

房门重新被关上，屋子里又陷入了安静。

许知恙回神，一转身就对上了浴室里洗漱台的镜子。

镜子里的女生一双圆圆的杏眼，雾眉，鼻子小巧挺翘，浓密的黑发披散在肩上，气质温和，又带着点疏淡。

她化着淡妆，唇瓣透着浅嫩的粉。

不是明艳张扬的带有攻击性的美，而是内敛、含蓄的勾人。

有那么一瞬间，她有点认同温奈的说法。

这么多年过去了，她还是忘不掉他。

既然忘不掉，那何不试着努力一下，尝试着迈出那一步，向他靠近？

她好像……也没那么差劲。

万一成功了呢？

第 34 章

赵氏木雕闻名全国，但老一辈的手艺人大多年逾古稀，精力不济，传承的重任就交到了下一代人手里。

如今赵氏木雕的传承人是赵老先生的曾孙，许知恙也是托连书因的关系，才联系到了这位赵先生。

赵氏老宅十几年前就荒废了，许知恙也是前些时候才得知赵先生回绥芜是为了和政府那边商议拆迁的事情。

当日一早，明大调研小组一行人就带着设备去了南郊巷。

这不是许知恙第一次来赵氏老宅，调研小组却是第一次来。

和赵先生打过招呼，周慕和关月月在给他做口述史和录视频，不过口述花费的时间较长，要将近两个小时。

老宅虽然废弃了，但是房子的设计还是依稀能看出来是费了心思的。

梁上的木雕很精美，飞檐斗拱，那是在教科书里才会看见的东西。

这样的宅子若是拆了多可惜。

她当初和陈恙来的时候听见他说民宗局那边想把这儿拆了，也不知道陈恙最后有没有争取到。

许知恙走到耳房，举着相机拍上面木梁的雕花，她盯着相机聚焦。

不知道是不是她的错觉，她总感觉相机在晃动，一直聚不了焦。

许知恙心里有个不好的猜想，她把相机收回来，眼前的木梁还是在小幅度抖动。

许知恙朝温奈伸出手，将她从窗边拽过来。

"快走，这木梁要掉下来了！"

温奈还没回过神来，被许知恙猛地拽着朝门边冲去。

许知恙拉着她跑。

只差一步就能跨过门槛，但是两人跑的速度远不及木梁砸下来的速度。

在跨出门槛的那一瞬间，断掉的一截圆形木梁撞击在许知恙的小腿上，梁上有些尖锐的木雕尖角直接划破她的牛仔裤，在她腿上拉开一道口子，鲜血止不住地流。

温奈听见许知恙闷哼一声，注意到木梁倒在了她脚边，顾不上其他，拉着她的手臂赶紧往外跑。

木梁一倒，整个耳房摇摇欲坠，几乎是在她们冲出去的瞬间轰然崩塌，碎片飞溅，扬起了一阵不小的尘土。

外面的人听见声音，第一时间就冲了过来。

"许知恙！"

"温奈！"

周慕和关月月在看见她们后注意到了后面倒塌的房子，都被吓了一跳。

赵先生急切地询问："我早该提醒你们不要过来了，没事吧，没被砸到吧？"

温奈一脸担心，和他说了句没事，然后很紧张地看着许知恙。

"恙恙，你还好吗？"

许知恙动了动脚，疼得倒抽口气。

"可能破皮了，"许知恙抓着温奈的手臂，下唇被咬得发白，"赵先生，这宅子存在安全隐患，一时可能无法在这儿拍摄了，能不能请您随我们去民宿一趟？麻烦您了。"

赵先生先是意外："这当然可以。"随即又担忧地说，"不过小许啊，你要不要去医院看看？你这腿可流了不少血。"

消息很快就传到了 T 大那边。

不为别的，因为老宅二次坍塌，这次连厅堂也塌了。

陈恙昨晚在苏汀没回民宿，今天一早陆之杭就过来了。

陈恙和程斯衍昨晚一宿没睡，和 T 大那边开了视频会议，今天早上五点才结束。

此时一家射击俱乐部里，程斯衍靠在沙发上补觉。

陆之杭和陈恙两人打得不相上下，最后一枪还没打出去。

包厢的门突然被推开了。

"陈队！"

是周鄞。

他推开门就冲了进来，还没站定，语气很喘。

"出事了，明大的人去了南郊巷，听说老宅坍塌，不清楚有没有人受伤，但是已经报警了……"

砰的一声。

陈恙护目镜后的黑眸一凛，同时指尖扣动扳机，一枪猝不及防打在了靶上。

这一枪拉开了原本不相上下的分数。

如果程斯衍醒着的话，肯定会震惊。

因为，陈恙的枪法百发百中，那一枪却偏了。

赶到赵氏老宅的时候外面已经拉起了警戒线，陈恙刚要进去就被门口身穿警察制服的人拦住了。

"你好，现在里面情况不明，不能进去。"

陈恙刚打算硬闯，就看见许知恙被温奈搀扶着从里面出来，走得格外艰难。

许知恙觉得自己已经痛到没有知觉了，她不知道划得有多深，只知道很痛，报完警后温奈要送她去医院，没想到刚出门就遇到了赶来的陈恙。

她实在没什么形象可言，惨白着一张脸，脸上还有灰，身上的衣服也被弄得脏乱不堪，裤脚被血洇湿，脚踝上还挂着未干的血迹。

她灰头土脸的，脸上只有一双眼睛还算干净，此刻眨了眨眼，盯着不断朝她走近的男人。

许知恙强忍着痛，问他："你怎么来了？"

陈恙的脸上没什么表情，盯着她虚站着的一条腿，忽然就拉起她的手臂，俯身托着她的腿弯将她整个人抱起来。

"陈……"恙字还没说出口，许知恙忽然眼前一晃，身体悬空，她下意识地抓紧了男人的衣服，颤声开口，"我……我可以自己走。"

陈恙没有理会她的反抗，在温奈错愕的眼神中抱着她往外走去。

"别动，先去医院。"男人的声音很哑。

他的黑眸阴沉沉地觑着许知恙，有点吓人。

许知恙原本还想挣扎，立即静了下来，不敢乱动。

出了老宅，许知恙注意到陆之杭也在，愣了一下，却发现他脸上的表情和陈恙如出一辙。

程斯衍让陈恙先去医院，这里他来处理，陈恙没什么不放心的，将许知恙往副驾驶座一塞，二话不说就往医院赶。

她的小腿肚那里有一道大概一指长的伤口，血还在流，干了的血沾在她白皙的腿上，血流的速度慢了些。

医生看过之后，叹了口气："有点深，好在血已经止住了。先休息一下，我等会儿再来给你换药。"

许知恙和医生道了谢之后，目送医生离开。

病房门一开一合，顿时又陷入了安静。

刚刚医生在时她还能让自己忽略陈恙打量自己的目光，但现在病房里只有他们两个人，他注视自己的目光太有压迫感，逼得许知恙不得不正视他。

她挠了挠手背，轻咳了声："那个，医生说没事，你也别太担心。"

陈恙脸上依旧没什么表情，眼睛黑漆漆的，目光笔直地盯着她，插着兜走近，以绝对的身高优势打量许知恙，声音有点压抑：

"不是跟你说别去那地方吗？怎么不听话？"

许知恙后颈一凉，咽了咽口水，如实回答："调研需要。"

"不会找我拿数据？"

许知恙说："要做口述。"

陈恙："……"

陈恙一噎，黑着脸背过身去，脸冲着窗户，神情烦躁，像是在强忍着什么。

许知恙看见他腮帮子动了动，好像还听见了他磨后槽牙的声音。

许知恙摸了摸鼻子，不明所以。

她不知道陈恙突然发哪门子火。

她好像气到他了。

过了一会儿，陈恙突然说："我去抽根烟。"

许知恙顿了一下，不知道他去抽烟为什么还要跟自己说。

难道言下之意是他待会儿还要回来，让她别乱跑？

许知恙捏了捏手指，蒙蒙地哦了一声，目送他出去。

他熬了个夜，精神有点紧绷，被许知羡这么一吓，差点就猝死了。

陈恙拐进消防楼梯，把门带上，熟稔地摸出烟，吸了一口，压下喉咙里的痒，原本悬着的心稍稍落了下去。

他仰着头，思绪很复杂，很乱。

他想起刚刚许知羡的话，自嘲地笑了一下。

别太担心。

他就知道许知羡是个小没良心的。

他从苏汀一脚油门踩下就回了绥芜，半个小时的车程他十分钟就到了，紧赶慢赶就怕她出什么事。

她倒是淡定。

他抬眼看看窗外，外头风很大，还夹着雨丝。

没太阳，但是估摸着也到中午了。

没良心归没良心，总归不能饿到人家，他刚想抽出手机让陆之杭带点吃的过来，一摸，发现自己的手机和车钥匙都落在那件风衣外套里了。

他又吸了口烟，随手将它按灭在铁皮垃圾桶上，刚想转身出去，就看见防火门被人从外面费力地推开道缝。

紧接着一个很圆的脑袋探出来，陈恙盯着近在眼前的女生头顶的发旋。

"你的手机响了。"

这声将陈恙拉回神，许知羡仰着脸拿着手机在他面前晃。

楼梯间飘着烟味，很浓。

陈恙把她拉进来，关上门，脱下身上的外套披在她肩上，打开了楼梯间的窗。

陈恙接过她手里的手机，看了眼来电人，滑下接听键。

"什么事？"他嗓子很哑，声音低沉。

陆之杭说："你吃什么不要紧，问一下许知羡想吃什么。"

陈恙："……"

"你问她想吃什么为什么要打电话给我？"

许知羡大概知道陆之杭在电话里说什么，挠了挠手背上的皮肤，盯着陈恙的手机看。

"你想吃什么？"陈恙侧过头问她。

许知恙点头："都行。"

陈恙没什么耐心和他多说："她说都行。"说完，不等对方开口就把电话挂了。

陈恙懒懒地靠在楼梯扶手上，垂着眼看她，把手机揣进口袋，皱了皱眉，盯着她的脚。

"怎么下床了？"

许知恙瞥了眼被他揣进口袋的手机，没说话。

陈恙注意到她的目光，顿了顿。

"许知恙，"他突然很正经地叫她的名字，"我一宿没睡，你能让人省点心不？"

他的语气轻飘飘的，声音很沙哑，听上去格外低沉。

许知恙咽了咽口水，缓缓开口，有些安抚的意味。

"那个，我也没料到它会突然坍塌，我们上次去的时候明明还好好的。"

她想了想又补充："可能我比较背。"

许知恙眨了眨眼，继续说道："那种情况下我也来不及反应，下意识就拉着温奈先跑出去，没想到它还会砸到我。"

许知恙用余光瞥了陈恙几眼，见他好像有点被说服，松了口气。

她站得有点久，脚有些酸，小幅度地左右动了动。

"疼吗？"陈恙突然问。

许知恙抿了抿唇，摇头："还好。"

他直起身，下巴朝门扬了扬："回去。"

许知恙顺从地哦了一声，就要把他的外套拿下来还给他。

"披着，"陈恙像是想到了什么，"有烟味，别介意。"

许知恙眉头皱了皱。

都披了这么久了，烟味早就全跑到她身上了。

还说什么别介意。

但是这句话她不敢说出来，只敢小声在心里说。

陈恙注意到她不太高兴的小表情，问："怎么了？"

许知恙被他吓了一跳，舔了舔唇，摇头说："没什么。"

陈恙跟在她身后，陪着她缓慢地走回病房。

许知恙肩上披着他的外套，松松垮垮的，她本身骨架就小，还瘦，相比之下她身上套着的外套就很宽大，大到能装下两个她。

陈恙看着看着，忽地勾着唇轻笑。

回到病房，刚刚走了的那个医生又过来了，他在病房里没看到人，此刻两人齐齐从外面回来，医生责怪地看着陈恙。

"怎么还到处乱跑？"

三个人挤在门口，医生嗅到烟味，又看了陈恙一眼，严厉地开口："医院不能抽烟。"

许知恙怕医生又责怪陈恙，下意识就帮他辩解："没，刚刚去外面染上的。"

看着女生一脸乖巧真诚，医生也没有再说什么，大概是信了，让她回去躺下。

检查完她的腿后，医生嘱咐："休息一下，最近不要碰水，也不要剧烈运动。"

医生低头写着病历，忽然想到什么，又抬头问："你们是男女朋友？"

许知恙脸红了，下意识就说不是，但这下意识落在医生眼里却是害羞。

医生点了点头，一脸"我懂"的表情，朝陈恙笑笑："最近节制点，照顾下你女朋友。"

许知恙现在岂止是脸红，她从脖颈到耳根子红到简直都能滴血了。

她低着头揪着被子，没敢抬眼。

她以为陈恙会解释一下，谁知道他哼笑了下，竟然很惜字如金地嗯了一声。

嗯？？？

许知恙呼吸都变得有些急促，耳根滚烫，她忍着害羞抬眼，却对上了男人染上笑意的眼睛，他笑得蔫坏，从兜里摸出烟，娴熟地递给医生。

"谢谢医生。"

他的语气很正经，意味深长。

医生这次倒是没骂他，不动声色地收下烟，告诉他们挂完水就可以走后，朝陈恙点头笑了笑，出了病房。

许知恙脸上的绯红还没褪去，她眨了眨眼看着陈恙，低声开口："你怎么不解释？"

陈恙重新穿上外套，头也没抬，漫不经心地开口："医生自己误解，我有什么办法？"

许知恙唇瓣紧抿着，因为他这句话整个人绷得很紧。

陈恙像是注意到了她的小表情，勾着唇角，漆黑的眸子里带着勾人的亮光。

陈恙低头，和她对视，唇瓣轻启，说出一句话。

"那你想做我女朋友吗？"

第 35 章

"咔嗒"一声，门被打开了。

许知恙下意识地后退，和他拉开距离，属于他身上的气息淡了些，她才敢慢慢地大口呼着气。

陈恙神色一暗，捕捉到她微妙的小表情，哼笑了一声，直起身。

陆之杭没发现他们俩之间的诡异气氛，拖过移动的桌板，将一大袋吃的喝的都摆上去，催促许知恙吃饭。

挂完水，许知恙回了民宿。

她脑子里乱糟糟的，直到开门走进房间都是蒙的。

温奈知道她要回来了，特地到她房间等她。

"你回来了，你的腿怎么样了，医生有说什么吗？"

许知恙心不在焉，表情木呆呆地摇头，慢吞吞地把外套脱了。

"刚刚我想跟你一起去的，不过看陈恙那快要吃人的表情，我就没敢去。"

温奈扶着她坐下，给她倒了杯水。

许知恙接过，呆呆地抿了一口，眼睛一眨不眨，出着神，像是魔怔了。

温奈的手在她面前晃了晃："你怎么了，腿还疼吗？"

许知恙叹了口气，摇头。

温奈放心了些，摸了摸她的头："那你怎么了？"

许知恙皱着眉，差点哭出来："刚刚陈恙问我要不要做他女朋友。"

"噗！"温奈刚喝的一口水直接喷在许知恙裤子上，"我嗑的CP^①竟然是真的？"

温奈抽了纸巾帮她擦，忙问："那你答应没？"

"我刚刚太紧张，忘记回答他了。"

许知恙懊恼地拍了拍脑袋，往旁边一倒，整张脸埋在枕头上，呜咽了一声。

"忘，记！"温奈差点破音。

"姐妹！这可是你惦记了九年的事情，你做梦都没想过陈恙会和你告白！你怎么就忘记了？啊啊啊啊啊啊啊啊啊！！！"温奈痛心疾首地捂住胸口，看上去比许知恙还激动。

她觉得许知恙不能理解她那种嗑CP嗑到关键时候掉链子的痛苦。

许知恙仰起头，有些委屈，低声开口："可是当时陆之杭刚好进去了，我……我也来不及反应。"

温奈喊："陆之杭！！！"

许知恙懊丧地叹了口气，小脸惨白惨白的，看上去特别可怜。

但是随即温奈冷静了一下，脑子也开始重新运转。

她拍了拍许知恙的肩说："别急，姐妹你冷静一下，这件事还有bug（漏洞）。你说陈恙为什么会突然和你表白，你说他会不会是开玩笑的？"

许知恙听温奈一说，突然回神。

如果她当时头脑一热就答应了，如果这是句玩笑话，那陈恙会怎么想她？

---

① "CP"是英文"couple"的缩写，有夫妻、情侣的意思。嗑CP是指"粉丝"喜欢、支持某对情侣，并非常关注其动态的一种行为。"粉丝"所嗑的CP有的是真情侣，有的是粉丝根据自己的喜好进行配对的假想情侣。

"我……我也不知道。"

温奈捏了捏她的脸说："没事，你做得很好，至少我们知道了陈恙的态度，你就等着他下次表白好了。"

许知恙觉得不可思议："下次，还有下次？"

"那肯定有啊，"温奈理所当然地说，"如果他真的想追你，你没答应，那肯定会有下一次。我们现在要做的，就是等他来追你！"温奈信誓旦旦地拍了拍她的肩。

但事情并未像温奈预料的一样发生。

因为隔天许知恙就被通知回明大听讲座了。

这是个大型讲座，好像还会有央大那边的专家和教授出席，院里只给了几个名额，很难得，所以许知恙去了。

这是一个系列讲座，一共开两天，许知恙自己回了明城。

其间听说绥芜政府那边宴请了此次项目的 T 大、明大和南大代表队，温奈和许知恙说的时候还说很可惜她没来。

许知恙倒是不在意这些，笑了笑回她："吃顿饭而已，而且你也知道我不喜欢应付这些。"

温奈应该是在餐厅的洗手间，她压低声音："你都不知道，南大代表队那边的女生眼睛都快长陈恙身上了！"

许知恙："……"

温奈继续说："你是没看见，那群人看他的眼神简直在放光。"

她叹了口气："没事，姐妹，他要是多看哪个女生一眼，或者跟哪个女生多说一句话，我都会帮你记下来！"

许知恙失笑，没再说什么。

挂断电话，她收拾东西去洗澡。

其实来明城两天，她想清楚了一些东西。

因为陈恙那一句话引起的情绪波动也慢慢平复下来。

许知恙不知道陈恙那句话有多少开玩笑的成分在里面，她不愿意让自己再次陷入一种单方面的爱恋，一种永远听不到回响的爱恋。

她不是十六七岁的少女。

她有能力喜欢别人，也希望对方回应同样的喜欢。

温奈曾经问过她，喜欢为什么不去试着表白？

许知恙不记得自己当时回答的是什么，但是大概是因为她不敢。

她就像一个小心翼翼的赌徒，只会将自己的筹码押到对其胜券在握的那一方。

如果他真的如自己想的那样，那她会毫不犹豫地，将自己交到他手里。

温奈说陈恙肯定还会有下一次表白，那她就等。

这么多年她都等过来了，也不急于让自己拥有。

洗完澡出来，她又收到了温奈的信息。

温奈先是发了张照片，然后连发了好几条信息，加了好多个感叹号。

温奈：姐妹！！！你什么时候回来？我刚刚在酒店大堂看见有个女人竟然给陈恙递房卡！！！

温奈：不过我离得远，听不见他说什么，但是能看见他拒绝了！

温奈：别的不说，他浪归浪，还挺守男德！

……

许知恙没有往下滑，从温奈一连串的感叹号中她大概能猜出温奈此刻激动的心情。

许知恙往上滑，停在第一条的那张照片上，点开。

能看得出来温奈拍这张照片的艰辛。

照片是倒着的，自下往上拍，照片里男人的五官有些模糊。

他一只手插着兜，另一只手上夹着烟，垂着头看着身前那个女人，唇角带着笑，但是是漫不经心的，有些淡漠。

他好像对谁都是一副不在意的样子。

许知恙想了想，好像除了老宅坍塌那次他对她发过一次火，其他时候他好像也是淡淡的。

许知恙盯着那张照片看了一会儿，点了保存。

此时明城的一家酒吧。

将近零点，正是都市男女夜生活开始的时间。

吧台卡座全部坐满了，最靠边的位置坐着三个男人，身形打眼，长得也很打眼。

陈恙坐在中间的位置，神色黯然地喝着酒，漫不经心地听着身旁的两个男人说话。

突然，陆之杭话锋一转，问他："你上次和许知恙说什么了？"

陈恙一脸烦躁，漫不经心地开口："没说什么。"

"没说什么你臭着这张脸两天？"程斯衍睨了他一眼。

"也就是问了一句，想不想做我女朋友。"

程斯衍吓得手一抖，手机直接掉到地上，他没顾得上捡，一脸震惊："那她答应了没？"

陆之杭倒是淡定，挑了挑眉，有点贱兮兮的，眉眼间还有些小得意："看他那样肯定是没有。"

程斯衍觉得在情理之中："人姑娘肯定吓坏了，你开火箭呢，平时一声不吭，突然来一句'做我女朋友'，搁谁谁会答应啊？"

程斯衍啐了一声，狐疑地瞥了陈恙一眼："你以前追女孩子也这么磨叽？"

"我以前还需要追？"陈恙哼笑一声。

程斯衍摸了摸下巴说："那确实。"

"哥们儿，别的不说，这次是你鲁莽了，"程斯衍突然朝他挤眉弄眼，"你得换个方法，要不要哥教教你？"

陈恙咬着烟，忽地轻笑了一下。

程斯衍从他这个眼神里读懂了些什么东西。

你品，你细品。

陈恙的眼神里透露着：哥当年撩的妹比你的腿毛还多。

从他的这个笑中，程斯衍知道没自己什么事了，打了个闭嘴的手势，默默喝酒。

为期两天的讲座很快就结束了，许知恙在报告厅外遇见了南大的周院长。

他还特地关心了绥芜古镇项目的进度。

许知恙很客气地回了几句，临走前，周院长突然想起什么。

"哎，小许啊，T大的那个队长，陈恙，是你的高中同学吧？"

许知恙愣了一下，不知道他为什么突然问这个，但还是如实点了点头。

"他人很不错，南大拿不下他，你这近水楼台的，可以试试。"

许知恙被周院长的调侃逗得有些发窘，摸了摸鼻子，笑了一下，没有回答，目送着他出去。

开完会才五点多，许知恙搭了最近的一班高铁回了南城。

路上想起周院长的那番话，她无奈地笑了笑。

回到民宿时将近十点了，下了车到进电梯的一路上，许知恙觉得今天的民宿静得出奇。

她回到房间放好东西，正想去四楼厨房煮点东西吃，电梯门一开，她一抬眼就看见周鄞扶着陈恙站在里面。

周鄞先注意到她，说："许组长。"

这声让原本闭目养神的男人睁眼朝她看来。

陈恙的脸色有点难看，但那双原本黯淡的眸子在看见她时瞬间亮了，他按住开门键，问她："要上还是要下？"

许知恙说："下。"

可能是碍于周鄞在这儿，陈恙没和她说什么，但是他的目光始终落在许知恙身上。

陈恙和周鄞要上七楼，电梯先上行，一层楼的距离很短，没一会儿门就开了。

陈恙没有让周鄞跟着他，脚步还算稳当地朝房门走去。

下楼的时候只有周鄞和许知恙，她问他陈恙怎么了。

周鄞说他们今天和绥芜城乡建设部门的负责人吃完饭后又和南大校领导吃饭，席间多喝了点酒。

周鄞顿了一下："衍哥不在，恙哥特别厉害，一打十。"

许知恙："……"

下到四楼，许知恙心不在焉地煎着鸡蛋。

她忽然想到什么，打开冰箱看见有蜂蜜，犹豫着还是给陈恙发了信息。

许知恙：需要我给你冲点蜂蜜水吗？

过了一会儿，他还没回复，许知恙不知道他看没看见，关了火把煎蛋弄进盘子里，边吃边等他回复。

直到她吃完洗完碗，才听见搁在桌边的手机振了一下。

他发了条语音，许知恙点开，拿到耳边。

"好。"

他只说了一个字。

他的声音听起来很疲惫，有点哑。

得到回复，许知恙也不想让他等太久，用温水冲了蜂蜜，搅拌匀了才拿上去给他。

上到七楼，她发现陈恙竟然把门给她开着。

进了门，她看见陈恙歪歪地靠在沙发上，西服外套就扔在手边，模样很疲倦。

许知恙把手上的蜂蜜水放在他面前的茶几上，退到地毯外，问他："你有哪里不舒服吗？"

陈恙神志还算清醒，手指解着领口的扣子，哑声回她："没有。"

"那……那我回去了。"她的心跳得很快，不太敢去看他的眼睛，说完就转身朝门口走去。

刚走到门口，许知恙的手还没触碰到门把手，身后就有一只大手越过她把门反锁。

"吧嗒"一声，屋子里静得只能听见彼此的呼吸声。

许知恙心跳得很快，保持着背对他的姿势，没过一会儿，男人的气息笼罩住了她。

他身上有很冲的酒气，白色的衬衫扎进西裤里，袖子被卷到小臂，半截白皙的手臂撑在她脸侧。

"转过来。"

不容置疑的语气。许知恙下意识就顺从地转过身去。

陈恙就着玄关的壁灯打量她。

她应该是刚从外面回来，脸上还带着淡淡的妆，陈恙一直觉得许知恙的长相属于那种特别乖的，但是细看又不是，而是在乖巧中还带着点勾人的气质。

在你没有察觉的时候一点点吸引你，等你彻底沦陷的时候，才惊觉自己已然上了钩。

陈恙垂着头，自嘲地低笑，热气喷着她的脸颊，惹得许知恙睫毛微微颤动，睫毛扫过他的下颌，很痒。

"你……你别靠这么近。"

怀里，许知恙嘤了一声，偏过头躲了一下，睫毛轻颤着抬起眼看他，她的眼尾微微上挑，有一种介于少女和女人之间的气质，纯洁中带点诱惑。

陈恙被她看得心里痒了一下。

深夜，酒精。

男人，女人。

好像一切都刚刚好。

那些他原本掩饰得很好的情欲在深夜如同即将冲出囚笼的困兽一样，在他体内横冲直撞。

"许知恙。"他叫着她的名字。

不同于之前，他的嗓子更哑了，许知恙觉得他的话里带着浓厚的欲望。

"留下来，嗯？"

这句话实在引人遐想。

许知恙不知道他说的是不是自己想的那样，但这句话就是会让人往那方面想。

许知恙头往后仰，实在没地方再退下去了，她很难为情地咬着唇："你喝醉了。"

头顶，男人轻笑了一声，带着调情的意味："许知恙，你知不知道你撒谎的时候会脸红？"

说完，他借着酒劲似乎又凑近了些。

许知恙推开他，心跳如鼓，一下一下撞得她晕头转向。

她红着脸躲开他："不太合适。

"太晚了，你早点休息。"

说完，不等他反应，她快速拉开房门逃似的跑回了房间。

第 36 章

回到房间里，许知恙喘着气，心怦怦直跳，她用手不停地扇风，试图让自己的脸蛋快速降温。

她砰的一声把门关上，跑进浴室，开了水龙头洗了把脸，让自己清醒清醒。

做完这些，许知恙才稍稍冷静下来，犹豫了一下，打电话给温奈。

温奈应该是在玩手机，很快就接通了。

"喂，你怎么还没睡？"温奈应该是在敷面膜，声音很含混。

"我刚刚才从明城回来。"许知恙坐在床上，往后仰着，纠结了一下，还是问温奈："奈奈，你说如果一个男人让你深夜留下来，他是什么意思？"

"那肯定是想泡你呗。"

说完，电话那头陷入死寂。

温奈觉得不对劲，随即反应过来。

"不会吧！谁让你留下来？陈恙?!"

那头没声，温奈就当她默认了。

"陈队长牛啊！"

许知恙被温奈话里的暧昧搞得有点不好意思，她捏了捏耳垂："也有可能不是呢，他喝了酒。"

温奈惊呼，直接一把揭掉脸上的面膜，说："喝酒！姐妹，那你现在在哪儿？不会在陈恙那儿吧?!"

"没呢，我在自己房间，"许知恙说，"我刚刚跑回来了。"

温奈问："干吗跑回来？上啊，趁着他喝醉赶紧上！"

"可是，我总觉得我们之间的氛围很奇怪，"许知恙叹了口气，眉头拧得紧紧的，"我以前没遇到过这种事。"

她也不知道他们现在算什么关系。

好像自从陈恙说了那句做他女朋友之后，他对她就越来越奇怪。

很暧昧，但是态度又很不明确。

特别是今晚。

温奈说："所以你们现在，是暧昧关系？"

"算是吧。"许知恙呼了口气，觉得有点麻烦。

"别想太多，看看他明天怎么说。"

温奈又安慰了她几句，才哄着她去睡觉。

另一边，许知恙走后。

陈恙看着她仓皇而逃的背影，无奈地扯了扯唇角。

还是吓着她了。

陈恙关上门，靠在玄关的墙壁上，仰着头，随意地解开了衬衣的扣子，露出了紧致的腹肌，他指尖捻着佛珠，自言自语。

"许知恙，你能胆大点吗？"

太含蓄了她又看不出来。

太明显了她又躲他。

陈恙撷了撷跳得厉害的太阳穴，忽然很轻地嗤笑一声，有些自嘲的意味。

真他妈难。

隔天一早，许知恙刚醒就收到陈恙的信息，她点开，只有一条。

陈恙：昨晚吓到你了。

许知恙看到他提昨晚，关于昨晚的回忆全往脑海里涌，还没起床人就清醒了。

她握着手机侧躺着，不知道回他什么，想当作没看见，但是之后和他碰面又会很尴尬。

可是回又不知道回什么才会显得自己……矜持而又很礼貌。

她咬着唇，指尖一直停在输入框那里，迟迟下不去手。

许知恙很离谱地去百度搜了一圈，发现什么答案都有，千奇百怪。

这下她更困惑了。

她翻了个身，趴在床上，缓慢地打了两个字。

许知恙：没事。

发完这句，她将手机扔回床头柜，用力地把脸埋进枕头里，突然，手机很大声地振了一下，他又发信息过来了，而且是秒回，就像在等着她一样。

许知荨磨磨蹭蹭地摸过来，点开。

陈荨发了条语音。

"我这几天都在明城。"

许知荨不知道陈荨为什么要和她交代他的行程。

正困惑，他的下一条语音就发过来了。

"记得让人陪你去医院换个药。"

换药。

许知荨眨了眨眼，突然觉得有些失落，但是又觉得在情理之中。

许知荨下意识想回他"好"，但鬼使神差地，又把前面两条语音重新听了一遍。

听那头的背景音，他好像是在车上，很安静，但是依稀能听见外头鸣笛的声音。

许知荨顿了顿，不知道为什么就问了句：回明城，见领导吗？少喝点酒。

等了一会儿，陈荨回了一句，还是语音。

"回家，不喝酒。"

这次的语气比刚刚那两条语音里的和缓了一些，依稀还能听见他在笑？

许知荨皱了皱眉，不知道是不是自己的错觉。

她抱着被子坐起来，挠了挠下巴，回了他一句话，终止了这次的聊天。

许知荨：好的。

许知荨回完信息，打算起床洗漱。

突然微信又弹出来一条信息。

显示的是一个群聊，是明中他们那届和上一届的一个大群，人还挺多的。

这个群基本处于"长草"的状态，也不会有人在里面发言，突然 @ 所有人，许知荨还以为群主被盗号了。

她大概浏览了一下，好像是一个聚会。

群主是之前的学生会主席，听说这些年在南城混得风生水起，是某企业的高管，组织聚会的目的可能也是想结交些人脉。

虽然目的不单纯，但是附和的人还是蛮多的。

比如之前明中的那个小胖，好像对这些活动很热衷，已经开始统计参加聚会的人数了。

其实这些年她对明中的印象很淡了，没有那种很深的母校情结，现在回忆起明中只能感受到物是人非和青春易逝。

许知恙本来都打算退出去了，结果沈舒迤突然私聊她。

沈仙女：恙宝！明中聚会你去不去啊？

沈仙女：我刚好这些天在南城拍戏，你和我一起去吧！

许知恙看着沈舒迤发来的信息，有些犹豫，她本来就可去可不去，只是觉得没有必要，但既然沈舒迤要去，她就陪沈舒迤去吧。

许知恙：好。

沈舒迤满意地发了一个"贴贴"的表情给她。

吃完午饭小组开会，结束的时候程斯衍过来敲门，手上还提着两个盒子和一个保温袋。

"许组长，我们队长请你们喝下午茶。"

许知恙一愣，紧接着程斯衍又笑着说："上次你请我们全组喝汤，礼尚往来。"

说着他将手里的东西放在会议室的桌子上，让大家自己拿，许知恙不知道陈恙还能这么"贴心"，竟然买了这么多口味的。

关月月看到保温袋里面还有小蛋糕，捂着心脏说："天哪，陈队长是什么神仙，这也太贴心了吧，以后谁做他的女朋友真的太幸福了！"

程斯衍听到这话忍不住扬了扬嘴角，心下想，那看来你们是沾了神仙队长未来女朋友的光了。

关月月这话引得其他女生忍不住附和，倒是一旁的周慕神色很尴尬。

果然女人都是看脸的，他买了两次咖啡都没见她们这么激动。

温奈跟着凑过去随意挑了两杯多肉葡萄，转身就看见程斯衍从另一个盒子里拎出一个小袋子，递给许知恙。

程斯衍捏了捏银色的耳钉，笑得很促狭："许组长，这是你的。我们队长特地给你点的。"

"特地"两个字被他咬得极重。

许知恙和他道了声谢谢，愣着接过，有标签的那一面暴露在她的眼前。

是她最喜欢的白桃乌龙奶盖，常温，五分糖。

他怎么知道她的喜好？

许知悉心尖一颤，唇角微微扬起一个弧度，压都压不下来。

程斯衍把东西送到，和她打了个招呼就走了。

温奈目送他出去，凑到许知悉面前，揽着她的肩膀，啧了一声："独一份的白桃乌龙奶盖。少女，甜不甜啊？"

许知悉被她取笑得脸颊有点红，让她小声些，别被他们误会了。

温奈不以为意，戳了戳自己的多肉葡萄："全糖都抵不住酸。"

许知悉轻笑了一下，让温奈赶紧喝。

她拔开插在上面的小帽子，抿了一口奶盖。

很甜。

"礼尚往来，啧，这怎么听着像古代那种，为了缔结盟约而礼尚往来，姐妹，下一步是什么？和亲啦!!!"温奈揽着她的肩膀，小声地和她咬耳朵。

这句话说完，许知悉那原本像白玉似的耳朵也逐渐烧红成嫩粉色。

她咬着下唇，瑟缩了下，躲开温奈的逗弄，说："你正经点。"

温奈乐得不行，哈哈大笑，挽着她的手臂回房间去。

这几天南城的气温急速下降，夜里还会下点小雨。

小雪刚过，南城果然开始下雪。

调研已经进入收尾阶段，许知悉最近也很闲，除了有太阳的时候去老宅帮连书因晒晒蚕丝，其余的时间就是在民宿看书。

不过最近连下了几天雪，许知悉也不太想出门，除了下楼吃饭，剩下的时间都窝在房间里和温奈一起"发霉"。

这天天气好转，难得出了个大太阳，到晚上的时候温奈和她说绥芜有个灯会，问她要不要去。

许知悉觉得还挺新鲜的，来绥芜这么久，还没遇到什么好玩的东西。

换了身衣服后两人就去了绥芜的集市。

这灯会还挺像模像样的，铺着青石板的街市上挂着朱红和鹅黄的四角雕花灯笼，偶尔还有八角的。

许知恙突然想起了郭沫若的一首诗，倒是很应景——

　　远远的街灯明了／好像闪着无数的明星／天上的明星现了／好像点着无数的街灯。

　　这地方许知恙来过一次，上高中时有一年的寒假她是在绥芜过的年，自己一个人走到了这儿，看着人工湖对面放烟花。

　　既然是街市，沿街卖东西的肯定不会少，温奈看到什么都想买，没过一会儿就提了很多个袋子，还有继续下去的趋势。

　　当她第三十二次付款的时候，手机响了，她接听后皱了皱眉，和那边说了句"我马上过去"后就挂了。

　　"唉，我的车停在那里好像挡到别人了，你在这儿等会儿我，我去重新停车。"

　　许知恙应了声好，没敢耽误她，老老实实站在原地等温奈回来。

　　街市前面有一块宽阔的台子，台上好像有人在表演，人还挺多的，围得里三层外三层。

　　突然一声锣鼓声响起，街上原本不徐不疾走着的行人像是打了鸡血一样沸腾起来，突然就朝着一个地方跑去。

　　许知恙没注意，猝不及防被身后的人撞了一下。

　　许知恙不知道自己什么时候被人群挤到了路中间，她被夹在中间，好几次差点被撞倒。

　　她捂紧自己的包，生怕这个时候会有人趁机偷东西。

　　忽地，有人从后面撞了她一下，她的肩膀被撞得生疼，朝前趔趄了一下，差点摔倒。

　　也就是在这个时候，有只手圈在她的腰间，将她稳稳地拉了回来。

　　许知恙被熟悉的冷香味包裹。

　　她回头。

　　突然，烟花砰的一声在头顶炸开，漫天绚烂里，她就那样猝不及防对上了男人一双漆黑的眼睛。

他背着光，半张脸都匿在阴影里，脸上没什么表情。

陈恙的手没有收回来，也没有催促她站稳，就着那个姿势和她对视。

许知恙仰着头，眼里倒映着头顶的斑斓，很亮。

她身上穿着一件白色的羽绒服，围着围巾，此时微微后仰，半截围巾掉在了他的手臂上。

没了围巾的阻挡，冷风不停地往她的领口灌。

冻得她立马清醒了。

许知恙动了一下，没挣开。

"你……你怎么来了？"

许知恙保持着被他圈在怀里的姿势，仰着头问他。

身旁不断有人经过，陈恙揽着她腰的那只手没松开，将她护在胸前。

"路过，"陈恙另一只手拉过她的围巾，重新帮她围上，"刚好看到你。"

陈恙帮她围好围巾后，扣住她的手腕，将她拉到一旁的桥边。

"你一个人？"他问。

许知恙摇头："温奈去停车了。"

今晚有点冷，他终于换上了羽绒服，依旧是一身黑，落拓不羁。

桥边的人还是很多，对岸正在放烟花，拍照的人不少，陈恙把她护在他和她身后的栏杆之间，隔开了其他人。

许知恙觉得两人的距离有些尴尬，他也不看烟花不看景，就那样直勾勾地盯着她。

许知恙缓缓转过身，平复心跳。

等了一会儿，温奈还没过来，打了电话给她。

许知恙接了电话，那头的温奈显得有些焦急："恙恙，你别乱跑哟，这个小镇找个停车位真难，我把车开到老宅区去了，走回去有点远，你等我。"

许知恙转过头看着身后的男人，耳朵有点热，温和地回她一句："你慢慢来。"

"你怎么还不走？"许知恙突然转过头问他。

他路过，总不会就是为了过来拉她一把的吧？

陈恙脸上的表情淡淡的，从手机屏幕上抬眼："等你朋友过来我再走。"

许知恙慢吞吞地哦了一声，正准备转过去，陈恙突然抬手碰上她的头发。

"别动。你头发乱了。"

第 37 章

"好……好了吗？"

陈恙拂开了她耳边的头发，露出半截白皙的耳朵，他忍着想捏的冲动，哑声道："没有，你的头发钩在我的拉链上了。"

许知恙脸上一热，又不敢回头，等着他帮她解。

可是过了好一会儿，她都没察觉到身后的人的动静。

许知恙催促道："好了吗？"

陈恙看着她那半截透红的耳朵，不再逗她，勾着唇角轻笑出声："好了。"

许知恙伸手顺了顺头发，指尖拂过发梢的时候才发觉不对劲。

不对。

她的头发虽然已经长长了，但是也不至于长到去钩陈恙的拉链的长度。

他在逗她！

许知恙有点生气，腮帮子鼓了鼓，决定不再搭理他。

过了半晌。

陈恙突然叫她："许知恙，回头。"

她愣愣地转过头，猝不及防就对上了陈恙的手机。

她尴尬地低下头："你干吗拍我？"

"酬劳。"

"哪有人这样算的？"她嘀咕了一句，正想再说什么，就看到温奈停好车正朝这儿走来。

许知恙大窘，连忙推他。

"你快走吧，温奈来了。"

陈恙垂眼看着放在自己胸前的手，哼笑："我就这么见不得人？"

许知恙推他的手一顿，皱着眉，脸上有点为难："说不清楚。"

陈恙收起手机，看了眼被裹得严严实实的女孩，扬眉，懒懒地开口："行，我走了。"

许知恙见陈恙不为难她，松了口气，唇瓣抿了抿。她笑起来唇边有一个很浅的梨窝若隐若现。

"小没良心的。"陈恙抬手在她脑袋上揉了一把，力气不大，但还是把她的头发揉乱了。

"恙恙。"

温奈过来了。

许知恙看着那个黑色的身影融入人群，最后不见了，心头竟然有点失落。

她想到一个不太恰当的比喻。

这种感觉有点像是在……

偷情。

偷偷摸摸的，不能让别人知道的，只属于他们两个人的秘密。

随即许知恙觉得这个念头很荒唐，扯着嘴角摇了摇头。

"笑什么呢，笑得这么甜？"温奈顺着她的目光看去，捏了捏她的脸颊。

许知恙摇头："没什么，走吧。"

回到车上，陈恙掏出手机打开相册，看着刚刚抓拍到的照片。

许知恙站在桥边，身后是波光粼粼的水面，照片拍下的时候有风吹过来，一缕头发被吹到了许知恙眉间，她被风吹眯了眼，眼尾微微发红，保持着仰着头的姿势看他，脸上的表情有些蒙。

陈恙舌尖抵了抵上颚，唇角勾起一个弧度。

他心情很好。

他正准备关掉手机驱车离开，结果某个群聊里突然有人 @ 他。

这个群是不久前才建的，群主是程斯衍，群里还有乔望、陈恙和陆之杭。

此刻程斯衍 @ 了他。

程斯衍：恙哥，周鄞和我说上次从饭局回来他看见许知恙上了你那层楼，周郸没和我说我还不知道你这么能卖惨！欺骗无知少女！

陈恙："……"

程斯衍：上次是谁把老子喝倒了把老子撂路边？陈恙能喝醉，少爷我跟他姓！

程斯衍：心机！为了撩妹不择手段，从今天起我跟他绝交了！

陈恙："……"

可能是大家的夜生活过于丰富，过了好一会儿陆之杭才姗姗来迟，像是司空见惯一样很淡定地只回了两句。

陆之杭：别的不说，就这骚操作肯定是还没追到。

陆之杭：恙哥，什么时候追到了记得通知兄弟一声，兄弟给你放炮庆祝。

乔望这个大忙人程斯衍压根不奢望他能开金口吐出一个字，很自然地忽略了这号人，坐等陈恙出来给自己一个解释。

但是一个小时过去了，正主还是没出来。

程斯衍忍不住又在群里@陈恙：恙啊，你为什么不理我？

陈恙看到这条信息的时候刚停好车，他开了车门准备上楼，闲散地回了一句语音。

"不是你说的绝交？"

程斯衍也跟着发了条语音："就绝交一个小时而已嘛。"

求生欲很强。

陈恙晒笑，正准备收起手机，程斯衍的下一条语音紧接着就播放了："那啥，你知道 T 大那边联系了央大，要外派的事情了吗？"

陈恙的脚步顿住，点进他的头像私聊，打字回他：文件发我。

程斯衍很快回了个"OK"的表情。

他又问："项目要结束了，明大和南大的人问要不要一起吃个饭，兄弟，多好的联谊机会，不要白不要。"

陈恙浏览着文件，没理会他在说什么，漫不经心地回了句："你看着办。"

程斯衍不愧是聚会小王子，说聚会他马上能给你安排起来。

明大和 T 大住一起，有什么事情基本吼一声就能定下来，南大那边也很配合 T 大，特别是这么难得的联谊机会，程斯衍毫不费劲地就把这个局攒了起来。

许知恙对于吃饭没什么太大的兴趣，但是她不太会拒绝人，大家都来了她也就来了。

不过，当许知恙踏进包厢的时候，见到了久违的"老朋友"，还是有点后悔来了。

孟冬妮和另一个女生正坐在陈恙旁边，旁若无人地和他聊天。

聊天这个词用得还不是很准确，一般聊天是指双方之间的，孟冬妮这样的，顶多叫单方面聊天。

许知恙虽然不知道为什么会在这里遇见她，但是看见她身上的全套装束时，也不难猜，她就是特地为陈恙而来的。

包厢里一共有两张桌子，其中陈恙所在的那张已经坐满了人，温奈自然也看见孟冬妮了，很无语地翻了个白眼，然后拉着许知恙走到另一张桌子旁坐下。

这些天的接触差点就让许知恙忘记了陈恙是个什么样的人。

孟冬妮会为他而来倒是不稀罕。

谁知许知恙刚坐下，就听见从离得很近的隔壁桌传来陈恙的声音。

"抱歉，这桌是为客人准备的。"

言下之意是，主人要坐另一桌。

孟冬妮脸上有一瞬的尴尬。

因为下一秒陈恙就起身朝许知恙那一桌走去，不想搭理她的态度很明显。

程斯衍掩着唇，轻咳了一声，客套了一句："孟小姐，用餐愉快。"

许知恙听着身后的动静，心里隐隐有些预感。

下一秒，陈恙就走到她身边，拉开她旁边的椅子径自坐下了。

陈恙看了她一眼，问："这么晚才来？"

许知恙忽然觉得所有人的目光都随着陈恙的动作和这一句话，落在了自己身上，她咽了咽口水，故作镇定地说："刚刚堵车了。"

陈恙点头，没继续问，程斯衍吩咐上菜后包厢里又重新活跃起来。

饭吃到一半，许知恙他们这一桌有个女生比较大胆，问了大家都想问的问题。

"陈队长有没有对象？"

许知恙正低着头嚼着东西，听到这句话，咀嚼的动作忽然放缓。

陈恙顿了一下，说："暂时没有。"

这一句肯定的答复让在场的女生都两眼放光。

"那陈队长喜欢什么样的女生啊？"

许知恙捏紧了筷子，用余光瞥了眼坐在身边的人，她看见陈恙勾着唇，还真的在思考这个问题。

"以前是长头发，现在是短头发。"

话落，全场的女生脸上的表情都变得很微妙。

这确定不是特指？

桌上的人环视了一圈，以前头发长不长不知道，但是现在在场的女生里只有许知恙的头发是及肩的长度，算是在场的人里面最短的。

天哪，他们是不是发现了陈队长的什么秘密？

许知恙心跳得很快，但是不敢表现得太明显，她低着头，自顾自地喝汤。

"我听说陈队长高中的时候追他的女生十有八九都是长头发，陈队长的女朋友也都是长头发吗？"

孟冬妮忽然转过来，对着陈恙笑得荡漾。

"女朋友"。

"也都是"。

这几个字眼怎么听都惹人关注。

许知恙喝汤的动作一顿，长睫颤动着抬起，她余光注意到陈恙在看她，但是她强逼着自己淡定。

孟冬妮可能还没意识到自己说了一句什么话，她话音刚落，包厢里吵嚷的声音立马消退下去，似乎都在等着听这个重磅八卦。

陈恙的长相本来就勾女孩子，他来绥芜两个月，有不少人明里暗里要他的联系方式，但是他保密工作做得太好，没人要到。

然而这不妨碍女人对他趋之若鹜。

不少南大和明大的女生都听说过当年招生被拒的事，对陈恙除了爱慕更多的是好奇。

好奇他的各种事迹。

包括他令人遐想的情史。

孟冬妮一问到陈队长高中的女朋友，不只其他人都愣住了，陈恙自己也愣住了。

他靠坐着，眯着眼朝孟冬妮看去，眼里带着点冷漠。

他似笑非笑，重复那三个字："女朋友？"

孟冬妮被他的笑刺到，唇角的笑顿时僵住。

"我什么时候有女朋友，我怎么不知道？"

陈恙毫不掩饰地嗤笑出声。

这话让原本就安静的场子更冷了。

不只孟冬妮脸上挂不住，在场的有些人也开始不自在。

程斯衍觑见陈恙嘴角的讥笑，心里头咯噔一声，摸了摸鼻子开始打圆场。

"何止高中啊，我们陈队长在 T 大也是很抢手的好不好？排着队想做他女朋友的人都能绕你们明大操场几圈了。

"要我说啊，指不定是哪个女生太过仰慕我们恙哥，自称是他女朋友呢，是吧，孟小姐？"

孟冬妮脸上一阵红一阵白。

程斯衍轻笑了一声，瞥了眼陈恙，继续说："人家都说了没有女朋友，那就是没有，平白无故被传出来个女朋友，换谁不会一脸蒙？"

许知恙听完，用余光瞥了几眼陈恙，心下倒也没生出什么太大的情绪，毕竟他高中确实没有女朋友，有也是别人传出来的。

好像之前为了这事，陈恙还被教导主任叫上主席台做了不谈恋爱的演讲。

话都说到这份上了，大家也都歇了八卦的心。

一顿饭吃得不太尽兴，大家早早就散了。

隔天。

绥芜的项目已经进入收尾阶段，项目负责人在明庭集团旗下的洲际酒店召开了一个会议，要求 T 大、明大、南大三大代表队的队长和组长参加并做项目汇报。

明大代表队这边与会的只有许知恙一人。除了三大代表队，其他项目的代表队的人也会来参加。

比如孟冬妮。

之前选择课题的时候许知恙优先选择的就是绥芜古镇，但是孟冬妮一贯高高在上，看不上这种吃力不讨好的项目，选了苏汀刺绣项目。

做完汇报已经是晚上的事了。

离开报告厅之前陈恙给她发了信息，让她等会儿再走。

许知恙愣了一下，回了他一句好就在大厅等他。

等了将近一个小时，等到她快要睡着了，陈恙才从会议室里出来。

"陈先生，真是抱歉，不知不觉就开到这么晚了。"说话的是苏汀的市长，他很客气地送陈恙出来。

"时候不早了，要不陈先生将就着在这儿下榻，明日一早再赶回明城也来得及。"

陈恙客气回绝，称自己还有点私事，目送着市长下了电梯才朝许知恙走去。

陈恙问："等很久了？"

许知恙打了很多个哈欠，眼尾有点水光，她蒙蒙地点头："是有点久。"

陈恙松了松领口，接过她手里有些沉的电脑包，下巴朝电梯一扬："走吧，回去。"

陈恙抬步先走，走出去一段距离才发现许知恙没跟上来。

她脸色有点难看，一只手捂着肚子。

陈恙发现她不对劲，走回去，皱着眉问："身体不舒服？"

许知恙脸色有点白，对上陈恙关切的眼神时耳朵又有点发红，她唇瓣动了动，有些难以启齿的羞涩："嗯……有点，你要不先走？"

陈恙眼神在她脸上来回扫，看着她欲言又止的样子，忽然反应过来。

"你，"他挑了挑眉，压低声音问她，"生理期吗？"

话落，许知恙原本粉红的耳朵顿时烧得通红，她垂着头，不敢再抬眼去看他。

陈恙看着胸前那个软软的脑袋，忽然灵机一动。

"你在这儿等着。"

许知恙不知道陈恙要去哪儿，他丢下一句话就提着她的电脑包朝电梯那边走去，像是在打电话。

不过一分钟，他又折了回来。

"走吧。"

许知恙颤着睫抬眼，小声问："走去哪儿？"

陈恙单手将手机揣进口袋，将西装外套脱下来递给她，没有回答，直接上前将许知恙横抱起来。

许知恙瞳孔放大，止不住震惊。

虽然报告厅人很少，但还是有些工作人员和保洁阿姨经过。

许知恙把头埋进他胸前，红着脸问："你要去哪儿？"

"楼上。"

陈恙毫不费力地抱着她进了电梯，按了上行键。

"我在上面有常住的套房，今晚先在这儿住下，明天再走。"

说完，陈恙垂眸看了怀里的人一眼："可以吗？"

许知恙惊叹于他在一分钟之内就搞定了所有的事情，包括用他一身手工定制的西服遮住她的狼狈。

许知恙顿了一下，在他的注视下点了点头。

叮的一声，电梯到达顶层。

陈恙直接用指纹开锁，拧开门把手后把她抱进去，用脚把门关上。

"你需要什么？我让酒店送来。"

陈恙将她放下来，松了松领口，卷起袖子。

"我自己来就好了。"许知恙抿了抿唇，有点窘迫地看着他。

陈恙挑了挑眉，忽地笑出声，懒懒地开口："行，那我去洗个澡，"继而一指，"这边还有个客卧。"

许知恙点头目送他进了主卧，才拨打了客房服务电话。

半个小时后。

陈恙洗完澡出来，听到隔壁客卧的浴室里有哗啦啦的水声。

客卧的门半掩着，许知恙应该是洗完澡了，水声已经停了。

陈恙从门口路过，往门里瞟了一眼，透过半透明的磨砂玻璃，隐隐约约看见一个正在拿着毛巾擦身体的身影。他低声骂了句脏话，立马收回视线。

"吧嗒"一声，浴室的玻璃门被拧开，陈恙随手摸了包烟，拐去了阳台。

许知恙洗完澡，身上舒服很多，酒店的东西很齐全，她打电话让客服送来的东西已经能满足她的需求。

她还是穿着今天的那套衣服，一件高领毛衣和修身的黑色牛仔裤。

虽然酒店备有浴袍之类的，但是和一个男性独处一室，许知恙总归不自在。

洗完澡出来，她环视了四周都没发现陈恙的身影，往外走了几步，发现陈恙正站在阳台上抽烟。

许知恙舔了舔唇，犹豫着走过去。

如果时间再早一点，或许许知恙会选择打个车回民宿那边，但是现在已经十一点半了，打个车回去得十二点多了，一想到上次在巷子里撞见的喝醉打架的人，她也不敢深夜一个人回去。

许知恙拉开阳台的门，陈恙闻声转过头，她嗫嚅着开口："你今晚要回绥芜吗？"

陈恙闻声愣了一下，按灭了烟，勾着唇笑："许知恙，我明天七点要去明城会议中心开会。刚刚是谁答应今晚住这儿？怎么，这么不放心我？"

许知恙听着他的话，头皮一紧，藏在毛衣里的手捏了捏手背上的肉。

她声音闷闷地开口："我就是随口一问。"

窗外下着小雪，许知恙脖子瑟缩了一下，陈恙看了一眼她被单薄的毛衣遮住的身体，联想到刚刚看到的那一幕，额上的青筋不受控制地跳了一下。

他别开眼，喉间痒了一瞬，按住烟盒的手又忍不住拿了根烟出来。

他哑声开口："早点睡。"

第 38 章

回到房间，温奈这位即使是蹦迪也不忘关心姐妹的十佳闺密打了电话过来关心她。

许知恙和温奈说了自己的情况。

温奈震惊："你说什么，你现在和陈恙在酒店?! 哇，姐妹，你这进度……"

许知恙客卧的门好像不能锁，只能虚掩着，她捂着听筒，生怕被门外的陈恙听见。

许知恙拿着手机像做贼一样跑到洗手间，压低声音说话。

"你小声点。"

温奈那边很吵，几乎听不见许知恙在说什么，她撂下一句"微信聊"之后就挂了。

挂掉电话之后，许知恙立马收到了温奈的信息：他和你说早点睡就没了？

许知恙：没了。

温奈：都睡一间房了，他竟然没什么表示？

许知恙咬了咬指尖。

许知恙：什么表示？

温奈：比如"擦枪走火"什么的！

许知恙被她这句露骨的话惹得羞臊。

那头温奈等不到许知恙的回复，突然发了条语音，她叹了口气，像在安慰许知恙："没事，姐妹，吃斋念佛久了的人是这样，争取在他出家之前拿下他。"

许知恙：……

许知恙进去后，陈恙靠在阳台的栏杆上，眯着眼远眺城市的夜景，一边漫不经心地和程斯衍通电话。

"周肆回来了，明天出来聚一下，枭山赛车场，怎么样？"

陈恙听见敏感字眼，眸子暗了一瞬，应得也敷衍。

"怎么挑那儿？"

程斯衍说："周肆就是知道你在南城，这不特地挑的吗？"

陈恙咬着没点的烟，淡笑："他倒是会挑时间，行啊。"

陈恙忽然想到什么，又说："沈舒迤是不是也在南城？让周肆叫上她，我也带个人。"

隔天，许知恙醒来的时候发现陈恙已经走了。

她习惯性摸过手机，看了一眼微信。

果然，半个小时之前陈恙给她发了语音信息。

"我下午回酒店，别乱跑。"

他的声音带着点倦意，拖腔拉调，背景音是一阵窸窸窣窣的像是在走路的声音。

许知恙抱着被子坐起来，皱了皱眉。

她为什么不回去，要待在这儿？

许知恙刚想回复他自己先回去，微信又弹出来一条信息。

沈仙女：恙恙，我今天回南城，下午出来玩，我让我哥去接你。

许知恙愣了一下才知道陈恙那句话是什么意思。

她回沈舒迩：好。

很久之前许知恙就答应了沈舒迩会去南城探她的班，可是都快离开南城了许知恙还没去过，她主动约自己，许知恙自然不会拒绝。

下午两点多的时候许知恙吃完午饭，陈恙给她发了信息，跟她说他半个小时后会到酒店，许知恙收拾完，提前下去等他。

沈舒迩也没和许知恙说约在哪儿，等陈恙的车停在南城郊外的一个赛车场时她才知道，这是枭山赛车场——南城很有名的一个赛车场。

许知恙推开车门下车，一眼就看见大明星排场十足的沈舒迩摘了墨镜朝她走来。

"恙恙，这里。"

沈舒迩走到许知恙车前，极其敷衍地叫了陈恙一声，扭头挽着许知恙的手臂朝搭着棚的休息区走去。

似乎陈恙对她而言仅仅是把她的宝贝带过来的司机罢了。

陈恙嗤笑一声，没有搭理这两个小没良心的，他关好车门，肩上突然搭了一只戴着黑手套的手。

"恙哥，世锦赛你真不参加？"

陈恙在看到那只黑色手套时就知道靠近的人是谁了。

陈恙、乔望和周肆三个人都是在南城长大的，从小学到初中都是一个学校，只不过周肆高中的时候转学去了职高，留级了一年，比陈恙他们低了一个年级。之后又选择了出国玩赛车，他们几个人也是最近才联系。

陈恙手插着兜，敞着羽绒服站在风口，闻声眼里闪过一抹复杂的情绪，懒散地开口："我已经多少年没玩了，还参加什么比赛？"

周肆搭着他的肩："你就不能由着自己一回吗？以前你可不是这样的，我当初想要放弃，你是怎么往死里揍我的，怎么轮到你，你就退缩了？"

陈恙舔了舔唇角，笑道："一码归一码，你那是职业，我这是业余爱好。"

"在你心里可不是业余爱好。"

周肆说完，陈恙眼睛眯了眯，看着赛道，很轻地开口："几月？"

"明年五月中旬，在澳大利亚。"

周肆又说："你这三个月就能训练起来，小半年的时间，怎么说都很充足。"

没再聊其他沉重的话题，周肆拍了拍他的肩。

"来一场？"

陈恙轻笑了下，挑了挑眉："行啊。"

另一边，许知恙和沈舒迩刚坐下，就听见不远处汽车的引擎声。

许知恙向远处张望，没看到陈恙，皱了皱眉，心想这是他的场子，可能被程斯衍拉着去了哪里。

许知恙收回眼，喝着沈舒迩给自己准备的果茶，沈舒迩靠在躺椅上，生生把一个赛车场变成了度假沙滩，许知恙瞥了她几眼，突然被她的脖子吓了一跳。

许知恙咽下一口果茶，拍了拍沈舒迩的手，指着她的脖子："舒迩，你的脖子……"

沈舒迩玩手机的动作一顿，很淡定地哦了一声："被狗咬了。"

许知恙："……"

沈舒迩撩了撩头发，拉高了领子，托着腮看着许知恙："你刚刚有没有看见站在我哥身边的男生，长得好看吧？"

许知恙回忆了一下，对上沈舒迩期待的目光，点头："好看。"

沈舒迩满意地眯了眯眼："他是赛车手，超酷。"

许知恙看她的眼睛都快变成星星眼了，笑了一下，忽然想到什么，暧昧地指着她的脖子："这个也超酷。"

沈舒迩先是愣了一下，随后很难得地脸红了红，但是依旧嘴硬："他酷是酷，但是不妨碍他不正经。"

许知恙："……"

沈舒迩的一本正经逗笑了许知恙，许知恙还想问什么，却听见引擎声离自己越来越近，紧接着沈舒迩就跳起来，扯着嗓子喊："哥，加油啊！超过他！"

许知恙握着玻璃杯的指尖一颤，循着沈舒迩的视线看去，赛场上离她最近的两辆车里各坐着一个男人，但是速度太快，许知恙看不清哪个是陈恙。

她的心情也被这突如其来的紧张和刺激带动起来，跟着沈舒迩站到前排。

他们的角逐已经是最后一圈了，两人间只差毫厘，车停下，沈舒迩也不知道谁赢了，掏出手机放大在拍。

车靠边停在了停车区，两个身形差不多的男人同时从车里走出来，离得有些远，但是许知恙还是能认出陈恙。

男人身高腿长，宽肩窄腰，头微垂着摘下头盔，头发有些凌乱地搭在前额，他拨弄了一下，抬头朝她看来。

许知恙就那么猝不及防地和他对上了眼。

她一怔，正出着神，忽然听见程斯衍的声音在耳边响起。

"意外吧。"程斯衍一副吊儿郎当的样子，下巴朝赛道扬了扬，继续说，"本来我们在曼州那边是参加了一个比赛的，不过恙哥家里不同意，他就没再玩了。他说赛车是业余爱好，环保才是真爱，但我知道他其实还是爱着赛车的。"

程斯衍看了许知恙一眼，有些感慨地开口。

许知恙没接话，愣愣地看着陈恙。

一时之间，她的思绪有些乱。

的确，陈恙是个无论做什么都要做到极致的人，天赋加上后天的努力，让他达到了常人无法企及的高度，他做什么都很有追求。

而且陈恙那样的人才，如果不做研究、搞科研，仅仅是赛一辈子车，很浪费。

但是莫名地，许知恙有点私心，她希望他所追求的，是他发自内心热爱的。

从再见到陈恙以来，这还是许知恙第一次见到陈恙这么放松的状态。

许知恙还在出神，突然听见程斯衍扯着嗓子朝下面喊："阿肆！"

许知恙不知道他在叫谁，但是看见沈舒迤反应很大。

许知恙察觉到沈舒迤搭着自己肩膀的手一抖，问道："怎么了？"

"没什么，恙恙，你在这儿等我，我去下洗手间。"沈舒迤拍了拍她的肩膀，急匆匆地走了。

许知恙一抬眼，发现陈恙不知何时走到了她面前。

许知恙不再去想刚刚程斯衍的话，皱了皱眉，对陈恙说："刚刚我看舒迤好像不太对劲。"

陈恙瞥了眼身后的周肆，嗤笑："他俩见面就要互掐，别理他们。带你去玩？"

许知恙眼睛亮了一瞬，鬼使神差地点了个头："好。"

陈恙没和程斯衍打招呼，带着她绕出去，又开了一辆车，是敞篷车。

这边是郊外，风景很好，但是许知恙没来过，还觉得有点新鲜。

这是一条笔直的公路，但来往的车辆少，一路上只看到两三辆。车速逐渐减慢，最后停在了一片空旷的平地上。

下车的时候陈恙突然拉住她羽绒服的帽子，垂眸看了她一眼，忽然笑了一下："早知道就不带你出来了，你脸皮怎么这么薄？吹点风眼睛就红成这样。"

"本来就很冷。"许知恙眨着眼，吸了吸鼻子，小声辩解了一句。

陈恙目光在她身上扫了一圈，忽然伸手帮她把羽绒服的拉链拉到最上面，又把羽绒服的帽子扣在她头上。

他又问："能抽烟吗？"

许知恙愣了一下，点头。

她的目光一直落在他身上，盯着他从口袋里摸烟，拢着火点烟，然后朝她身后的方向吐了一口烟雾，没有让烟呛到她。

许知恙挠了挠手背，一脸认真地问他："能不能问你一个问题？"

"什么？"

许知恙说："你之前……不是不抽烟的吗？"

她指的是高中的时候。

陈恙夹着烟的手一顿，像是没想到她会问这个问题。

他懒洋洋地直起身，把烟头直接按灭在了脚边的石头上。

"怎么忽然问这个？"

许知恙咬着唇，对他的目光有些敏感，心跳忽然快了。

她摇了摇头，说："没有，就是……抽烟对身体不好。"

陈恙："……"

"对你嗓子也不好，"许知恙一脸诚恳，"医生说的。"

"好，"陈恙挑眉轻笑，"那以后不抽了。"

许知恙被他盯得有点局促，脸颊发烫。

这个地方四处没有遮挡，风肆虐着，许知恙被吹得有点发抖，鼻子都被冻红了。

陈恙眯了眯眼，看了一眼裹成球还在瑟瑟发抖的女孩，突然有点后悔没换一辆车。

陈恙伸手将她的围巾围得更严实，下巴扬了扬："走吧。"

许知恙恨不得马上离开这个地方，点头，跟着他上车。

许是温度又降了，回去的路上比来时更冷。

风也太大了，车敞着篷，风从四面八方灌进来，找到一丝缝隙就往衣服里钻，许知恙坐到后来都不敢睁开眼，木着一张脸让风可劲吹，等车停下的时候，她戳了戳嘴角。

已经快没知觉了。

许知恙都不知道自己为什么会鬼迷心窍上了陈恙的车去吹这么一遭风。

很晚了，车场没什么人，场地也显得更加空旷。

本来陈恙要送许知恙回去，但是沈舒迩说她要送，许知恙就上了沈舒迩的车走了。

陈恙目送车子离开，环视一圈，发现程斯衍和周肆不知道什么时候已经走了，刚想打个电话过去问，群里的信息就来了。

程斯衍：恙哥，你刚刚去哪儿了，走了没？

陈恙随手回了一句：外环路。

周肆：？

周肆：恙哥，别告诉我这么冷的天气你带人姑娘兜风。

程斯衍：？

程斯衍：这鬼天气，你搁这儿带人兜风，你这操作我实在是服了，恙哥牛啊！

周肆：看这样子，怕是还没追到。

陈恙没打算搭理，刚想问程斯衍他们在哪儿，肩膀就被人拍了一下，随即一根烟被递到他面前。

陈恙见到烟，愣了一下，推开，没接。

程斯衍挑眉，把烟收起来，继续说："你昨天说带个人，我就猜到了。"

"你昨天没回绥芜，我好像也没看见许知恙回来，你不会昨晚和她待在一块吧？"程斯衍嗅觉很灵敏，一嗅就嗅到了八卦的味道。

陈恙皱了皱眉，懒懒地靠在车门上，应得随意："是又怎么样？"

"这你都不上，你还是不是男人？"

陈恙扯了扯嘴角："老子是男人，但不是禽兽，懂？"

"哥们儿，我觉得你就是忍太久了，你之前那欲擒故纵，看得兄弟那叫一个傻眼。

"根据我纵横情场多年的经验，没有一个女孩子抵挡得住你疯狂的追求。

"当然，长得丑那叫骚扰，你长得虽然没有小爷标致，但是好歹也人模人样的。"

"程斯衍。"陈恙很平静地叫他的名字。

"干什么？"

"你想死就直说。"

程斯衍说："得得得，反正你之前撩的路数不对，温水煮青蛙本来就不符合你的人设。"

陈恙挑眉："我什么人设？"

"浪子。"

陈恙气笑了："浪什么浪？滚出去，别让我看见你。"

程斯衍倒也没计较他口吐芬芳 [1]，很正经地问他："你这是在追还是没在追啊？"

这话一出，气氛瞬间冷了下来。

陈恙没回应，盯着地上的某个地方出神。

"我觉得……她心里藏着事，"陈恙忽然想起女生那双眼睛，心头一紧，喉结滚了一下，"觉得她好像还没打算接受我。"

"陈恙。"程斯衍突然很认真地叫他，"这一点也不像你。太优柔寡断了。"

陈恙闻言一愣，眼底的错愕一闪而过，随即唇角缓慢勾起。

优柔寡断。

大概是想真正确认她的心意，不想再让她放弃他一次吧。

第 39 章

回绥芜的路上沈舒迤又在跟许知恙吐槽那个三十八线小明星各种恶心她的操作。

许知恙平时有空都会关注沈舒迤的近况，比如出席什么活动之类的，但是对于这些女明星之间的事，许知恙倒是不甚清楚。

说完，沈舒迤话锋一转，问许知恙："恙恙，你最近都会在南城吗？"

许知恙想了想说："应该会在这儿待一段时间。"

沈舒迤满意地眯了眯眼睛："正好，我有一个朋友明晚酒吧开业，你和我一起去吧，帮她撑个场子！"

许知恙想起什么，忽然问了句："是叫 Snipe（狙击）吗？"

沈舒迤眼睛亮了一下："对，你怎么知道？"

许知恙说："我朋友也想叫我去，可不可以和她一起？"

---

① 网络流行词，指说脏话，是一种反话正说。

沈舒迤说："当然可以啦！"

上次温奈就抱怨说怎么偌大的南城没有一家她喜欢的酒吧。无意间得知有一家新的酒吧这周末就会开业，她兴冲冲地叫许知恙这周一定得陪她去。

回到民宿，许知恙跟温奈说了自己要带个朋友去，温奈没什么意见，多点人热闹，总归没坏处，而且许知恙的朋友，在温奈看来，自然也是好相处的。

第二天傍晚，沈舒迤发了个地址和包厢号给许知恙。

此时的 Snipe 正是人最多的时候。

角落的卡座上坐着两个男人，没一会儿又过来两个。

程斯衍说："还有半个月就要回去了，你可得抓紧了。"

陈恙喝了口酒，轻笑："谁说我要回去了？"

"你不回去?!"程斯衍差点被一口酒呛到，震惊地瞪大眼睛。

陈恙嗯了一声，平淡道："外派央大的那个项目，我申请了。"

程斯衍说："你也太离谱了吧！"

陈恙说："老子可不想异地恋。"

程斯衍说："你这还没追到呢，就异地恋。"

陈恙："……"

陈恙冷冷地乜了程斯衍一眼，那眼神好像在说："你不想死就赶紧闭嘴。"

程斯衍打了个投降的手势："恙哥，我记得你以前不是这样的。"

陈恙说："我哪样?"

程斯衍说："重色轻友。"

陈恙："……"

陈恙没搭理程斯衍，一抬眼就看见了正朝他们走来的周肆和陆之杭，他抬手打了个手势。

许知恙和温奈刚进门的时候没有想到陈恙也在。

他们坐的位置靠里，但是许知恙经过电梯的时候还是看见了。

她也就那么一望，还碰巧听到了身旁的两个女人在小声谈论着什么。

说话的女人有一头黑鬈发。"九点钟方向的那个男人，长得好帅啊！要不要上去要个联系方式？"

她的朋友说："还是不要了，你没看到他满脸写着生人勿近吗？"

黑鬈发说："这么极品的男人，以后可能难遇到了。"

朋友又说："他，你可能消化不了。他一看就有心上人了，而且还是没追上的那种。"

"我不信，我就要去试试。"

许知恙脚步忽地一顿，鬼迷心窍地站在那儿看着女人朝陈恙走去。

女人身形窈窕，穿着酒红色的吊带裙，踩着细细的高跟鞋，在经过陈恙身边的时候刻意放慢速度，将什么东西塞到了陈恙怀里。

许知恙不错眼地盯着。

等到那个女人离开，许知恙看清了男人怀里，那张很有辨识度的……房卡。

这还是许知恙亲眼看见像上次温奈说的有女人给陈恙递房卡的情形。

她本来想过去，但是程斯衍眼尖，拍了拍陈恙的肩膀，示意他往许知恙那边看。

酒吧里的灯光很刺眼，总体环境又是昏暗的，许知恙对上了他朝自己投来的目光。

一秒。

两秒。

然后许知恙视线下移，落在了男人手里捏着的那张房卡上。

大概是注意到许知恙在看什么了，陈恙手一抖，手里的房卡啪的一声掉在了地上。

许知恙："……"

恰好这时温奈拍了拍她的肩，许知恙朝他点了点头，算是打了个招呼，随后两人头也不回地进了电梯。

温奈不知道许知恙带的朋友是沈舒迩，当她踏进包厢，看到坐在沙发上的沈舒迩时，抓着许知恙的手突然用力，握紧许知恙的手腕。

她摘下墨镜走近仔细一看，忽然惊道："你是沈舒迩!!! 妈呀，许知恙，你怎么还有大明星朋友？"

许知恙："……"

沈舒迩："……"

两人对望，一时竟然不知道说什么。

许知恙失笑，拍了拍她的肩膀示意她淡定。

沈舒迩也没想到许知恙的朋友竟然认识自己，不过也对，她如今已经是一线女明星了，认识她也不奇怪。

沈舒迩站起来，友好地和温奈握了手，说："你是恙恙的同学吗？你好，我是沈舒迩。"

温奈矜持地握着沈舒迩的手，说："我认识！我特别喜欢你！"

许知恙不知道来个酒吧怎么就变成了粉丝见面会，坐在一旁看着两人从某个时装周说到某场秀，还交换了联系方式。

温奈是个自来熟，沈舒迩也是，两人一拍即合，聊得投机。

沈舒迩身份特殊，就没有去楼下玩，三个人在包厢里喝酒。

许知恙酒量很差，没过多久就喝不动了，认输地跑去沙发那边休息。

温奈和沈舒迩的胃都是经过千锤百炼的铁胃，再喝下去甚至有结拜的可能，许知恙失笑，揉着发疼的脑袋，晕晕乎乎地靠在沙发扶手上就睡了过去，自然也没注意到包里的手机响了一声。

将近十点。

楼下正是热闹的时候。

陈恙觉得吵，本来想走，但是想到刚刚遇见的许知恙，他不太放心，打了电话给许知恙，她没接，他又打给沈舒迩。

那头电话接通，沈舒迩的声音传来："哥，恙恙好像喝醉了。"

沈舒迩给他报了个包厢号，陈恙一打开门就闻到里面混着很多种不同味道的酒的气味。

酒气浓重。

沈舒迩看着陈恙一把抱起许知恙，还没意识到不对劲，很放心地说："要不送去我住的酒店？我住的酒店离这儿近。"

陈恙知道她说的是哪儿，没接话。

他将许知恙裹得严严实实的才把人抱走。

陈恙看了一眼七零八落的酒瓶，眉头皱了一下："你俩少喝点，有什么事找程斯衍和周肆，他俩都在下面。"

沈舒迤挥了挥手，像是嫌他烦："知道了，你快走。记得把迤迤安全送回去。"

陈迤的车就停在外面，他没和程斯衍他们打招呼，先抱着许知迤往停车场走。

这么大的动静都没把她折腾醒，陈迤无奈地笑了一下，她到底是喝了多少？

他把许知迤放进后座，脱下自己的羽绒服盖在她身上，刚发动车子，程斯衍的电话就打了过来。

"这就走了？"

陈迤瞥了眼后视镜，嗯了一声："沈舒迤和许知迤的朋友还在喝，你们仨看着点。"

程斯衍说了句知道了，然后手机被陆之杭接了过去，陈迤听到那头的陆之杭懒懒的声音传来："兄弟，别的我不担心，你做个人就好。"

陈迤低声骂了他一句，把电话挂断了。

楼上。

温奈拉着沈舒迤继续喝。

温奈已经从对面挪到了沈舒迤旁边，揽着她的肩膀开口："哎，你是许知迤的高中同学吧？那你知不知道她高中的时候暗恋过别人？"

沈舒迤喝得有点蒙："什么？"

随即觉得有些荒唐："不可能，她那么优秀。"

温奈可能也喝得有点蒙，周围就只有她们俩，她勾了勾手指，小声说："她喜欢陈迤。"

沈舒迤呆愣了一瞬，喝蒙了的脑子顿时清醒了一半。

温奈看她一脸难以置信，又说道："你说她傻不傻，喜欢人家九年。九年啊，小姑娘熬成婆啦。"

沈舒迤眨了眨眼，酒彻底醒了。

优秀如许知迤，也会偷偷喜欢一个人喜欢了九年。

沈舒迤一直觉得自己是许知迤最好的朋友，但是许知迤暗恋陈迤这么多年，她竟然一点也没察觉。

沈舒迩想到陈恙刚出国的那段时间，许知恙生病了，整个人暴瘦。

那个时候沈舒迩特别心疼她。

她那么乖的一个人，真就把喜欢藏了这么多年，一声不吭。

另一边。

陈恙没送许知恙去沈舒迩的套房，而是重新开了一间。

她睡得很沉，喝醉了也不哭不闹。

乖得很，像只布偶任人摆布。

陈恙打算给她弄点醒酒的东西喝，怕她醒来的时候头疼。

他刚打算离开，电话就响了。

他皱了皱眉，走到阳台接了，刚滑下接听键，那头沈舒迩带着点哭腔的声音就传进他耳朵里。

"哥，恙恙喜欢了你九年。"

因为陆之杭那个电话，陈恙知道许知恙曾经喜欢过他。

但也仅仅是曾经。

他以为许知恙的喜欢，随着那张没有署名的明信片一起停留在了那个夏天。

但是他不知道的是，有个人，真的傻到藏着一份暗恋九年。

深夜的西檀寺只剩下路灯孤零零地立着，车子开进去的时候也没人阻拦。

陈恙习惯性地从兜里摸烟，但是口袋里空空荡荡的，他才发现自己身上已经没有带烟了。

他绕去便利店买了几包，进了一间禅房。

他虽然在国外很多年，但是每年回西檀寺已经成了他的习惯。

来禅房抄经，也是他的习惯。

他翻着存放在禅房的经书，翻着翻着，思绪就不知道飘到哪儿去了。

他开始想那些从前从未明晰的事情。

他到底是从什么时候开始喜欢她的？

其实他自己也不知道。

重逢，又或是更早？

陈恙点了烟，喉结滚了滚。

从他那一年在校门口遇到职高的那群人堵她开始。

他在职高那群人的围堵下牵着她跑。

他每周四下课后去音乐机构看她学琴。

……

陈恙仰着头，后脑勺磕在窗台上，扯着唇角自嘲地笑。

当年他离开是因为对这个城市的厌恶，但是他不知道的是，少女的心事也彻底地藏在了那个夏天。

许知恙的喜欢太过隐忍，隐忍到陈恙难以察觉。

他从来都不是容易动心的人，但是在遇见她时，他就彻底输了。

从许知恙写下那张明信片放弃他的那刻起，他就输了。

陈恙用很低的声音自言自语，声音哽咽，回荡在空荡荡的禅房里："许知恙，你从来都不是暗恋。"

陈恙不知道自己在窗边坐了多久，他动了动有些僵硬的手指，放下夹在指间的狼毫，仰起头，抬眼的时候眼里的血丝红得吓人。

窗外，东方既白。

风透过窗边的纱质屏风吹进来，将案上没被压着的轻薄的宣纸吹了满地。

一地的经文。

他抄了一夜的经书。

上面写着——

凡所有相，皆是虚妄……一切有为法，如梦幻泡影，如露亦如电，应作如是观。

下面被人用小楷工整地补了一句：

佛说一切皆为虚幻，可你不是。

卷五　　**心 动 臣 服**

他锐利如同鹰隼的眸紧紧攫住她,

酒气混着热气烫着她的耳郭,

声音喑咽, 哑得勾人:

"许知恙, 你还喜欢我吗?"

第 40 章

风有些大，陈恙起身关窗才发现外边下雪了。

他轻咳了一声，嗓子哑得厉害。

手边的手机恰在此时振了一下，他接起，是程斯衍。

程斯衍问："恙啊，你去哪儿了？"

陈恙试图从散在茶几上的烟盒里找出一根烟，但一根都没有。

陈恙内心烦闷，随口回他："西檀寺。"

程斯衍的声音一顿，忍不住问："你这嗓子，是抽了多少烟啊？陈恙，我发现你最近烟瘾真的很大。"

陈恙表情冷淡，嗯了一声。

程斯衍知道他自己有分寸，没再劝，说起了正事："对了，陆之杭说你们有个什么聚会，他在找你呢，你去不去啊？"

上次明中那个群里说的聚会，时间就定在周日晚上。

许知恙昨天喝完酒后整个人头疼得不行，酒醒后打了个电话给温奈和沈舒迻，才知道她俩都在这家酒店。

沈舒迻今早还有通告，这会儿正准备出门。

她在电话里吞吞吐吐，好像有什么要和许知恙说，但是又说不出口。

最后她说了一句昨晚是陈恙送许知恙到房间的，然后又问：

"那什么，恙恙，我哥有没有和你在一起啊？"

许知恙愣了一下，下意识摇头："没有，我早上醒来没看到他。"

沈舒迻哦了一声，语气还有点失落。

许知恙也不知道她怎么了，简单和她说了几句之后就和温奈回了民宿。

最近虽然不用忙课题，但是接连三个聚会还是让许知恙筋疲力尽。

她回去之后洗了个热水澡，简单化了个妆就出去了。

聚会地点定在南城的一家酒吧。

沈舒迤和许知恙到的时候包厢里面已经热起来了，她们一进门就成了焦点。

学生会主席叫李玮，能做到这个份上的人想来也是个八面玲珑的人，他先是不着痕迹地夸了沈舒迤一把，继而又对大家说：

"哎，大家可别光顾着和大明星说话，冷落了我们的大学霸啊，人家可是'明中之光'啊。"

这话让原本只注意沈舒迤的人都朝许知恙投来目光。

许知恙听见一个男生附和："怎么敢忘记？当年我们可都是背着学霸作文过来的。"

话落，包厢里一阵大笑。

许知恙有些不好意思，笑着没接话，站在一旁偶尔回应几句。

这会儿气氛正热，许知恙也没有觉得很拘束。

来的人不少，订的包厢也很大。

许知恙走近，才发现最里面坐着一群熟人。

她一眼就看见了被众人簇拥着的男人。

陈恙被围在中间，身旁不断有人和他交谈，但他表情很淡，看上去有点心不在焉，只随意地回个一字半句。

见许知恙朝他看去，他眼里闪过一抹复杂的情绪，一瞬间又归于平静，但许知恙还是捕捉到了。

人多，许知恙就没有越过众人和陈恙打招呼。

她和陈恙对视一眼，就把视线移到了别处。

过了半晌。

有人在台上唱歌，忽然把话筒朝许知恙递过来。

许知恙蒙蒙地抬眼，那个男生笑着说："不知道我有没有这个荣幸，邀请我们学霸和我合唱一首歌啊？"

话落，有人笑着调侃："你这可就过分了，你这样让人怎么拒绝啊，哈哈哈。"

在场的人一半附和一半起哄。

许知恙挠了挠手背，也没扭捏，大方地应下："行。"

这个人其实许知恙有点印象，之前夸过她小提琴拉得好。

他问许知恙有什么想唱的，她唱歌很一般，但是大家都在，她不想扫别人的兴，说了句都行。

男生点了一首英文歌。

许知恙没什么唱歌技巧，也没什么感情，只是照着歌词唱，但好在她的声线很软，发音也很标准，莫名地很搭。

"Your love is a secret I'm hoping, dreaming, dying to keep……"

你的爱是份秘密，我春心荡漾，暗里着迷……

全场的人都在看着他们合唱，没人注意到坐在最里面的男人忽然起了身。

啪嚓一声。

话筒掉落在地毯上，轻缓的伴奏瞬间成了背景音。

陈恙抓着许知恙的手，二话不说就将人往外拉，所有人都不明所以地看着。

傻眼。

震惊。

不可思议。

他们明中八竿子打不着的两个人是什么时候有联系的？

包厢里的人面面相觑，试图从他人脸上找到答案。

而作为唯一知情的人，沈舒迤也先是愣了一瞬，然后咽了咽口水，掏出手机给温奈发信息。

走廊里。

许知恙不知道陈恙为什么要拉着她走，他的步子很大，走得很急，许知恙几乎是小跑着才能跟上他。

"陈恙，你松手。"

闻声，男人的步子冷不丁停顿下来。

昏暗的走廊里，陈恙将她压到墙上，一只手撑在她的脸侧，两人的距离猛地拉近，许知恙被他身上浓重的酒气撩得气息紊乱。

陈恙用力地将她逼得靠在墙上，膝盖顶着她的腿，以绝对的压迫姿势笼罩着她。

许知恙睫毛轻颤着抬起眼，在对上陈恙的眼时心尖一颤，下意识地吞咽了下口水。

陈恙漆黑的眸子里深沉晦暗，翻涌着无尽的欲望，直勾勾地看着许知恙。

她被陈恙眼里的灼热烫得脑子晕晕乎乎的，一时忘记了挣脱开，就保持着和他大眼瞪小眼的姿势。

四下无人，头顶昏昧的灯光打在男人的侧脸上，他的半边脸匿在阴影里，说不出地勾人。

许知恙颤着睫，开口时连声音都在发抖。

她近乎呢喃地叫了他："陈恙……"

也就是这一声，让陈恙紧绷着的最后一丝理智土崩瓦解，困于心底的困兽终于冲破了禁锢，在他体内横冲直撞。

他锐利如同鹰隼的眸紧紧攫住她，酒气混着热气烫着她的耳郭，声音哽咽，哑得勾人："许知恙，你还喜欢我吗？"

"嗡"的一声，许知恙脑子里瞬间一片空白。

还喜欢吗？

许知恙被道破了心事，觉得很窘迫，不敢直视他的眼睛，但是又觉得莫名地心酸。

"你……你在说什么？"许知恙下意识地舔着下唇，有些紧张地开口。

陈恙眼尾发红，挟着危险的气息不断朝许知恙靠近。

她垂在腿侧的手下意识攥紧，鼻尖萦绕着男人身上被酒味覆盖着的淡淡冷香味，像是猜到了他接下来会说什么，心下慌乱。

"你一张破纸就让我记了那么多年，许知恙，你不打算解释一下吗？"

许知恙猛地抬眼，看入陈恙的眼底。

他的眼睛很深沉，此刻似乎是动了情，染上了水光，格外蛊惑人心地盯着她，像是即将出击的猎手在窥伺猎物，眼底泛着光。

他不给许知恙反应的时间，长指捏着她的下巴，让她仰着头。

咫尺距离，气息交缠。

带着欲。

危机四伏的欲。

许知恙心跳得很快，快到她快要喘不过气，可他偏偏步步紧逼，让她无路可退。

陈恙低头凑近她，鼻尖眼看着就要碰到她的。

许知恙声音颤抖，带着呜咽开口："你先松开我。"

陈恙动作一顿，凭着最后一点自制力退开，头微微后仰。

他的喉结滚了一下，嗓子很哑，侧过头忽地哼笑一声。

"许知恙，我这辈子就算是栽在你手上了。"

许知恙讷讷地张了张嘴。

"没听懂？"陈恙弯着腰，向她靠近，轻笑的时候眉眼舒展开，一如当年少年恣肆的模样。

陈恙垂着头，唇贴着她的耳郭："许知恙，你从来都不是暗恋。"

他低着头，喉结的滚动变得格外明显。

他的声音很哑，像是极力隐忍着某种情绪。

这句话带给许知恙的冲击实在是太大了。

她脑子里嗡的一声，像是突然短路了一样，有些反应不过来，盯着他一张一合的薄唇，努力让自己听清楚他在说什么。

许知恙想起在南大遇到陈恙之后的事情，像是突然想通了一样，一切事情都变得有迹可循。

陈恙对她示好，接近她，知道她在躲他之后又急于和她划清界限，让她卸下防备，再一步步诱她入局。

许知恙早该想到的，她从来就不是陈恙的对手。

"许知恙，可能我今天和你说这些话会让你觉得有点突然，那我明天再说一遍，要是你还不信，我就每天都说给你听，说到你信为止。"

好像说开了之后两个人之间的氛围没那么尴尬了，相反，还有点暧昧不清的意味。

许知恙脸颊发烫，耳朵红得快要滴血。

她嗫嚅着开口："信，但你先……"

突然，远处传来脚步声，听声音像是朝这个方向来了。

"羡哥。"

许知羡猛地一激灵，抓着他的衣服往他怀里躲。

陈羡虚揽着她的背，把她挡得严严实实，侧过头冲来人冷声道："回去。"

小胖拿着他的手机晃了晃，冷不丁被这声吓了一跳。

瞧这姿势，瞧这声音。

小胖猛地咽了下口水，忍不住想去看被陈羡挡得严严实实的人，但陈羡的目光压迫感太强，小胖于是收回眼，做了个举手投降的手势，回了包厢。

走廊又陷入了沉寂。

陈羡哼笑一声："不是让我放开吗，怎么自己凑上来了？"

许知羡听出了他话里的调侃，脸又忍不住红了，差点就头顶冒烟。

"你既然信了，那我接下来说的话，你会答应吗？"

"什……什么？"许知羡垂着眼，睫毛发着颤，虽然大概能猜到接下来他要说什么，但是，她还是不争气地心跳得很快。

她从来没有这么紧张过，仿佛下一秒心跳就要停了一样。

"许知羡，"陈羡长指捏住她的下巴，迫使她抬头和他对视，"没把握之前我无法把自己的心交出去。"

"那你现在……"

"所以，你愿意试着接受我吗？"

接受……

他。

许知羡不知道要怎么形容自己此刻的心情。

她的心很乱，但是好像在一瞬间感受到了从未有过的欢喜。

"嗯。"她没什么底气，声音近乎呢喃。

陈羡看着她挺翘的鼻尖，一时生出了逗弄的心思。

他伸手掰正她的脸，带着点薄茧的指腹轻轻地擦着她眼下的皮肤，许知羡垂着眼，能清晰地看见男人的喉结轻滚。他嗓子干哑，说出来的话却格外温柔。

"那我可以试着亲你吗？"

话落，许知恙还没反应过来，下巴就被人轻易抬起，下一秒，两片冰凉的唇瓣贴了上来。

男人身上带着浓重的酒气，低着头与她纠缠，她的唇瓣被他碾得发疼，许知恙呜咽了一声，张了张嘴，被男人钻了空子，舌尖轻而易举地滑了进来。

他发了狂地吻她，像是隐忍着的什么突然被撕开一道口子，悉数倾泻了出来，他的吻炙热而用力，每一下都让许知恙不自觉地瑟缩。

她想退，但随之而来的是陈恙的步步紧逼。

陈恙将她压在墙上，一手护着她的后脑勺，一手揽着她的腰肢，让她觉得难受的同时又被一种名为安全感的东西填满。

虽然独属于陈恙的气息她不是第一次感受，却是第一次真真切切地尝到，她不禁脸红心跳。

昏昧的通往洗手间的走廊里，他们隐匿在暗处，黑暗像是为他们竖起了一道屏障，狭小的空间里，静得只能听见彼此的喘息和心跳声。

许知恙身上穿着一条薄薄的毛衣针织裙，腰间有点镂空的设计。

她仰着头，抓着陈恙衣角的手忍不住收紧。

陈恙的手很滚烫，原本护在她背上的手不断下移，最后停在了她的腰间。

指腹轻轻摩挲。

陌生的触碰让许知恙全身战栗。

她弓着身很轻地呜咽一声，像小猫一样。

陈恙指腹的动作一顿，唇贴着她的，很轻地问道："怕了？"

她没回应。

他低笑了一声，将摩挲着她细嫩腰肢的手收回来。

"那不碰那儿了。"

许知恙见他退开，舔了舔湿润的下唇，略一抬眼，就看见陈恙的指腹轻揩过唇角，有些意犹未尽。

许知恙怀疑自己是昨天的酒还没醒，脑子至今还是蒙的，一切都发生得太突然，就像做了个梦一样。

很不真实。

她眨着眼看着眼前的男人。

"陈恙。"

她忽然开口。

"那你现在是……我男朋友了吗？"女孩眼里泛着水光，眨眼的时候有些潋滟。

陈恙目光深沉，喉结轻滚。

"是你的。"

他又贴近了些，咬着她红透了的耳尖。

"从今以后都是你的。"

第 41 章

两人以那样的方式出来，包厢里的人大多都猜到了是怎么回事。

许知恙脸皮薄，是不敢再回去了。

陈恙捏了捏她的脸："那就不回去，我们先走。"

许知恙咬着唇，小声问："可以吗？"

陈恙低头亲了亲她的脸："可以，你等我一下。"

许知恙点头，看着他朝包厢走去，手指碰了下自己红肿的下唇，脸颊又烧了起来，捂着脸转身进了洗手间。

包厢里，沈舒迩正在疯狂地和温奈转播现场的情况。

其实不只她，很多人都在小声八卦着。

突然，包厢门开了，一个身形高大的男人走进来。

原本吵嚷的包厢一下子安静下来，所有人都朝门口看去。

没人再议论。

陈恙无视落在自己身上的目光，很淡定地接过小胖递过来的手机。

小胖问："恙哥，这就走了？"

"嗯。"

陈恙拿起手机，又走到沈舒迤面前，将许知恙的包一并拿走。

包厢里的人是一群人精，立马就明白发生了什么。

"看恙哥这满面春风的样子，看来是追到了。"

"哎，谁追的谁还不一定吧。"

陈恙脚步一顿，回头，脸上有点得意："我追的。"又说，"今天包厢的消费我买单，玩得尽兴。"

话落，包厢里又是一阵起哄。

"哥，你……你这就走了？"

陈恙低低嗯了一声。沈舒迤注意到陈恙的唇角有一点被咬破的痕迹，心里咯噔一下，咂了咂嘴。

妈呀，这得多激烈啊？

可怜她家宝贝恙恙。

沈舒迤咽了咽口水："那什么，你可不能欺负恙恙。"

"欺负？"陈恙手上的动作一顿，笑出声，"那还不至于。"

刚刚陈恙在的时候就有不少探究的目光一直在他身上游移，陈恙一走，包厢里的人立马又开始八卦。

"以前没听说恙哥喜欢学霸类型的啊？"

"都这么多年过去了，说不定早换口味了。"

"不过说真的，明中那么多女生，如果按照恙哥选女朋友的标准，那全明中，真就只有许知恙一个人符合了，哈哈哈哈。"

"我们学霸可真是深藏不露，这么多年过去了，竟然还能把陈恙给收了。"

"哎，你这就说得不对了，许知恙虽然低调，但是想追她的人可不少啊。"

"当年许知恙高三的时候，班主任不是那谁……灭绝师太吗？管早恋管得可严了，许知恙又是她捧在手上的好学生，你敢染指，她把你灭了。"

"哈哈哈哈哈哈。"

那天从酒吧出去的时候许知恙还有点蒙。

陈恙帮她穿好羽绒服，裹上围巾，再拉上帽子将她整个人盖得严严实实的，然后捏了捏她的脸。

"傻了？"

许知羡摇头。

陈羡揽过她的肩膀，将她整个人裹在怀里，带着她下了电梯，去了停车场。

陈羡喝了酒，车是不能开了，下电梯的工夫，他就在软件上叫好了代驾。

这一块酒吧比较多，没一会儿代驾师傅就过来了。

上车后陈羡问她："还早，要不要去哪儿？"

许知羡还没适应他们俩现在的关系，轻轻点头："都行。"

街上霓虹灯闪烁，车水马龙，车子从地下停车场一路驶上高架桥，车内很安静，只有送风口不停地呼呼作响。

许知羡低着头捏了捏藏在羽绒服袖子里的手指，半截白皙的脖颈裸露在空气中，白得晃眼。

等红灯的间隙，陈羡觑见她像猫一样缩在座椅上，忍不住伸手捏了捏她绯红的耳尖。

"你的皮也太薄了，到现在还红着。"

许知羡抬眼，捏着他捏过的耳尖，慢吞吞地开口："是车里太热了。"

陈羡挑眉，笑了一下，没揭穿她撒的小谎，红灯一过，车子绕过环岛，驶向了僻静的老宅区。

许知羡不知道陈羡要带自己去哪儿，等车子停在熟悉的石狮子面前时，她才知道，到了西檀寺。

许知羡疑惑地抬眼，由着陈羡牵着她绕到后院进了一间禅房。

这不是许知羡第一次来西檀寺，但这是她第一次进西檀寺的禅房，屋里布置考究，不像寻常的供人抄经休息的地方，更像是被人精心布置过了。

山水屏风、几案、蒲团、书架。

许知羡嗅到屋子里有陈羡身上的味道，是烟草夹着檀香的味道。

许知羡扯了扯他牵着自己的那只手，问："昨夜你是在这儿吗？"

"嗯，送你回去之后就来这儿了。"

许知羡看着几案上散着的经文，密密麻麻的，但是很工整，看得出来抄的人很用心。

"这是你抄的吗？"

许知恙觉得不可思议，她以前知道陈恙信佛，但也仅仅是看到他戴了佛珠。

"抄经是我的习惯。"陈恙的语气一如既往地轻描淡写。

"是因为……我吗？"

虽然许知恙不知道陈恙抄经是因为什么，但是看他昨晚和今晚的举动，心里隐隐有点猜到了。

陈恙挑了挑眉，轻笑了一下，指腹摩挲着她眼下细嫩的皮肤。

"问这么多干什么？"

他没回答。

但许知恙心下差不多有答案了。

她别开眼，舔了舔有点干涩的下唇，想松开他的手去够几案上的薄纸。

陈恙眯着眼，目光变得深沉，他的唇抿紧，拉成一条直线。

陈恙忽然伸手，拽着许知恙的袖子把她往自己怀里带，低着头，额头抵着她的，声音很低沉："佛门清净地，许知恙，你别勾我。"

许知恙俯身的动作一顿，猝不及防地落入他怀里，鼻尖被他身上的衣服蹭得痒痒的，她嘀咕："我哪有。"

陈恙无奈地笑了一下，她确实没有，她什么都不用做，只站在他面前，就足以让他心猿意马。

"别看了，没什么好看的，我改天抄个好看的送给你。"

许知恙被他拉着往外走，绕着灯光明亮的佛寺走了一圈后两人才回去。

回去的路上，可能是车里有第三个人在，两人都没有说话，车里很安静。

许知恙盯着窗外一闪而过的霓虹灯，忽然出了神。

不久前，她也是这样坐在陈恙的车里，只不过当时她没想到，再一次坐在这儿时，已经换了个身份。

早上下过雪，外头的树枝上还积压着雪，窗外的光影不断掠过，许知恙收回目光，用余光偷看了几眼陈恙。

车里光线很暗，但是许知恙还是能看见男人的眼下有淡淡的青黑。

"在看什么？"

陈恙勾了勾唇角，目光直直地看着前面，冷不丁地问她。

许知恙眨了眨眼，压低声音问："你是不是一宿没睡啊？"

"嗯。"

说完，他看了她一眼，目光有点意味深长："以后没觉睡的时候多了，不用担心我。还是女朋友心疼我，亲一下。"

许知恙不知道他怎么又绕到这里来了，悄悄地红了脸，杏眼眨了眨，不知道怎么反驳他，干脆扭头看向自己那侧的窗外，后脑勺冲着他。

陈恙知道她脸皮薄，没有再逗她。

只是在等红灯的时候，他伸手过去抓着她的手，紧紧握住。

他们离开得早，去了西檀寺一趟，回民宿也不过十点半。

车子停稳在民宿前的停车位里，师傅很识趣地先下了车。

许知恙低着头想解开安全带下车，还没按到锁扣，就被一只手按住，她的视线顺着那只手往上移，发现陈恙不知道什么时候朝她靠近了。

他拉着许知恙腰间的安全带，不让它勒到她，附在她耳边说：

"亲一下可以吗？"

他的嗓音微哑，低沉地震着她的耳膜。

两人的距离有些近，近到许知恙都能闻到他身上淡淡的烟味。

她低垂着眼，睫毛微微颤动，绯红蔓延上耳尖。

她软软地开口："亲……"话还没说完，男人已经充满侵略性地堵住了她的唇。

许知恙有些害怕，但是陈恙的手最后只停留在她的耳朵上。

没一会儿她的耳垂就红得能滴出血来。

陈恙并没有过分的举动，说好亲吻就只是亲吻。

即使这样许知恙还是吓得喘不过气。

她出声，去推他。

"陈……陈恙。"

没推动。

过了好半晌，陈恙捏了捏她的耳垂，意犹未尽地退开。

他眸里暗欲翻涌，是许知恙能读懂的那种意思。

她羞得没敢看他的眼睛。

陈恙又亲了亲她的唇角，低声说道："下次别用这种眼神看着我。"

他怕忍不住。

许知恙被亲红了的唇抿了抿，长睫颤着垂下，绯红顺着耳垂不争气地蔓延到双颊。

陈恙实在见不得她这副样子。

太乖。

乖到让人想狠狠地"犯罪"。

他捏了捏她脸颊的软肉，强忍着开口："快回去吧。"

陈恙帮她解开安全带，推开了车门。

许知恙的心脏怦怦跳个不停，几乎是逃似的离开，连头也不敢回。

车里，陈恙目送人进了电梯才收回目光。

头重重地抵在座椅靠背上，他的喉结上下滚动了一下，带着掩不住的欲念，昨晚抽的烟似乎也在此刻起了副作用。

他的喉间干涩得厉害，还有点苦。

陈恙舌尖抵了抵腮帮子，低骂了一声。

真软。

陈恙习惯性地去暗格里摸烟，摸了好一会儿才想起他上次已经把所有烟都扔了。

心里躁得厉害，他按下车窗透了口气，拿出手机，在某个小群里发了消息。

陈恙：追到了。

群里先是静了一会儿，然后就沸腾了。

程斯衍：恙哥牛!

周肆：恙哥牛!

陆之杭：牛，以后记得改口，随许知恙叫哥，来，先叫一声给哥听听。@
陈恙

就连乔望这个万年"潜水"的人也开了一次金口：恭喜。

陈恙很满意他们这一拨吹捧，唇角勾着，又在另一个群里发了同样的消息。

程斯衍：？

程斯衍：陈恙，你至于骚到在两个群里都发吗？

陆之杭：追了那么久，理解一下。

程斯衍：……

周肆：这个群名以后就改为"三个男人和两条单身狗"吧。

程斯衍：啊？望哥有老婆我了解，恙哥刚追到我也了解，陆之杭这狗什么时候有对象的？

陆之杭：说错了，是周肆。

程斯衍：这个群已经内卷成这样了吗?!

下一秒，陈恙的手机上显示：

群主程斯衍已解散该群。

第 42 章

从车上跑回房间的时候许知恙还是晕乎乎的。

陈恙在包厢外亲她，跟她表白，带她去他每年都会去的西檀寺。

刚刚在车上又亲了她一下。

许知恙拍了拍自己的额头。

会疼。

不是梦。

这一切都不是梦。

许知恙勾着唇角，像是被巨大的惊喜砸中一样，脸上的笑意掩都掩不住。

虽然他们的关系变了，但是工作还是像往常一样。

开会，项目，报告，提案。

T大此次的课题本来就是探求可持续发展的途径，绥芜只是他们课题的一个研究对象，除了用传统的方法调研外，T大研究院一直致力于找到新的方法衡量环境污染程度，在此基础上制定最新政策和进行下一步的尖端研究。

某天项目组开完会，会议室里的人都走得差不多了，周鄞整理着会议记录，突然想起什么来，于是问程斯衍。

周鄞说："衍哥，我怎么感觉陈队最近有点怪？"

程斯衍眉毛一挑："说来听听。"

周鄞不解："我们陈队不是不近女色吗？怎么感觉他最近脸上非常……荡漾？"

"不近女色？"程斯衍勾唇哂笑。

你恙哥开起荤来，这方圆百里恐怕无人能敌吧。

程斯衍叹了口气，语重心长地拍了拍被他们陈队长寡淡的外表欺骗的小可怜虫。

"周鄞，他比你想象的要不正经得多。"

周鄞："……"

周鄞不知道程斯衍这话是什么意思，但在不久之后，周鄞实实在在地体会到了什么叫表里不一。

许知恙和陈恙的关系一开始只有温奈和程斯衍知道，本来以为能瞒到他们离开绥芜再公开。

但不巧，由于陈恙的不低调，他俩在会议室被人撞了个正着。

那天T大的人开完会后在群里@了许知恙，说是可以用会议室了。

许知恙带着电脑想先去会议室拷个PPT，一推门就看见陈恙在会议室等她。

许知恙有点意外："你怎么还没走啊？"

陈恙收起手机，挑眉，很自然地走到她身边，亲昵地捏了捏她的脸："这不是等我女朋友来吗？"

许知宪发现陈恙好像很喜欢捏她的脸，痒痒的，她瑟缩了一下，皱了皱眉："可是他们很快就过来开会了。"

陈恙轻笑，用手指钩着她的头发，绕了几圈别到她耳后。

"之前我们单独去苏汀开会的时候，也没见他们说什么，在这儿就怕了？"

许知宪一噎，心下忍不住吐槽。

这不是心虚嘛。

陈恙看了看电脑屏幕上的时间，还有几分钟，他低头凑近许知宪："亲一下可以吗？"

许知宪瞪大了眼睛，连忙捂着嘴摇头。

"不……不行！"

会被看到的！

陈恙瞧见她这反应，觉得有些受挫，舌尖抵着腮帮子，俯身，将许知宪圈在会议桌和他中间。

"亲一下反应这么大？"

许知宪的心怦怦跳，推他的胸膛，说："这是在会议室！"

陈恙说："我知道。"

"那你……"

咯吱……

许知宪的声音还没落下，门就被人从外面推开了。

门开得很大。

外面站着七八个人。

会议室里的两个人就保持着这个尴尬的姿势，和门外的人对上了眼。

一秒。

两秒。

……

十秒钟过去了，门口那群人还没回过神来。

其实早在上次吃饭的时候他们就发现了陈队长好像对他们许组长不一样。

几个人也八卦过，但是他们没发现两人有更进一步的接触，也就歇了八卦的心思。

但现在这一幕……也太劲爆了吧！

"桌咚"！

陈队长"桌咚"了他们许组长！

妈呀，嗑到了！

许知羞眨了眨眼，手抵在他胸口，挣扎着推开他。

陈羞很淡定地收回撑在桌子上的手，朝门外的人点了点头，然后很自然地帮许知羞理了理脸侧的碎发。

做完这些，他才拉开门走了。

会议室里顿时陷入了诡异的静谧。

几个人大眼瞪小眼。

许知羞硬着头皮咽了下口水，脸上尴尬的神色掩饰不住。

她有些不好意思地挠了挠脖子。

"那个，大家进来开会吧。"

几个人愣在原地，佩服他们许组长的处变不惊。

不愧是能拿下陈队长的女人，还能神色如常地吩咐大家开会。

几个人互看了几眼，也把这个小插曲抛到脑后，入座准备开会。

中午会议结束的时候，许知羞和他们去四楼吃饭，结果又遇到了陈羞。

许知羞头皮一麻，当作没看见他，端着盘子和关月月坐在一起。

陈羞靠在台子上，看见许知羞躲他的表现，很无奈地笑了一下。

他费了多大的劲才把人追到手？结果许知羞隔天就躲着他。

她还让他低调一点，不要让人知道他们在谈恋爱。

陈羞一开始不同意，她主动亲了他一下，他才勉勉强强答应了。

早上倒好，在会议室里连亲都没亲到，她就急着和他撇清关系。

小没良心的。

陈羞嗤笑一声，很无奈。

但是经过早上那件事，组里的人大多猜到了他们俩是怎么回事。

相视一眼后，大家选择睁一只眼闭一只眼。

但是陈羞却逐渐明目张胆。

那天刚好没事，陈恙硬拉着她窝在沙发上，陪他看了部电影。

看的什么电影许知恙已经记不清了。

只知道陈恙醉翁之意不在酒，看到一半就开始动手动脚。

也就是在这个时候，两人的手机同时响了一下。

许知恙趁机推开他，把被他掀起来的毛衣拉下去，脸红红地跑开，远离他。

陈恙似笑非笑地看着她跑开的背影，抹了抹唇角，像是在回味。

见她钻进洗手间，他才慢悠悠拿起手机来看。

T大和明大的微信工作群里，程斯衍@了他。

程斯衍：［图片.jpg］

程斯衍：陈恙你就不能低调一点吗？

程斯衍：队里多少单身狗？

陈恙点开那张图，是一张小票，上面是陈恙给队里点的咖啡，清一色的咖啡。

末了，最后一行写着：白桃乌龙奶盖；常温；半糖；加双倍白桃果粒。详细的标注看得程斯衍这个单身狗火气大。

消息刚发出来不久，周鄞也在下面附和：我恙哥长这么大，就不知道什么叫低调。

陈恙笑了下，没当回事，反手往群里发了个红包。

程斯衍秒回：封口费？

周鄞：恙哥，这也太多了吧？

听见洗手间的门开了的声音，陈恙抬头，懒散地回了条语音：

"什么封口费？这叫见者有份。"

许知恙还不知道他在跟谁讲话，也不知道他在群里的这一番操作，直到温奈发了消息过来。

温奈：陈队长太顶了，每个人三位数的红包，群里多少个人！

许知恙滑了几下看了聊天记录："你发那么多红包？"

陈恙轻笑："心疼？那你补偿我点。"

许知恙戳了戳微信余额，拿给他看："我也没钱。"

陈恙失笑，挑了挑眉，捏着她的下巴："肉偿就好。"

许知恙："……"

许知恙后仰躲开了他的手，嘴唇红红的，眼睛也红红的，皱了皱眉，一脸抗拒。

陈恙给她倒了杯水，递到她手边。

陈恙说："不逗你了，和你说个正事。"

许知恙抿了口水，安静地听着。

"赵氏老宅，是一定要拆的。"

许知恙张了张嘴，眼底暗了一瞬。

其实她也有心理准备，上次还没发生坍塌事故的时候她还抱有不拆的希望，但是老宅塌了，还把她砸了，说明是真的存在安全隐患。

如果不拆，可能会有人像她一样在毫无征兆的情况下受伤。

甚至可能会有比她还不幸的……

许知恙咽了下口水，缓慢开口："我明白。"

T 大外派的考察小组工作已经进入收尾阶段。

十一月底的周末那两天，一个专题论坛在 H 市召开。

她们明大的小组报告已经交上去了，周末没其他事情，陈恙要许知恙陪他去参加论坛。

那天会场来了很多人，陈恙是嘉宾，到场后就被带到接待室休息。

许知恙接过接待员递过来的茶水，道了声谢，转头看向陈恙说："你紧张吗？"

"不紧张，"陈恙依旧大刺刺地坐在那儿玩手机，还有心思捏着她的手指把玩，"不过你第一次看我发言，我倒有点紧张。"

许知恙看见他一副闲闲的样子，笑了下："那怎么办？我走吧。"

陈恙闻声挑眉："这倒不用，亲一下吧，亲一下我就不紧张了。"

许知恙："……"

会场很快就座无虚席，许知恙看过来宾名单，大多是界内顶尖的人才，其中不乏环保专家，个别还是被国家授予荣誉勋章的环保界泰斗。

这次的专题论坛是生态环境部和绥芜政府联合主办的首届生态环境论坛，用以讨论前段时间提出的对鹭湖保护区进行规划的政策。

演讲到了后半段，陈恙的声音通过话筒缓缓传遍会场，他保持着单手扶着话筒的姿势，语速不紧不慢，目光落在坐在第一排的女生身上，慢慢变得柔和。

他的声音低沉，通过电流传出，带着磁性，他的这番演讲涉及很多专业知识和政策，许知恙听着觉得深奥，但是余光瞥见大佬们都频频点头，心里也莫名地愉悦。

"最后，感谢生态环境部和绥芜政府对本提案的支持，绥芜鹭湖的生物多样性非常可观，具有重要的保护和研究价值。

"我们会根据湖区的自然禀赋和面临的问题，因地制宜，精准制策，建立自然生态保护区。"

陈恙淡淡地朝着台下的方向颔首，许知恙唇角微弯，随即听见坐在前排贵宾席上的嘉宾带头鼓掌，掌声热烈。

隔天，许知恙回了一趟老宅。

出门的时候雪下得很大，许知恙刚约了车，陈恙就过来了。

陈恙问："去哪儿？"

许知恙说："我回老宅一趟。"

陈恙从兜里掏出车钥匙，下巴朝外边一扬："我送你。"

许知恙见他穿着随意，猜测他今天应该不用去开会什么的。

许知恙在打车软件上看了司机还有几公里，想了想，取消了订单。

许知恙将上次从老宅带过来的书一并带回去，都要离开绥芜了，到时候再搬东西可就太麻烦了。

之前两人一起来过老宅，陈恙轻车熟路，不过十几分钟就到了。

来之前她问过李婶，李婶不在，她特地带了老宅的钥匙。

上了二楼，她随手一指："你先在那儿坐会儿吧，我很快的。"

陈恙点头，示意她慢慢来，插着兜闲散地坐在一边等她。

书房里的书都摆放得很有规律，许知恙很快就把书归位，拿了新的书出来，装在箱子里。

正打算离开，兜里的手机忽然响了一下，是温奈发信息给她让她带书，许知恙回了句好。

她回头看了眼坐在藤椅上的男人，说："我回房间拿点东西。"

陈恙正低着头玩手机，随意地应了一声："嗯。"

许知恙捏了捏书脊，很快回了房间。

书就放在显眼的位置，许知恙拿了就走。

刚转身，她就迎面撞在了一堵肉墙上。

许知恙皱了皱眉，吃痛地揉了揉额头。

"你……你怎么走路没声的？"

陈恙抬手，温热的指腹摁在了她的额头上，轻笑了一下："轻声慢步不是传统美德吗？"

许知恙手上的动作一顿，震惊地抬眼。

这人怎么这么强词夺理？

陈恙揉着她的额头的手下移，捏了捏她白皙的耳垂。

他一只手护着许知恙的背，两个人换了个位置。

砰的一声，房门被关上了。

许知恙眨了眨眼，看着面前嘴角噙着笑的男人，紧张感开始噌噌增长。她知道现在他们的关系已经不比以前，她也愿意和陈恙亲近，但她每每对上他的眼时，都会忍不住心尖一颤。

"你……你干吗呀……"

陈恙盯着她："上次在这里，我就想这样了。"

这样。

许知恙注意到他们站的姿势有多么暧昧，忽然想到上次陈恙在她房间洗澡的时候洗的是冷水澡，忽然全都想通了。

许知恙唇瓣微张，嗫嚅着开口："所以……你那次，也是故意留在我家的？"

陈恙笑出声："故意的。"

许知恙瞪了男人一眼。

他太坏了。

简直一肚子坏水！

不等她再说什么，陈恙就俯身低头凑了上来。

许知恙背靠在墙上，垂在腿侧的手紧攥着毛衣的衣角。

男人带着侵略感的气息越来越近。

他低着头，呼出的热气扑在她鼻子上，有点痒。

许知恙浓密的睫毛垂下，盯着他鼻尖上那颗小小的红痣。

唇瓣即将触碰到时，门口突然传来一阵脚步声。

紧接着，门被敲响。

"囡囡，你在里面吗？"

第 43 章

"是我外婆！"许知恙猛地推开他，用只有两个人可以听见的气音说。

陈恙一怔，唇角瞬间拉平。

许知恙慌乱不已，生怕下一秒连书因就开门进来。

"你……你去浴室躲一下，我把她支走。"

陈恙见她一脸紧张，很无奈地笑了一下："别怕。"

许知恙现在哪里顾得上怕不怕，只想"大变活人"让陈恙从这里消失，她把陈恙推进了浴室，见他进去之后才开了门出去。

"外婆，你怎么回来了？"许知恙出了房门，顺手将门关上。

"哦，刚刚去见了个老朋友，拿了点茶叶回来，"连书因朝她关上的房门看了一眼，"你怎么从房间里出来了？"

许知恙还没想好要怎么解释，突然，连书因像想起了什么一样，说："哦，对了，你过来一下。"

许知恙身子紧绷，被连书因吓了一跳。

好在连书因没继续追问，拉着许知恙就去了书房。

她拿了几份材料给许知恙。

"这是非遗传承人的认定材料，里面还有一份指南，你拿回去看，记得在年前填好，我拿去审核。"

许知恙愣了一下，接过来。

她心情有点沉重。

许知恙没说什么，连书因交代的东西她都仔细听着，注意事项什么的也都留意了一下。

连书因摸了摸她的脑袋："外婆的身子大不如前了，等你研究生毕业，很多事情都得你代表外婆去做。"

许知恙拿着一沓材料的手指蜷缩了一下，指腹磨在纸张锋利的边缘，抿了抿唇。

"我明白。"

连书因为许知恙的懂事感到欣慰，从小到大，许知恙都很让她省心，也很让她骄傲。

"那你要回去吗，还是今晚留在这儿？"连书因慈蔼地笑了下。

许知恙突然想起来陈恙还在自己屋子里，刚平静下来的心又开始战战兢兢。

兜里的手机振了一下，许知恙摸出来，发现陈恙给她发了信息。

陈恙：我跑出来了，在巷子口等你。

许知恙松了口气，唇角不自觉地翘了一下。

连书因看见她细微的表情，问道："怎么了？"

许知恙收起手机说："没什么，外婆，我今晚就不在这儿睡了。"

连书因应了一声，送她出门，还叮嘱她最近天气越来越冷，注意不要感冒了之类的话。

许知恙乖巧点头："我知道了，外婆也是，让李婶给您炖点羊肉汤补补。"

陈恙的车就停在巷口，走出去不远就到了。

许知恙裹紧围巾，皱了皱冻得微红的鼻尖，往前走，看见站在车前等她的男人。

许知恙忽然想到刚刚要是没被打断……她愣了愣，脸颊开始烧红。

她甩了甩头，努力让那些不受控制地往头脑里钻的画面消散，加快脚步朝陈恙走去。

陈恙听见脚步声，抬头，朝她挑了挑眉。

许知恙说："我以后都不敢和你一起回老宅了，刚刚真的是吓死我了。"

陈恙轻笑了一下，亲昵地钩着她耳边的头发撩到她耳后："你胆子怎么那么小？"

许知恙没反驳，见他帮她开了车门，主动钻了进去。

回去的路上，车子刚开下高架桥，即将驶出环岛，陈恙的手机就响了一下。

他瞥了一眼，是个陌生电话，按了接通。

陈恙还没开口，那头就传出一道很急切的女声："你好，是沈舒迩小姐的家属吗？"

两人赶到南城医院的时候，外头停着一辆许知恙很熟悉的保姆车。

两人出了电梯，直接往 VIP 病房赶去。

病房内，沈舒迩躺在病床上，周围站满了人。她的经纪人和助理，还有和她打架的那个三十八线小明星孟微微正在争辩着什么。

"我又不是故意的，是你自己不小心才摔下去了，这可不能赖我。"孟微微脸上有巴掌印，但是跟沈舒迩高高肿起的脚踝和脑袋上的包相比，实在不算什么。

沈舒迩的经纪人翻了个白眼，开了口："孟小姐，我们舒迩也不会傻到连脚下那么大一个坑都看不见吧？你想抵赖也要想一个好一点的理由，片场可是有摄像头的，一查就能查清楚。"

孟微微的脸瞬间白了，知道自己不占理，刚想开口说些什么，门就被人推开了。

许知恙一进门就看见沈舒迩脑袋上缠着一圈圈绷带，本来就小的脸被缠得就剩一双眼睛了。

她松开陈恙的手，走到沈舒迩的病床前，紧拧着眉头。

沈舒迩也看见她了，朝她招了招手，说："恙恙，你怎么也来了？"

"出了这么大的事，我怎么能不来？医生怎么说，没事吧？"许知恙轻轻摸了摸她的头。

沈舒迩刚想开口，瞥见许知恙身后的陈恙，顿时就怀得闭了嘴。

经纪人眼尖，看见陈恙，顿时底气更足了。

"陈先生，这事可不能就这样算了，我们舒迩好歹也是一线女明星，不是什么三十八线都能随便骑在她头上作威作福的，这样以后我们舒迩在娱乐圈还怎么混？"

陈恙没出声，瞥了沈舒迩一眼。

他继而又开口："既然片场有监控，那就走程序，公平公正。"

许知恙看着那个孟微微，意外地发现她身旁站着孟冬妮。

他俩一进门，孟冬妮的视线就落在陈恙身上，一直没移开过。许知恙知道孟冬妮喜欢陈恙，一个女人用这种炽热的目光注视她的男朋友，她心里总归还是有点怪异的感觉。

她没说出来，但是沈舒迩注意到了。

沈舒迩扬了扬下巴，冲孟冬妮说："孟小姐，我哥现在是许知恙的男朋友，麻烦您别用这种眼神看别人的男朋友。"

许知恙愣了一下，捏了捏沈舒迩的手，后者回握住她，让她别怕。

孟冬妮一瞬间有种被戳破心事的窘迫，她收回目光，气急败坏地想拉着孟微微出去。

"既然事情已经解决了，那就请你们回去吧，别打扰舒迩休息。"经纪人笑了一下，很客气地请她们出去，末了，还补充一句，"哦，对了，医药费记得去结一下，孟小姐。"

孟微微："……"

她咬牙切齿地看了沈舒迩一眼，几乎是从齿缝里憋出一句话："知道了。"

病房的门一开一合。

人都走了，陈恙绷着的脸也沉了下来。

许知恙看看沈舒迟尿成鹌鹑的样子，再看看陈恙一脸严肃，正想开口劝，陈恙就拉开了她，不让她护着沈舒迟。

"你现在胆子是越来越大了，打架都敢了，"陈恙冷哼一声，"今天我不来保你，你是打算闹到你爸妈那儿去是不是？

"你就让周肆惯着你吧，出了事也让他给你兜着，不要来找我。"

沈舒迟低着头，小声说了句："不是。"

随即又觉得自己占理，争辩道："但是本来就是她的错，谁让她对我阴阳怪气的，还说许知恙的坏话，这我忍不了！她的嘴不干不净，我得撕烂她的嘴！"

陈恙插着兜，没说话，唇抿紧，看上去特别可怕。

就连许知恙也不敢去劝他。

"行了，你让你的经纪人联系一下律师什么的，这件事就到此为止，不许再闹了。"

陈恙把手从兜里抽出来，很自然地牵过许知恙的手，动作很温柔，说出来的话却格外冷漠。

沈舒迟自然也看见了他的动作，撇了撇嘴。

果然，有了女朋友的男人都很双标。

沈舒迟垂头丧气地哦了一声。

沈舒迟说要和许知恙说几句话，陈恙的手机刚好响了，也就没说什么，出了病房接电话。

她的视线在许知恙身上来回扫，像是在确认什么一样，特别严谨。

许知恙被她盯得不自在，问："怎么了吗？"

沈舒迟摇头，叹了口气："没事，看一下我的恙恙有没有少块肉。"

许知恙失笑："你在想什么呢？"

沈舒迟觉得许知恙现在可能对陈恙的双标一无所知。

"我哥他，"沈舒迟说着一顿，缓慢补充道，"很不正经的。你要小心点。"

许知恙："……"

沈舒迟有经纪人和助理陪护，也不用他们做什么，两人从医院回去，一路上，许知恙见陈恙的脸色一直不太好。

联想到刚刚在走廊上无意中听见他在说 T 大怎么了，许知恙沉吟了半晌，问道："你是不是快要回 T 大了？"

陈恙握着方向盘的手一紧，意识到她可能听见了什么，没隐瞒。

"应该快了，不过提案出了点问题，暂时还会在绥芜待一段时间。"

说完，他用余光瞥了许知恙一眼，哼笑："怎么，舍不得我？"

许知恙心里确实有点怅然若失的感觉，但是很嘴硬："才没有舍不得。"

许知恙低着头玩手机，听见旁边的陈恙很轻地笑了一下，沉闷的声音在密闭的车内显得极其清晰。那声音钻进许知恙的耳朵里，不知怎的，她脑子里顿时就冒出来一些很暧昧的东西。

车子冷不丁停下。

许知恙抬眼，看见这儿不是民宿，而是他们上次去兜风的郊外。

怎么开到这儿来了？

许知恙指了指窗外，说："我们来这儿干什么？"

陈恙已经解开了安全带，顺便把她的也解开，然后伸手扶住她的手臂，往自己身前一带，轻而易举地越过中控台，拉着她坐在自己的腿上。

许知恙猝不及防，鼻尖猛地撞在了男人匀称结实的胸膛上，垂眼，注意到两人的姿势，她的手抵着陈恙的胸膛，小声地反抗。

"你突然把车停在这儿就是为了……"

陈恙伸手解开她的围巾，朝身后一扔，指腹贪恋地摩挲着她的脸颊，有些隐忍的意味。

他开口，声音喑哑无比："你也知道我快要回去了，好不容易追到的人，马上就要异地恋，你让我怎么忍？"

许知恙不敢乱动，怕碰到不该碰到的地方，她僵着身子，藏在袖子里的手搭在他肩膀上，睫毛像振翅欲飞的蝶一样欷欷颤动。

陈恙喉间干涩，狠狠地在她唇上吻了一下。

"我有没有跟你说过，别用这种眼神看着我？"

许知恙舔了舔唇，头刚想往后仰就被男人扣住后颈压了回去。

"张嘴。"

陈恙一只手捏着她细嫩的脖颈，不停地揉着，微偏着头，垂眼去寻她的唇，凑上去。

他以前就觉得她身上有种味道，闻起来让人迷恋，让他时时刻刻都想吻她。

交换过彼此的气息，陈恙动作放缓，照顾着她的感受，很轻柔地吻她的唇角，等她缓过气，紧接着又是一番。

陈恙捏着她的颈肉，诱哄着开口："乖，别咬我。"

许知恙被他这句话哄得又羞又臊，松了松口，却感觉到他又吻了下来，她的鼻尖萦绕着男人极具侵略感的气息。

陈恙捏着她的下巴，眸色深深，唇角的笑很蛊惑，让人无意识地就着了魔。

许知恙想躲，但后腰抵着硬硬的方向盘，脑袋也被男人掌控住，他将她整个人禁锢在怀里。

许知恙情不自禁地弓起身子，感觉到陈恙的手抚上了她的脊背。

她的唇间溢出几声像小猫一样的低吟，细碎，带着点可怜的意味。

傍晚的郊外雪依旧簌簌下着，公路旁的田野覆着一层雪，树被积雪压弯，垂在车窗外，遮掩了车内的旖旎。

第 44 章

好在陈恙还不是那么没人性，餍足之后至少还记得带人去吃饭。

许知恙的嘴有点破皮，吃偏咸或者烫的东西的时候都会有一丝丝刺痛。

陈恙帮她盛了一碗肉蟹粥，瞧见她烫得直皱眉，倒了杯温的茶水递到她手边。

"很烫吗？"

许知恙吹着勺子里的汤，闻声动作一顿，摇了摇头："不是，嘴唇破皮了。"

陈恙垂眼笑了一下，手伸过去，捏着她的下巴瞧了几眼。

"还真破皮了。"

许知恙看见周围一直有服务员走来走去，推开了他的手，瞥了他一眼，压低声音说："人这么多，你别老动手动脚的。"

陈恙丝毫没有做了坏事的愧疚感，很坦然："我又没干什么。"

说完，看见她又疼得脸都皱了起来，他有些不忍："真的特别疼吗，要不去给你买个药擦一下？"

陈恙说着就要起身，许知恙忙不迭地说："不用，吹凉就好了，不用那么麻烦。"

陈恙挑了挑眉，换了个位置，坐到她身边，帮她把粥凉凉。

"我下次轻点。"

许知恙喝汤的动作一顿，听着他这种张口就来的恬不知耻的话，耳朵瞬间红了。

许知恙没打算搭理他，没想到他还没完没了。

"不过你别咬我，不然我拿捏不好分寸，轻了重……"

"陈恙！"

许知恙这汤是喝不下去了，她压低声音打断他接下来的话，生怕被隔壁或者路过的服务员听见。

她瞪了他一眼："不许再说！"

是警告的意思。

陈恙收到女朋友的一记警告眼神，忽地唇角弯了弯。

"好，不说了，那你喝粥，已经凉了。"

许知恙接过他递过来的一碗凉得差不多的粥，心头还是在一瞬间被烫了一下。

她突然有点明白了，沈舒迩说陈恙不正经，到底是哪里不正经。

明明就是自己干了坏事，还能一本正经地让人脸红耳赤。

是她低估了陈恙睁眼说瞎话的能力。

一顿饭吃完差不多晚上九点了，回到民宿，许知恙一开门就看见坐在沙发上玩手机的温奈。

她愣了一下，脱了一半的围巾绕在手腕上。

温奈看见她回来，手机顿时没了吸引力。

"啧啧啧，"温奈托着腮，眯着眼对着她摇了摇头，"这么晚才回来，陈队长可以啊。"

许知恙双颊一热，轻咳了一声，故作淡定地坐到沙发上。

"那什么，我们去医院看舒迩了，才没有很晚回来。"

温奈嗤了一声，挪过去，微微倾身，指着许知恙的嘴唇。

"少女，你的嘴唇破皮了知不知道？"

许知恙没想到温奈看得这么仔细，愣了一下，用指腹摸了摸下唇，还是有点刺痛。

温奈说："陈队长怎么也不怜香惜玉点？还是说……你们……很激烈？"

许知恙抿了抿唇，回忆起下午在车里的那一幕。

他好像也没有很凶残，但是……

许知恙指尖抵着圆润的唇珠，那里还有点发麻。

她忽然想起陈恙当时的样子，脑子忽然就清醒了。

不可否认，激烈。

温奈看她这样子也猜到了七七八八。

"你俩，到哪一步了？"

许知恙倒了杯水，吹凉了，抿了一口，润了润有些发干的嗓子。

"接吻。"

温奈愣了一下："然后呢？"

许知恙眨了眨眼："没了。"

温奈冲她挤眉弄眼："那他抱你的时候，你没觉得他身上有哪里不对劲吗？"

许知恙一愣，继而明白了她在说什么，把手边的抱枕丢到她怀里，脸上烫得都快烧起来了。

"温奈，你正经点！"

她就知道不能和温奈说超过三句话，这个色鬼！

温奈接过抱枕往旁边一丢，跷着脚，手肘撑在膝盖上，托着腮打量她，又忍不住啧了一声："我怎么就不正经了？"

许知恙喝水的动作一顿，杏眼圆睁，瞪了她一眼，像是在无声反驳。

"好了，不逗你了，"温奈戳了戳笑得僵硬的唇角，"调研报告院里批了，说没问题，所以，我们明天就要回明大了。"

许知恙点头，温声开口："我知道，我昨晚已经收到通知了，月底还有最后一个非遗展，昆曲的，李院长已经找过我了，让我和孟冬妮一起准备这个。"

温奈脸上的表情一言难尽："孟冬妮，我的天哪，怎么哪儿都有她？"

许知恙笑了笑："除了公事，我尽量不要和她有过多的交集就好了。"

温奈跷着二郎腿，嗤了一声："你这么想，她可不这么想，我们不是要一起回去吗？我去申请一下，帮你一起办，院长肯定会同意的，毕竟免费的打工人谁不要？"

许知恙顿了顿，唇角弯了一下，忽然觉得这个项目也不是那么让人烦恼了。

她朝温奈眨眨眼："你可真是个善解人意的仙女。"

温奈很吃她这一套，心满意足地揉了揉她的脑袋。

隔天，温奈和许知恙回了一趟明大。

李院长简短地开了一个会议，交代了接下来院里要办的非遗展的注意事项。

"大概就是这样，许知恙和孟冬妮都是做过非遗展策划的，你们不懂的可以问她们，这是最后一个展了，时间比较仓促，但是是最重要的一个，届时会邀请央大和南大那边的专家和教授，务必认真对待。"

会议很简短，说的都是之前说过的东西，许知恙都能倒背如流了，还能提出一些院长没有提到的小细节。

散会之后，许知恙建了一个工作群。

临走的时候孟冬妮突然走过来向她示好。

"许组长，合作愉快啊。"孟冬妮撩了撩长鬈发，朝许知恙伸手。

许知恙轻笑了一下，回握住她的手，不甘示弱："合作愉快。"

不过一瞬，两人齐齐松开，就好像再握一下就有病毒一样。

回去的时候许知恙看见陈恙半个小时前给她发了信息。

他现在在绥芜。

她低着头回复，听见温奈说："孟冬妮知不知道你和陈恙的事？"

许知恙抬眼："知道，上次在舒迳那儿遇到了她。"

温奈啧了一声："那你以后得小心点了。"

许知恙不置可否，点点头表示知道了。

收到许知恙信息的时候，陈恙刚从苏汀会议中心的会议室出来。

他刚拿出手机，就听见对面有人叫他。

"陈先生留步。"

陈恙听见声音，抬眼看了一下来人，把手机揣回兜里，舌尖抵了抵上颚，像是在极力平复自己的心绪。

日前他们的提案通过了 T 大专家组的审核，即将投入绥芜的旧区改造中。

T 大的提案是将整个绥芜都纳入保护区，但是绥芜那边的人将提案否决了，说只能划一半。

谁划保护区只划一半的？

陈恙心下冷笑一声。

其实这些年绥芜政府出了一些政策，但是大都不可行，不是畏首畏尾，就是利益驱动。

绥芜不是落后，而是发展不平衡。

靠近苏汀那边的新区别墅林立，越深入腹地的老宅区越破损、荒废。

而相比之下那些不受保护的老宅又都是留存了百年甚至更久的。

陈恙表情冷淡，拒绝沟通的意思很明显："抱歉，您的否决我们不接受，还请让负责人来和我们谈。"

穿着西装的男人赔笑："陈先生，绥芜的情况你也了解，您的这份提案，不切实际。"

"不切实际？"陈恙的动作一顿，失笑，"两个月的调研，苏汀和绥芜的项目负责人都说没问题，现在跟我们说不切实际？还有，你们请了另一个专家调研队，"陈恙顿了顿，眉梢轻挑，语气不屑地说，"没有建立在对生态系统进行充分调查的基础之上，完全只是为了配合绥芜的财政，恕我直言，五年之内，绥芜必定还是老样子。"

听完，程斯衍唇角忍不住翘起，自打陈恙进这个队伍，就没人跟他公开叫过板，也没人质疑过他，绥芜倒是有趣，将一份连T大专家队伍都点头说行的提案否决得彻底。

这事要放在以前，他们恙哥早撒手不干了。

"我们不接受商量，抱歉。"陈恙后退一步，带着最后一丝客套朝对方点了个头。

出了会议中心，陈恙拒绝了程斯衍搭他顺风车的要求。

"你要去哪儿？"

"关你什么事？"陈恙低着头回消息，乜了他一眼，头也不回地开车走了。

一个小时后。

许知恙刚洗完澡，手机就响了，紧接着房门被轻敲了几下。

她擦头发的动作一顿，看见陈恙一分钟之前发的信息：开门。

这么快就回来了？

许知恙搁下手机，去给他开了门。

陈恙靠在门边，臂弯搭着西服外套，听见身后的动静，他闻声回头，在看见她的那瞬间，眉梢轻抬了下。

"怎么还没睡？"

许知恙温声道："没呢，过一会儿再睡。"

她盯着门板上的纹理，忽然开口："我们明天要回明大了。"

陈恙松领口的动作一顿："这么快？"

"嗯，因为调研报告已经批了，而且院里要准备新的项目。"

陈恙说："明天早上走吗？那我送你回去。"

许知恙想了想，一脸为难："你最近好像挺忙的，我可以和大家一起走。"

陈恙舔了舔唇，笑："送女朋友的时间还是有的。"

"哦。"许知恙点了点头，又问："你不回去吗？"

陈恙上前一步，唇角弯了弯："在你这儿也可以休息。"

许知恙："……"

她顿了一下，侧过身，让出位置让他进来。

她看见了他手上提着的袋子，问："这是什么？"

陈恙将外套扔在沙发上，将手上的袋子很轻地放在茶几上。

一堆药。

许知恙双手背在身后，凑过去俯身扒拉着袋子看了两眼，都是药膏类的。

她朝身后洗手台的方向问了一句："你买那么多药干什么？"

陈恙洗手的动作没停，水流声有些大，他的声音传过来有些模糊。

"备着，说不定哪天就用到了。"

许知恙也没再细问，回浴室把发尾吹干了，再出来时看到陈恙正坐在沙发上研究那些药膏。

"过来。"

许知恙顺从地走过去，陈恙伸手将她拉到沙发上坐下，抬起她的下巴看了一眼。

"好像消下去了一点。"

许知恙温声开口："你买药就是为了给我擦嘴唇的吗？"

"不然呢？"陈恙轻笑了下，拆了一管药膏，很认真地挤在棉签上。

忽然，他捏着棉签的手一顿，手腕搭在膝盖上，朝她看来。

陈恙说："你说你明天要回明城了？"

许知恙"嗯"了一声。

他将挤了药膏的棉签往垃圾桶里一丢，眼神中透着玩味，低笑着开口："那这药膏等会儿再涂。"

许知恙眼皮跳了一下，紧接着后颈被一只温热的大手捏住，往前一压，睡裙的裙摆被男人的膝盖压着，压出了些褶子。

"接吻吗？"他说。

第 45 章

头顶暖黄的灯光打下来，面前的男人面部轮廓更加立体，眉眼深邃，鼻梁高挺，薄唇诱人。

许知羞咽了下口水。

脑子转动的速度慢了半拍。她能感受到捏着自己下巴的那只手指腹的温度异常灼热，像是随时准备烧起来一样。

这一切都在提醒她，这不是梦。

咫尺距离，许知羞吞咽口水的动作被放大。

当然，陈恙也注意到了。

陈恙捏着她下巴的手指往上，轻轻蹭过她泛着淡粉的唇瓣，带着试探的意味。

"接吻吗？"

他又问了一遍。

直白而又暧昧。

这次的声音比上次的还要哑。

许知羞发现好像自从两人在一起之后，陈恙在这方面一点也不客气。

甚至有点得寸进尺。

但是不得不说，他就是有某种诱惑力，让人不由自主就跟着沦陷。

但是，他也太不节制了!!!

许知羞的手抵住他的胸膛，试图和他讲点道理。

"你能不能不要每天只想着亲？"

陈恙一愣，随即舔唇低笑出声。

头顶的灯光随着他的动作细碎地洒进他的眼睛里，他微眯着眼的时候反射出星星点点的亮光，明晃晃的，很勾人。

许知羞看见他这副模样，顿时连和他讲道理的底气都没了，喉咙有些干，甚至还有点渴。

一瞬间，她不仅耳朵是烫的，就连裸露在空气中的皮肤也是烫的。

陈恙见她一脸不乐意，也没有强迫她，指腹往上移，摩挲着她的脸颊。

他声音低沉地笑了一下："你不喜欢那就不亲。"

陈恙起身，坐回她身边，重新拿起一根棉签挤了点药膏，认真地给她的嘴唇擦药。

时候不早了，陈恙也没有多待。

临走之前，许知恙忽然叫了他一声。

"陈恙。"

陈恙的脚步微顿，刚想转头，手臂就被一双手扯住，身子往许知恙的方向倾，下一秒，脸颊传来柔软的触感。

陈恙一愣，忽然觉得半边身子都麻了。

好半晌，他才微微侧头，喉结上下动了动。

许知恙觉得此刻自己的脸颊肯定烧红了，但是她故作镇定，一本正经地说："好了，我亲了。"

陈恙失笑，指腹蹭过她亲过的地方："你管这个叫亲？"

许知恙小声说："算的。"

陈恙顺着她拉着自己的姿势，低头揽着她的纤腰往身边一带，在她唇上蜻蜓点水般落下一吻，继而附在她的耳畔低声说："晚安。"

隔天一早，陈恙送许知恙回了明城。

他先送她回公寓那边放行李，再送她去明大。

一路上，陈恙话很少，许知恙也不会主动聊天，两个人坐在车里谁也不开口，只有电台在播报着这几天的天气和路况。

大早上的也不堵车，从许知恙住的公寓到明大不过二十分钟车程。

车子停在门口，许知恙解了安全带就要下车，陈恙忽然越过来按住她的手。

"怎么了？"许知恙抬眼。

对上陈恙盯着自己嘴唇看的目光，她脸颊一热，身子前倾，快速在他唇上亲了一下，推开车门下车。

转身关车门的那瞬间，许知恙瞥见男人得意地翘起的唇角，心跳得有点快。

感觉他就像狼一样，不动声色地坐在她身旁窥伺她。

车窗被冷不丁摇下，陈恙压低身子仰着头看她。

"晚上来接你一起吃饭。"

许知恙讷讷地啊了一声，听清楚他说了什么，才点头，朝他摆了摆手。

陈恙看着许知恙进去之后才驱车离开。

车子刚驶出环岛他就接到了周鄞的电话。

他看了一眼，按了接通。

"说。"

"陈队，"周鄞着急的声音传出来，"提案可以了，文森特说他联系你，但是你没接电话，就打到我这儿来了。说是今晚的飞机回 T 大。"

　

许知恙到会议室的时候已经有一半人到了，她扫视了一圈，温奈和孟冬妮都还没来。

有人看见她，跟她打了招呼，许知恙礼貌地笑了一下，一一回应，挑了个靠门的位置坐下。

不过一会儿，所有人都来齐了，许知恙看了孟冬妮一眼，说："孟组长，你先来。"

许知恙和孟冬妮都是组长，两人各做了一份策划案，就此次非遗展进行任务的分配和安排。

孟冬妮没谦让，朝她笑了笑，站起来，走到电子屏幕前，浑身上下连头发丝都透露着自信。

许知恙认真听着她讲，还做了些笔记。

总体来说两人的策划大同小异，大家都是做过非遗展活动的人，多多少少能摸出些门道。

但有一点，许知恙和孟冬妮的意见相悖。

"我认为没有必要牺牲大家的休息时间对当天的活动进行复盘，这一项在此前的活动中都没有，我认为没必要多此一举。"

孟冬妮第一个反对许知恙的这一环节。

许知恙点头："复盘的时间可以大家协调，但是对于这一环节，我个人认为是必要的查漏补缺。"

许知恙继续说："之前有一个展是因为演播厅的设备坏了没有及时报备，导致最后很仓促地维修换设备，弄得大家都很疲惫，未雨绸缪，我觉得很有必要。"

其他人显然也是听说过这个事故的，时不时有人点头赞同，虽然没什么人愿意休息时间还来工作，但是一个展如果搞砸了，大家也都不愿意。

孟冬妮坚持己见："许组长，你做事太过瞻前顾后，我觉得既然有先例，那我们避免就好，人总不会在一个坑里跌倒两次。"

"如果有新的问题出现呢，你能预知吗？"

话落，孟冬妮被噎住了。

许知恙捏了捏手里的黑笔，目光在会议桌上扫了一圈。

不得不承认，她的确是个非常谨慎的人，她从来不会做没把握的事情，她不愿意去冒险。

能防患于未然那是最好，她不能预知风险与问题，只能尽可能地想周到些。

孟冬妮朝她比了一个"OK"的手势，坐了下去，显然是无法反驳了。

分配好任务，许知恙让大家散会。

孟冬妮翻了个白眼，一秒都不想多待，拎着包走了。

温奈戳了戳许知恙的肩膀，说："你太牛了，我第一次看见孟冬妮被气到脸都青了。"

许知恙摇头："她在针对我。"

温奈拍了拍许知恙的脑袋，指了指她的东西，说："走吧，回去。"

她们照常负责演播厅那边，许知恙一回生二回熟，很清楚有哪些注意事项。

两人忙到下午，温奈问她要不要一起回去，许知恙这才想起陈恙说下午要来接她一起吃饭的事情。

她掏出手机，才发现陈恙一整天都没给她发信息。

他应该很忙。

许知恙没去打扰他，收了手机，先陪温奈走到校门口。

在这个时候，她的手机响了一下。

是陈恙。

许知恙指了指手机，走远两步接听。

"陈恙。"

他那头有点吵，有脚步声和……近在咫尺的话音。

"许知恙。"

身后有人叫了她一声。

她恍惚了一瞬，一时分不清这道声音是从身后还是从手机里传来的。

紧接着，她垂在身侧的手被一只温热的大手牵起。

电话被挂断了。

电话里男人的声音在耳边回响。

许知恙转身问："你怎么来了？"

陈恙把手机揣进兜里，顺便把她的手也揣进去。

他侧过身，跟正一脸正直地目视前方的温奈说道："抱歉，借个人。"

温奈愣了一下，捂着眼睛朝他俩摆了下手，很自觉地走远了。

许知恙失笑，被陈恙拉着朝身后走去。

他的车不知道什么时候停在了校门口的花圃边，还是上次的位置。

他开了车门让许知恙进去，再从另一边进了驾驶座。

许知恙瞥到后座放了一些东西，眼皮跳了一下。

"我今晚回 T 大，可能吃不了饭了，只能赶着来见你一面。"陈恙的指腹揉着她的脸颊，眸色很深，喉结滚动，声音很喑哑。

许知恙还有点没缓过神来。

他说他要走。

今晚。

许知恙眨了眨眼，缓缓说："今晚就走吗？"

陈恙"嗯"了一声，忽然用力将她一扯，像上次一样将她拉到怀里，让她坐在自己硬实的大腿上。

许知恙一时忘记挣扎，很安分地任由他抱着。

天已经擦黑了，路灯亮起，陈恙的车停在一棵很茂密的树旁，树投下的阴影刚好遮在风挡玻璃上，车里的光线很昏暗，密闭的空间里，两人一轻一重的呼吸声格外明显。

许知恙垂着眼看他，忽然被陈恙扣住后脑勺往下压，他很重地吻在她的唇上，带着极致的温柔与缱绻。

这个吻和以前的任何一个都不一样，很温柔，温柔得让人有些沉醉。

可能知道他在隐忍着什么，许知恙没有推开他，也没有制止男人摩挲着她毛衣边缘的手。

女孩的肌肤是软而细腻的，毛衣被掀开，他粗糙的手带着灼热，指腹触碰过的地方带起一阵阵轻颤。

许知恙紧张而害怕地揪着他的领口，手慢慢收紧。

光线很暗，但是许知恙还是能看见陈恙眼里的光，她被陈恙亲得呼吸紊乱，炽热的气息交织在一起，一时不知道是她的更烫，还是他的。

陈恙抬眼，他的眼尾有点泛红，他偏着头，轻咬着她的耳朵。

"我错了。"

他的声音很哑，许知恙脸都快红透了。

陈恙嘴巴移到她耳边，很轻地开口。

"我就不应该来找你，现在见了，更不想走了。"

只要她出现在他面前，她不用做什么，他都能为她心动。

第 46 章

许知恙不知道自己是怎么从陈恙的车里出来的，她有些蒙，脖子被他用围巾一圈又一圈地裹住了。

温奈盯着她又红了好几个度的嘴唇，不用想都知道刚刚在车里发生了什么。

温奈饭也不吃了，接了人家陈队长的指令，直接送许知恙回家。

洗澡的时候许知恙将围巾拿下来，才发现被围巾遮住的那一块红了。

她想发信息控诉一下他恶劣的行径，但是她看着半个小时之前陈恙发来的登机信息，知道他这会儿已经在飞机上了，想了想还是作罢了。

翌日八点。

许知恙起床洗漱完就搭着地铁去学校了，陈恙几分钟前跟她说他已经到了公寓，正准备休息。

许知恙没打扰他，发了一个乖巧点头的表情给他。

明城已经进入了隆冬，出了公寓走到地铁站的那段路雨夹着雪，寒气一直往衣服里钻，许知恙加快脚步往地铁站走去。

昨天她分配完任务，要求每个人根据自己的岗位上交一份活动策划书。

她到会议室的时候其他人都交完离开了，只有温奈守在办公室门口等着她。

温奈捏了捏许知恙的脸，色眯眯地开口："啧，你怎么可以这么软？你这样子一点都不像昨晚熬到四点写策划书的人，黑眼圈呢？我看看。"

许知恙推开她凑过来的脸，无奈地笑："别闹，我身上有雨。"

许知恙天生皮肤好，加上作息规律，很少熬夜，皮肤确实挑不出一丝瑕疵。

许知恙见她一脸不满地走开，将手里的托特包拿下来，取出几份打印好准备交到院里的文件。

"你那边收齐了吗？"温奈问。

许知恙摇头："还差一个人。"

温奈有点小脾气，抱怨道："她本来说昨晚交，昨晚又说今天早上一早交，这么磨叽，让所有人等她一个人，真好意思。"

温奈瞥了一眼一脸无所谓的许知恙，嘀咕："就你脾气好，要是我早发飙让她自己去交给院里了。"

许知恙失笑，继而一秒收起笑容，严肃地点头："嗯，我下次再也不做小组长了。"

温奈扑哧一声，被她的小表情逗笑。

"许组长，真是抱歉……"

突然，门口传来气喘吁吁的声音。

许知恙抬头看去。

是一个女生，她戴着帽子，黑色卫衣上有被雨打湿的痕迹，她喘着粗气，热气模糊了厚重的镜片，显然她是跑过来的。

她把材料递到许知恙手上，满含歉意地说道："真是麻烦你等这么久。"

许知恙笑了笑："没事，下次争取早点交就好。"

那个女生没在许知恙脸上看见一丝虚伪，知道许知恙不是表面说无所谓，心里却在抱怨她迟交，她像是被许知恙的笑感染了，松了口气，笑着道谢。

中午布置过展厅，孟冬妮说展厅风太大了，东西等展出前一天再摆上去，许知恙没意见，只要不影响最后的展出，她做什么都行。

演播厅的大屏幕上播放着此次昆曲展的宣传视频，许知恙看完朝演播厅里的人比了个"OK"的手势，视频就被切断了。

此时将近十二点半。

许知恙看了眼手机屏幕，温奈刚刚发来信息，问她忙完了没。

温奈：你怎么样，孟冬妮没说什么吧？

许知恙：她嫌累，已经走了，我倒乐意她先走，我真的和她多待一会儿都觉得难受。

许知恙：对了，你去吃饭了吗？你顺便给我带点东西过来吃，我快顶不住了。

温奈秒回：我马上来，宝贝你挺住！

许知恙笑了笑，发了个"贴贴"的表情给她。

忙了一天，许知恙回到公寓的时候都快七点了。

她在路上就提前点了外卖，到楼下的时候刚好顺带拿上去。

吃完饭，许知恙洗了个澡，出来的时候听见手机响了一声，她看见视频通话上那个醒目的名字时，紧张地咽了咽口水。

她切回微信页面，手指颤抖着，有点不利索地给陈恙发信息：你等我一下，我还没换衣服。

说完，她跑进浴室把头发吹干，又套了件毛衣，才抱着平板去客厅拨了回去。

那头很快就接通了。

许知恙看着屏幕上穿着白衬衫戴着金丝框眼镜的男人，心跳不自觉地加快了。

陈恙应该是在书房之类的地方，光线很足，将他整个人衬得好像在发光。

陈恙搁下手里的笔，打量着穿得很规整的女孩，忽地笑了一下："在家里也穿那么多。"

许知恙捋了捋耳边的头发，没有搭茬。

她为了和陈恙视频，还特地上了点隔离，涂了个口红，当然这点小心思陈恙看不出来。

许知恙轻咳一声，看着屏幕上的男人说："你今天怎么有空和我视频？"

"今天不忙。"他应该是刚开完会，还穿着衬衫，许知恙顺着他松领口的动作看了眼他的手。

男人的手修长匀称，骨节分明，再往下，白皙的手腕上戴着一串褐色的佛珠。

他垂眸低笑，头发随意地拂过眉骨，一派清逸模样。

随即许知恙想到那天在车里，他拿着那串佛珠蹭着她的脖颈，她仿佛又感受到了那种冰凉的质感，脸颊一热。

视频里的男人挑眉："怎么视个频还脸红上了？"

"没什么……"许知恙摇头，咽了下口水，"你的手很好看。"

她顿了顿，又说："手指也好看。"

许知恙真心诚意地夸道。

陈恙大方地接受了她的夸奖，丝毫没觉得不好意思。

他的视线随着摄像头往下移，扫了一眼许知恙的脖子，笑了一声："你的脖子，也挺好看的。"

许知恙愣了一下，陈恙不提，她都差点忘记和他算账了。

"你还说！"许知恙嗔怪地瞪了他一眼，"弄成这样，我这几天都只能围着围巾，不然都不敢见人了。"

许知恙不自在地将毛衣的领子拉高，像只鹌鹑一样把头缩进去。

陈恙看见她的动作，笑了一下说："没事，最近天冷，你多戴围巾。"他顿了一下，"不戴也没关系，这样就证明，你是个有男朋友的人。"

许知恙一愣。

哦，原来他打的是这个算盘，存心让她顶着这个脖子示人。

陈恙看见屏幕前的女朋友有点生气，好像下一秒就要把他的视频挂掉，他不开玩笑了，哄道："别生气，下次我让你种回来。"

许知恙觉得脖子有点烫烫的，嘀咕了一句："才不要。"

陈恙没听清："说什么？"

"没……"

……

两个人都不是话多的人，打了个视频电话也没什么话讲，有一句没一句的，不紧不慢，也没谈工作的事。

挂了许知恙的视频，陈恙又接到程斯衍的电话。

电话里程斯衍说乔望来这边出差，刚好有空，问他要不要出来。

等陈恙到的时候，程斯衍和乔望已经喝完一轮了。

陈恙瞭了一眼沙发上表情冷淡，长腿交叠的男人，来了兴致："又和老婆闹别扭了？"

乔望搁下酒杯，抬眸细细打量他。

"没有，我只是顺路来看一下刚刚异地恋的男人过得怎么样。"

陈恙："……"

程斯衍见他们俩一见面就互掐，嘴角一抽，重新拿了个酒杯倒了酒给陈恙。

陈恙坐在沙发上，扯着嘴角嗤了一声："异地恋也是一种情趣。你懂什么？"

乔望晃着手里的高脚杯，意味深长地看了他一眼："我确实不懂异地恋有什么情趣。"

陈恙一噎。

这天是聊不下去了。

他冷笑，挑了挑眉，看了乔望一眼，说："我发现你结婚之后就不做人了。"

程斯衍瞟了两人一眼："差不多行了，几百年才见一次面，见面就互掐，你俩三岁呢？"

陈恙时差还没倒过来，有些疲倦，没了跟乔望拌嘴的精力和兴致。

乔望话锋一转，跟他聊了一些私事，虽然这些私事陈恙都不是很爱听，但还是都听了下去。

末了，乔望顺带提了一嘴。

"上次跟你说的那个新兴科技项目，明庭这边在跟另一期，陈总那边应该是知道了明庭没有合作的意向，找了亿创科技。"

"亿创科技？"陈恙咬着烟，眯了眯眼。

"嗯，Ａ市亿创科技，江知衍。"乔望摘下眼镜，慢条斯理地擦了起来。

陈恙眉梢微抬，心下了然："江总。"

乔望倒是有些意外他竟然留意过商圈的事："听过？"

陈恙弹了弹烟灰，缓慢开口："之前嘉汇的项目，不是说是他压了几个点从天瑞手里拿下来的吗？那件事我还是听说过的。是个狠人。"

陈恙舔了舔唇角，轻笑。

三人没聊太久，乔望和陈恙这俩大忙人喝了几杯就回去工作了。

临走前陈恙问了乔望一句："你大概什么时候回国？"

"明天。"

"这么急，你不是才来三天？"

乔望瞥了他一眼："签约仪式已经结束了，回家陪太太。"

陈恙看他那一脸人模狗样，嗤笑一声，出了电梯，脚步没停，又忽然想到什么，问了句："乔望，你别告诉我你家那位已经有了？"

乔望整领口的手一顿，笑了："猜对了。"

陈恙脚步顿住，看着身形颀长的男人进了加长版的劳斯莱斯，忽然觉得自己一瞬间又被比了下去。

第 47 章

周末的时候许知恙回了一趟家。

之前因为她去了南城，一连两个月都没有回家，周清茹打过几个电话给她，让她不要太累了，注意休息。

许知恙知道周清茹的意思，和她说了声好。

周末难得有空，许知恙索性回去一趟。

巧的是，许知恙到家的时候陆之杭的车子也刚到。

许知恙瞥了一眼他的车子，其实她或多或少知道陆之杭的近况，他读的是计算机专业，现在打算跟朋友一起创业，开游戏运营公司，现在怎么样许知恙不清楚，但是看他每天开着那辆黑色的宾利风风火火的，许知恙猜他应该是混得还不错。

车子熄火，随即车里的男人下来，陆之杭在看见许知恙的那一瞬间愣了片刻。

许知恙没有和他打招呼，陆之杭更不会主动打。

两人短暂地对视一眼，然后齐齐朝门口走去。

许知恙看着他拿钥匙开门。

门被推开，周清茹听见声音从厨房出来。

看见门口的两人，周清茹有些意外，显然是不知道陆之杭也会回家，但随即又笑着说："你们今天怎么回得这么齐？快进来，差不多可以吃饭了。"

许知恙应了一声，换完鞋就去厨房帮忙。

"恙恙，你去外边坐，冰箱里有水果，刚洗的，你拿过去和之杭一起吃。"周清茹不指望她帮忙，推着她去外面。

许知恙知道她是被嫌弃了，慢吞吞地应了一声，拿着玻璃碗就出去了。

客厅里陆之杭像是得了软骨病一样，大剌剌地张着腿，窝在沙发里，握着手机在打游戏，外放，声音特别大。

许知恙没搭理他，自顾自地坐在那儿吃水果。

陆之杭打游戏的动作没停，抽空乜了她一眼。

看到她在室内还紧紧围着围巾，陆之杭唇角微勾："许黛玉，你这是多怕冷啊？"

许知恙愣了几秒才意识到他是在说自己，咬着葡萄的动作一顿，慢吞吞地应道："啊，不行吗？"

陆之杭没搭腔，空出一只手拿了一手葡萄往嘴里塞。

许知恙不紧不慢地吃着，突然看见陆之杭动作幅度极大地弹坐起来，他抽了张面巾纸，拉过茶几下面的垃圾桶剧烈咳嗽。

许知恙手上拿着葡萄，眼睛一眨不眨地看着陆之杭咳得像快要原地去世一样。

耳边充斥着他剧烈的咳嗽声，许知恙皱了皱眉，倒了杯温水递到他手边。

过了一会儿，他从垃圾桶边抬起头来。

他的脸都咳红了，眼睛也是。

看起来格外狼狈。

陆之杭喝了一大杯水顺气，才慢慢缓过来。

他看向一旁坐在沙发上像在看智障一样看着他的许知恙，忽然觉得自己的一世英名算是毁了。

陆之杭抹了抹唇角，很跩地开口："没见过被呛到的？"

许知恙点头："见过。"

陆之杭转头。

许知恙继续说："但是咳成这样的，我还是第一次见。"

陆之杭："……"

陆之杭算是第二次领略到妹妹的伶牙俐齿。她平时一声不吭，关键时刻在自己心口插一刀。

他冷笑一声："哼，那你可真是孤陋寡闻。"

许知恙眨了眨眼，不置可否。

"谁让你打游戏吃葡萄，还坐成那样？不呛到才怪。"

陆之杭瞥了一眼已经显示输了的游戏页面，心情烦躁，刚想开口，厨房就传来周清茹叫他们吃饭的声音。

陆之杭嗤了一声，没跟她计较，关了手机，长腿一迈，朝厨房走去。

许知恙紧随其后。

陆弘铭还不知道他俩都回来了，一见倒有些稀奇。

陆弘铭现在对陆之杭已经没有那么大的意见了，他能好好学习有追求，至于做什么，只要不犯法，他这个做父亲的都会赞同。

陆弘铭看着许知恙，眼里是掩不住的赞许之色："我听李院长说你最近在负责非遗展，会不会很忙？"

许知恙笑了笑："不会，之前办过，有经验了，现在安排起来不会特别累。"

陆弘铭点头："那就好，年轻人还是要多历练，不过对你来说，这方面的历练算是很充足的了。"

许知恙点头。

陆弘铭是明大的教授，也是人文学院的，平时院里有什么活动大家互通有无，总会听到关于许知恙的事。

"你俩都不小了，有没有想过谈个对象稳定下来？"陆弘铭朝他俩看了一眼。

话落，许知恙拿着筷子的手一抖，吃饭的动作也下意识地放慢。

"什么对象？"陆之杭挑眉，显然比许知恙淡定很多。

陆弘铭觉得自己这话好像有些歧义，又补充了一句。

"我不担心你，你什么时候收心了，谈个稳定的对象就成。"

周清茹看向许知恙，说："恙恙，我上次回南城的时候遇见卢阿姨，她的儿子刚从国外回来，听说也是搞研究的，你俩小时候还见过的，你要不要见见？就当是认识个朋友。"

许知恙这才明白周清茹叫她回家吃饭的目的。

她捏着筷子的手紧了紧，还没回答，就听见陆之杭说："相亲啊。"

陆之杭忽然笑了一下："许知恙这条件还需要相亲？追她的大有人在。"

陆之杭的玩笑话让气氛变得没那么紧张了。

许知恙扯了扯嘴角，没接话，始终很安静地吃饭。

周清茹似乎也觉得自己太过急切，毫无预兆地说这些，她不自在地笑了一下："也是，现在课业这么紧张，先以学习为重。"

这个话题没有再谈下去。

吃过饭，许知意百无聊赖地去前院散步。

没过多久陆之杭也出来了，穿着外套，显然是要走的样子。

他插着兜看着许知意，摸出一根烟，点上。

"你还没跟你妈说你和陈意的事？"

"没。"许知意摇头。

陆之杭抽了口烟，眯着眼看她，注意到她围巾下面被遮盖的痕迹，心下冷哼了一声。

"我走了，你也别留太久，你脖子那儿，"陆之杭别开眼，"会露馅。"

许知意一怔，摸了摸被围巾和高领毛衣遮盖着的脖颈。

指腹有些黏，遮瑕膏化了。

许知意的脸颊一下就红了，偏偏陆之杭还一脸"我懂"的表情看着她，更让她无地自容。

陆之杭吐出一口烟雾，挑了挑眉："陈意那人就那样，你以后小心点，他欺负你，你就咬回去，懂不？"

许知意："……"

陆之杭真的只是回来吃顿饭的，吃过饭，他油门一踩，头也不回地回了明大。

周清茹让许知意带点水果和自己包的饺子回去，许知意说好。

她没让陆弘铭送，去附近的一个地铁站坐地铁。

经过春光路的时候，她看见从花圃里钻出来一只棕毛的狗。

许知意脚步顿了一下，忽然觉得这只狗有点眼熟。

也是一只小泰迪，但是这只明显比较脏。

许知意心血来潮地拿出手机拍了张照片。

隔天在院里开完会，许知意看到工作群里还有人在演播厅没走，就也过去帮忙。

温奈本来是和她一起负责演播厅的，但临时被院长叫去监考，不过这会儿应该结束了。

许知恙等了一会儿，手机突然响了一下。

她拿起来看了一眼，按了接听键。

温奈问："恙恙，你在哪儿？"

许知恙说："在演播厅呢，你结束了吗？"

温奈叹了口气："结束了，我交完试卷就去找你。"

许知恙跟她说不急，让她慢慢来。

五点多的时候许知恙这边已经布置完了，她让其他人先走，自己又检查了一下设备之类的，才最后一个关门离开。

温奈的车在演播厅楼下等着她。

她上了车。

温奈无意中瞥了一眼她的腿，看见她黑色的牛仔裤被划出了一条白线。

"你的裤子怎么了？"

温奈发动车子，随口问了一句。

许知恙系好安全带后垂眼看了一下，愣住了，摸了摸那条在黑色牛仔裤上格外显眼的白线。

像是察觉到了什么一样，她卷起牛仔裤，看见腿肚上有一块淤青，有些吃惊。

温奈抽空瞥了一眼，张了张嘴："你这腿怎么搞的？这么大一块乌青。"

许知恙仔细回想了一下："我也不知道，可能是刚刚风有点大，被门口的海报展架蹭了一下。"

"嘶，还真有点痛。"许知恙碰了一下，疼得直皱眉。

温奈瞥了一眼："你别弄，我看着都疼，回去拿药膏擦一下。"

许知恙应了一声，把裤脚放下去。

"我真觉得你是不是和非遗展犯冲啊？"温奈像是想起什么事了，说话的兴致格外高涨，"你还记不记得上次办非遗展的时候，我们在演播厅测试完后去吃火锅，就是你遇见陈恙那次，你被酒瓶划伤了腿？逢非遗展你必受伤，你注意点。"

许知恙听她这么一说，好像还真有那么回事。

她弯唇莞尔："行。"

回到家，许知恙还真的挺重视地拿了药出来擦。

她卷着裤腿，用热毛巾焐了一下腿，发现好像没什么用，效果不明显，她翻了下药箱，看见陈恙上次留给她的药膏里面好像还真有祛淤青的药。

看了眼说明书，许知恙擦了薄薄一层药膏。

恰在这时，陈恙的消息发了过来。

陈恙：回家了吗？

许知恙擦了下手，回复：回了。

陈恙没有再回，又过了一会儿，他发了条语音过来。

"最近天气冷，你多穿点。"

他那边有窸窸窣窣的脚步声，背景音有点吵，说出来的话被其他声音盖住，有点含糊。

许知恙回了一句好。

等了一会儿，陈恙又发了一条语音过来。

这次他好像是在车里，安静了不少，声音也格外清晰。

"你们的非遗展是几号来着？"

许知恙把这条语音听了两遍。

男人的声音低哑，带着他一贯的懒懒的调子，不知道是不是通过听筒传出来的原因，许知恙听出了一点鼻音。

许知恙先回他：三十号。

继而又问：你是不是感冒了？

陈恙过了一会儿才回：有一点。

陈恙：那你跨年夜有安排？

许知恙想了一下：没有吧，不知道非遗展要几点结束，可能会很晚。

她又发了一个委屈的小表情。

陈恙看着她发过来的小表情，忽然就想起她垂眼的小委屈模样，恨不得马上就飞回去。

这还是他第一次体会到什么叫归心似箭。

过了一会儿，许知恙又给他发了张照片。

许知恙：我今天经过春光路的时候看见一只和你家那只长得很像的泰迪，

不过这只很脏，可能是经常去哪儿鬼混来着。[龇牙笑 .jpg]

陈恙点开那张照片。

照片是俯拍的，棕毛的小泰迪蜷伏在女生脚边，抬头看着镜头，脸上身上脏脏的，但是很软萌。

陈恙笑了笑，发了条语音给她。

"我不想看狗，我想看你。"

许知恙抿了抿唇，嘴角轻轻翘起，没有如他所愿，问了句：你之前的狗还在吗？

陈恙无奈失笑："我从来就没有什么狗。"

许知恙眼皮跳了一下：嗯？

"我那次不是在叫它，我是在叫你。"

许知恙握着手机的手冻得有些僵直，她的手指蜷缩了一下，像是知道他下一秒要说什么一样。

过了一会儿，对话框弹出来两条新的未读语音。

很短，才两秒。

许知恙点开来听。

男人偏冷的声线带着沙哑，从听筒里传出来，一种独属于他的蛊惑人心的语调，让许知恙的心跳失了控。

他说："听见了吗，宝贝？"

第 48 章

距离明城十万八千里的 T 大此时正值下午。

早上刚下过雨，空气中水汽氤氲，树枝上还挂着水珠，湿漉漉的，有风吹过，水珠在半空中画出一道弧线，拍打在会议室的玻璃窗上。

此时的 T 大研究院五层会议室灯火通明，坐了满满当当的人。

大屏幕上滚动播放着 PPT，突然画面被人摁了暂停，坐在最前面的男人声音冷而沉地在会议室里散开来。

"InVEST 模型[①] 也不一定都准确。"

陈恙说完，在座的人都陷入了沉默。

虽然它能较好地把握总体格局，但是对人类活动和生态环境的具体评估远远不够。

"再试一下别的方法，"陈恙松了松领口，抬手关掉大屏幕的投影，"先散会。"

这场会议持续了将近一个小时，听见散会，在座的人都没什么异议，不过一会儿，会议室里的人就都各自散去。

陈恙解开衬衣领口的扣子，身体往椅背靠，连轴转的会议，铁打的人都扛不住，他抬手摁了摁突突直跳的太阳穴，就听见程斯衍开口。

"对了，恙哥，你之前托我问的申办环境研究所的事情，T 大专家组那边有点麻烦。"

陈恙手上的动作顿住，皱了皱眉，喉咙有些用嗓过度后的沙哑："多麻烦？"

程斯衍从桌上拿起一瓶矿泉水，递给他，捏了捏银色的耳钉，说："审批不通过。"

陈恙喝了几口水，润了润喉，闻言挑了挑眉。

他拧紧瓶口，突然扯唇笑，模样又恢复一贯的闲散："审批不过，那就审到过为止。"

此时正值深夜，明城变天，狂风卷着雪粒子在半空中横冲直撞，肆意拍打在窗户上，斑驳的雪模糊了原本透亮的巨幅落地窗。

许是刚刚陈恙那通电话的缘故，许知恙竟然梦见了他。

梦境光怪陆离，似真似幻，令人分不清到底是现实还是梦境。

---

① InVEST（Integrated Valuation of Ecosystem Services and Trade-offs）模型是由美国斯坦福大学、大自然保护协会与世界自然基金会联合开发的一种生态系统服务和权衡的综合评估模型。

梦里的许知恙睡得很不安稳，卷曲的睫毛簌簌颤动，娇艳的唇瓣中溢出一声嘤咛。

她无意识地抬眼，冷不丁撞入了男人如同深夜一般漆黑的眼底。

男人轻靠在床头，垂着眼，打量着阖眸安睡的女孩，手指钩着她略微卷曲的发丝，漫不经心地笑着。

他微微倾身，薄唇贴她的耳畔，轻声叫她："宝贝。"

低沉的嗓音带着几分缱绻。

梦里的许知恙看着他的唇瓣一张一合，极力想听清他的下一句话，但是耳边的声音越来越吵，眼皮也逐渐沉重。

随即，画面从她眼前消失，只剩下一片刺眼的光亮。

……

"丁零丁零！"

一阵急促的手机铃声将许知恙从虚幻的梦境中拉了出来。

许知恙有些恍惚地睁开眼，看见熟悉的四周，慢慢从刚刚的大梦中回神。

窗外的雪势渐大，昨晚没有拉窗帘，耀眼的白刺得她睁不开眼。

许知恙动了动麻木的手臂，翻了个身，摸过手机关掉闹钟，拍了拍自己的脸颊，不争气地心跳加速。

这个梦过于深刻且真实，真实到许知恙闭眼都能回想出一些令人脸红心跳的细节。

许知恙咽了咽口水。

难道她对陈恙的思念已经这么强烈了吗？她有些羞赧地想。

许知恙捏了捏自己的脸，试图让自己清醒清醒。

吃过早饭。

许知恙照常搭地铁去了学校。

展厅的布置已经进入收尾阶段，虽然这一块是孟冬妮负责的，但是在有些方面，两人的意见一直不合。

从展厅的展架展品一直说到灯光，孟冬妮拿出她三岁就在米兰看秀的经验开始专业分析，说得头头是道，还能扯点美学。

许知恙听着，没有打断她的疯狂输出。

最后，孟冬妮停下来，沾沾自喜地看着许知恙。

"我觉得这样很好，不需要改。"

"可你有没有想过这是昆曲展，是古典戏剧，不是秀场。"

一针见血。

孟冬妮的表情僵住。

许知恙弯了弯唇，温声道："你的想法可行，不过还需要融入一点古典元素进去，其他的我没什么想法。"

孟冬妮是那种即使你说得对，她也绝对不会表示赞同的人，听完，她撩了撩头发掩饰尴尬，瞥了许知恙一眼就踩着高跟鞋摇曳生姿地朝展厅去了。

"许组长。"

身后有人叫她。

许知恙回头，看见迎面朝她跑来的男生。

"许组长，这边的海报展架好像有点被压坏了，都弯了。"

许知恙看了一眼演播厅门口的展架，说："有没有备用的？"

"不知道，我去看看。"

许知恙点头："行，你去看看，没有的话先报上去。"

许知恙目送男生离开，突然肩膀被人拍了一下。

温奈把手里的保温杯递给她，捶了捶腿："你这边忙完了没有？"

许知恙拧开盖子，抿了一小口，红糖姜的味道有点冲，她皱了皱眉："还没，应该快了，两场非遗展隔得这么近，设备经常使用，没什么问题，桌签什么的都要等上面把嘉宾名单确定下来才能安排。"

温奈打了个哈欠，眼下有粉底液都遮不住的青黑："那你要不要先去休息一下，站了一个早上，你顶得住吗？"

许知恙失笑："你昨晚去哪儿了，又去酒吧？你看你这眼睛都快睁不开了。"

被问到去哪儿了，温奈有一瞬间的心虚。

她摸了摸鼻子看向别处，说："还能去哪儿？不是酒吧就是派对。"

她又问："有说明天几点开始吗？"

许知恙摇头："还有一部分嘉宾名单没出来，应该晚上会通知。"

中午吃过饭，温奈跟她说院里来了几位贵宾，院长要安排人过去指引一下。

两人在食堂门口分别。

快要到达演播厅的时候，有人从后面叫了她一声。

"小同学，报告厅是往这里走吗？"

许知恙闻声回头，看见女人的时候愣了一下。

有点眼熟，但是想不起来在哪里见过。

许知恙朝她身后看去，看见几名身穿黑色西装的中年男人簇拥着一位两鬓花白的老人正朝报告厅走来。

许知恙联想到刚刚温奈说的几位贵宾，脑子飞速转动，礼貌地笑了笑。

"对，报告厅往这儿走，在三楼。"

女人笑着和她道了声谢，过去和老人说了句话，一行人经过她朝报告厅走去。

许知恙目送着他们上了电梯，才等了下一趟电梯去五楼的演播厅。

报告厅门口，一身大气绛紫旗袍的连书因正和院长说着话，突然叮的一声，两人齐齐朝电梯看去。

连书因眉开眼笑："陈老。"

陈慕柏扶着眼镜腿看清说话的人，绽出笑颜："连先生，好久不见。"

李院长似乎有些震惊连书因和陈慕柏的交情，跟着笑了笑："陈老拨冗前来，不胜荣幸，里面请。"

陈慕柏推了推老花镜，步伐缓慢地走向报告厅，闲聊般地问连书因："我记得，你是不是有个外孙女？"

连书因笑了下："陈老印象不错。"

陈慕柏问："现在还在读书吗？"

连书因倒是挺意外陈慕柏对许知恙的关注，说："在，就在明大，读的非遗专业，以后啊，可就要来接我的班了。"

陈慕柏若有所思，笑了一声："有机会可以见见。"

许知恙下午本来是要和温奈一起回家的，但是温奈家里有事，许知恙就让她先回去。

快要出校门的时候，许知恙很意外地看见了陆之杭。

他正低着头玩手机，像是在等人。

许知恙多看了几眼，不知道要不要过去打招呼，可万一他是在等女朋友，那她过去打招呼会不会很尴尬？

纠结再三，许知恙打算当作看不见，可她刚收回目光，陆之杭就看了过来。

"喂，"陆之杭漫不经心地叫了她一声，"有没有空？"

许知恙："……"

明大校外的一家私房菜馆。

许知恙端坐着，看着面前的男生，觉得他邀请自己吃饭这件事很无厘头。

陆之杭点着菜，时不时问她吃什么。

许知恙点头："我都行。"

陆之杭一噎，把菜单推到她面前："我请你吃饭，你说都行，我怎么点？你自己点。"

许知恙："……"

她看着陆之杭一脸"我请你吃饭纯属被逼的"那种不乐意的表情，更加想不通他到底为什么要特地和她吃这顿饭。

许知恙哦了一声，也没客气，在菜单上勾选了几道自己爱吃的菜，再把菜单推给他。

"好了。"

陆之杭抬手叫了服务员，让他赶紧上菜，好像迫不及待要走一样。

陆之杭乜了她一眼，随意地将手机递到她面前。

"加个微信。"

说起来也挺神奇的，许知恙和陆之杭认识这么多年，两人连对方的手机号都没有，更别说微信了。

难道他是想吃完饭让她还钱？

这个想法在许知恙脑海里一闪而过。

随即，她顺从地扫了他推过来的微信二维码，加了好友。

菜都上齐了。

许知恙也没客气，她是真的饿了，喝了一碗汤垫肚子之后就慢条斯理地吃了起来，吃得特别心安理得，无视了对面坐着的陆之杭。

虽然以前在家的时候也一起吃饭，但是就两个人吃饭还是第一次。

许知恙吃得专心，也没注意到陆之杭瞥了自己好多次。

差不多快吃饱的时候，陆之杭突然问了她一句话。

"你和陈恙，到哪一步了？有没有……"

"喀喀喀……"

许知恙喝汤的动作一顿，猝不及防地被呛了一下，她抽了张面巾纸，侧过脸，低着头尽量小声地咳嗽。

她咳得上气不接下气，连眼睛都咳红了。

许知恙喝了口茶水润了润嗓子，忽然觉得她真的遭报应了，上次嘲笑陆之杭，现在就轮到自己了。

一人一次，真是扯平了。

陆之杭一脸无措地看着她，给她倒水递纸巾表示他真的不是故意的，但从他脸上看不出一丝内疚。

许知恙眨了眨眼："陆之杭，下次不要在吃饭的时候说这么吓人的事情。"

陆之杭："……"

陆之杭看她这样子，觉得应该是和他想的一样，就没有再问下去。

吃过饭，陆之杭好心地送她回了公寓。

目送许知恙进了小区，他才收回目光。

点开微信，有两条未读信息，来自同一个人。

陈恙：吃了吗？

陈恙：送回去了吗？

当然，这两条信息关心的对象必定不是陆之杭。

陆之杭：吃了。送回去了。

陆之杭烦躁地又回了一句：我刚分手，痛不欲生，合着还得吃你俩的狗粮，你到底有没有良心？

陈恙发了条语音过来，他嗤了一声："你管那叫分手？人家姑娘那是脱离苦海，远离渣男。"

陆之杭："……"

陆之杭每次听陈恙的语音都很煎熬。

他数度怀疑陈恙不是在 T 大研究院，而是在工地搬砖，周围怎么能那么吵？

陆之杭紧皱的眉头显现出他的不快，没什么好脾气地回了陈恙："你什么时候回来？自己的女朋友自己看着，老子不伺候。"

过了一会儿，陈恙回了陆之杭一条语音，他那头背景音依旧很吵，还有播报的声音。

好像是在……航站楼？

陆之杭点开。

陈恙慢条斯理的声音从听筒里传出来。

"明天。"他说。

番外　**得偿所愿**

那么，他就用他的方式，

还他的女孩一场无声的、

只属于她一个人的暗恋。

　　陈恙视角。

　　陈恙还记得第一次注意到许知恙这个女孩子的时候，是在高三开学的那天。

　　那天他被三中的女生堵在巷子里表白，无意间，他注意到了站在巷口的许知恙。

　　她好像被巷子里的动静吸引了，看得入了神，乖巧地抓着书包的带子站在那儿，眼睛一眨不眨地盯着看。

　　陈恙那个时候觉得，这个女孩子挺有趣的。

　　她很乖，但是绝对没有表面看上去的那么乖。

　　那天吓到了她，她落荒而逃。

　　陈恙看着她仓皇失措的背影，眼里闪过了自己都没有察觉到的笑意。他以为他们俩应该不会再见面了。

　　但很巧的是，那帮理科班的男生拉着他爬墙的时候，他又一次在校门口遇见了被值日老师拦下来的许知恙。

　　也是在那时，陈恙知道了这个从南城附中转来的、和他仅有一面之缘的女孩子，名字里有和他一样的字。

　　和他一样的恙。

　　再后来，许知恙频繁地出现在了好友和表妹沈舒迩的口中。

　　"哥，我同桌又考了第一名。"

　　"恙恙的作文被老师拿去当范文了。"

　　……

　　又如——

"高二（7）班的那个学霸许知恙你们听说过没有？成绩好，长得又标致，小姐姐要是在艺术班，绝对是校花。"

"就是太乖、太内敛了，纯得和书呆子一样。"

"恙哥，说起来你和她还挺有缘的，你觉得她怎么样？"

放学后的傍晚，几个玩得好的朋友打完球聚在校外的路边摊吃着烧烤，闲聊时话题免不了围绕着学校的人和事。

都是青春期的少男少女，心中对异性总会有那么几分好奇。

话头引到陈恙身上，同伴也纷纷看过来，期待着他的回答。

明中的女孩子那么多，张扬、鲜活的不在少数。

从来没人觉得陈恙会喜欢寡淡无趣的乖乖女。

所以，这句话看似询问，实则多少带了些调侃的意味。

陈恙张着腿，手肘撑在膝盖上，头垂着，看着手机，好半晌没回答。

就在同伴以为陈恙不会回答时，他抬起头，扯着唇角轻笑了一声，给了一个所有人都意想不到的答案——

"挺好的。"

可是后来……

陈恙没想到那个柔软无害的女孩子，会那么勇敢坚定地放弃自己。

高三一整年陈恙都过得浑浑噩噩，父亲的背叛婚姻、母亲的离世，都成了陈恙心中不可磨灭的痛。

参加完母亲葬礼的那天，陈恙和父亲陈明威不可避免地爆发了一场争吵，父子矛盾激化，陈恙回了明城。叔父送他回去的车上，该劝的、该说的都对陈恙说了，但是他心里对陈明威的不满早已达到巅峰，厌恶透了那个所谓的家，那个所谓的父亲的嘴脸。

他恨透了陈明威，只想着逃离。

三月份在明中遇见许知恙的那一次，是他们俩最后一次相遇。

所有的手续办完，陈恙在南城过了浑浑噩噩的一个月。

他在努力放空自己。

但是一个月的努力，在陈恙看见那张明信片后土崩瓦解了。

准备离开南城前往英国的前一天，陈恙收到了乔望寄来的一个包裹，里面是属于他的信件和证件。

陈恙也是在那个时候，知道了一个女孩曾经的心事——

再无相见的日子里，祝你前途无量。

陈恙，我再也不要喜欢你了。

那张许知恙给他的告别明信片上，只写了两行字。

也就是那两行字，让陈恙知道，他一直以来都不如许知恙勇敢。

T大学业不轻松，每天教室、实验室、研究所三点一线，陈恙分身乏术，也很快就淡忘了明城的人和事。

再次听到许知恙这个名字，是在某天夜里沈舒迩的一个电话里。

小辈里，陈恙和沈舒迩的关系远比沈舒迩和她亲哥哥要亲。

国内和英国有八个小时的时差，陈恙那天接到沈舒迩电话的时候刚从研究所回到宿舍。

那时已经凌晨两点了，陈恙不知道沈舒迩这小屁孩又闹出什么事了，电话一接通，一声什么事还没问出口，就听见了对面的女孩小声的抽泣声。

"哥，我和恙恙吵架了。"

……

那天晚上英国的雨下了一整夜，陈恙坐在没开灯的宿舍里，听了沈舒迩近半个小时的絮叨。

"我知道我错了，我以后不会再耍小孩子脾气，"沈舒迩吸了下鼻子，"哥，你知道吗？恙恙她每天都不太开心，虽然她不说，但是我看得出来，她变得不爱说话，但是次次考年级第一，哥，你说她以后会不会不理我了？"

女孩子之间的友谊很神奇，陈恙听完沈舒迩的话，脑子里只记得——

她不开心。

宽慰了沈舒迩几句，陈恙让她先去睡觉。

挂了电话。

空荡的宿舍里只剩下窗外夹着雨的风呼啸而过撞击玻璃的声音。

那一刻，陈恙有一个很强烈的念头。

他要回去，回到她的身边。

处理完手头的项目回到明城的那天，恰好赶上了高考结束。

明城是他的家，却不是他的归宿。

回到明城，陈恙没有回家，而是直接去了西檀寺。

也是在那天，他遇到了许知恙。

那天傍晚将近七点，天刚刚擦黑。

陈恙站在大殿佛像后面，看着那个身影从面前晃过。

有点不真实。

他不知道自己回来之后能做什么，要和她说些什么，但是鬼使神差地，他回来了，他真实地看到了让他心心念念的女孩。

才几个月没见，和沈舒迤说的一模一样，她肉眼可见地瘦了很多，短袖校服下露出的半截手臂白皙纤弱。

和往常一样，许知恙轻车熟路地进了大殿叩拜。她应该不是第一次来，陈恙心想。

傍晚的西檀寺没什么人。

陈恙站在佛像后面，看着女孩瘦小单薄的背影，微不可察地勾了勾唇角。

还完愿，许知恙拿着木牌和红绳出去，外面有人在说话，她的注意力被吸引过去。

所以，当她经过陈恙身边的时候，完全没有察觉到他的存在。

出了寺庙大门，许知恙朝前一个路口走，去搭公交车，可能是心不在焉的原因，她并没有发现身后有人跟着。

街上车水马龙，光影变幻。

陈恙目送着许知恙刷卡上了公交车后，才收回目光。

陈恙没打算让任何人知道他的行踪，他只是很单纯地回来见她一面，好像看见她，那颗悬着的心才能稍稍落下。

那晚见完面，陈恙一路送许知恙回到家，也没打算走，他就站在许知恙家楼下，吹了一个晚上的风。

他的女孩喜欢了他太久。

那么，他就用他的方式，还他的女孩一场无声的、只属于她一个人的暗恋。

……

自那之后，陈恙就没再听到过沈舒迤提到许知迤。

又或许，没有消息才是最好的消息。

日子一天天地过着。

大三那年，陈恙跟着一个教授在做一个课题，随队到南城调研。

落地南城，南城大学的院长和教授殷勤作陪，T 大小组也被安排在南大交流。

也是在那天，陈恙再次见到了许知迤。

那天傍晚开完学术交流会，陈恙从报告厅出来，经过教学楼的时候看见一个女孩抱着书行色匆匆地从楼梯下来。

三年没见，陈恙在看见许知迤的第一眼时有些恍惚，女孩穿着一件米色的针织衫，束着马尾，她迎着风跑，额前的碎发被吹拂开，露出的脸庞干净而又秀气。

有两三个男生路过，互相推搡着，不敢过去要微信，陈恙等了好一会儿，终于看见其中一个男生鼓起勇气，拦住了许知迤的去路，指了指自己的手机，意图明显。

其实陈恙也不知道自己为什么要近乎自虐地看下去，她接不接受，他都改变不了什么。

曾经那个内向敏感的少女也变得自信，有很多人追求了，但是他不确定要不要上去做什么。

许知迤已经放弃他了。

再上去就是打扰。

而且现阶段的他，并不能为这段感情做什么。

他有太多不确定的事，他不能让许知迤和他一起承担这些不确定。

恰好，有同伴发消息让他去会议室，他愣了几秒，终究没再看下去，垂下眼，转身朝反方向走了。

再后来。

那天，陈恙看见了小胖转发的一条推文，关于南大的毕业季。他因此得知许知恙要毕业了。

那一周陈恙刚好飞澳大利亚。

他登机的前一秒，犹豫着，还是拨通了陆之杭的电话。

"哥们儿，"陈恙摘下口罩，声音有些沙哑，"帮个忙。"

他承认他败了。

曾经他以为自己能够克制而清醒，但是凡是碰到一丁点和许知恙相关的事情，他心里都会不由自主地掀起波澜。

那种莫名的、迫切地想要靠近她的冲动驱使着他做着这一切。

在澳大利亚考察的时间不短，为期半个月。

陈恙在实验室连轴转了两个大夜，提交报告的那天，教授问他："为什么这么急？"

陈恙当时只是笑笑，回答说："因为要去见一个对我很重要的人。"

即使他现在只是许知恙生命中一个无关紧要的人。

教授没有那种做学术的老派古板，他推了推老花镜，很具人文关怀地问："喜欢的女孩？"

陈恙轻笑，没有否认，大方承认了。

批假批得很顺利。

陈恙搭上最早的一班飞机回了南城。

那天是毕业典礼，陆之杭发了个定位给他，陈恙到的时候，刚好看到这一幕——

南大纪念馆前，穿着学士服的女孩一手提着裙摆，一手扶稳了头上的学士帽，小跑着朝陆之杭走去，阳光被树枝分割成大小不一的光斑散落在女孩的脸庞上，她眉梢上扬，带着笑意。

她似乎在发着光。

美得不像话。

"毕业快乐！"陆之杭把手上的花束递给许知恙。

许知恙有些意外地接过，说了一句谢谢。

陆之杭没有多说一句话，点了点头，看着她被同伴拉着去拍照。

而就在广场的另一端，一辆黑色的宾利降下半格车窗，男人的半张脸被贴了膜的车窗玻璃挡住，只露出一双漆黑而又锐利的眼睛。

他举着手机，听见对面的陆之杭开口说话："为什么不自己说？"

陈恙记得自己当时笑了一下，淡声说："没必要。"

是没必要。

她现在有自己的生活，再多就越界了。

点到为止，这就够了。

许知恙毕业典礼那次，是陈恙最后一次回南城。

那一年，是陈恙过得最兵荒马乱的一年。

T大研究任务重，一年有十一个月在全球各地飞，从挪威到菲律宾，再从加拿大到迪拜。

整整两年，陈恙没有再回去过。

就连逢年过节打个跨洋电话，都是在单方面接受老爷子的新年吼叫祝福。

"你说让你回国不回，偏偏去搞什么项目，命都不要了？"

那年团队在着手做一个项目，十几号人，连带着两架雪橇全都被困在了山洞里。

断水绝粮，整整被困了三日。

很多人都熬不过去，心态崩了。

同队有个意大利的教授全然没有被雪崩困住的颓靡，口吻轻松地问他："你有没有什么遗憾？"

陈恙已经忘记自己当时回了他什么了，但是那一刻，他心里有个很强烈的欲望：如果能活着回去，他就去找许知恙。

万幸，佛祖庇佑，在封山的第四天，救援队来了。

再之后的重逢，就是陈恙放弃了科研的机会，自请外调回国了。

他发现离开了这么多年，无论他有多厌恶这座城市和那个人，他都无法和这座城市真正切断联系。

只要她还在这儿，他就无法做到真正的释怀。

他回国那天，陆之杭为他接风，车子下了高速还没坐热，他们就在大学路那边被一群酒驾的追了尾。

十几个小时的飞机坐得他有些烦躁，车子剐蹭，程斯衍下车处理。

但是后来，两拨人不知怎么的起了口角，居然干起架来了。

也是在那一晚，陈恙毫无伪装地出现在了许知恙面前。

她和她的朋友似乎也被卷入了这场争斗，陈恙看见她的那一瞬间，不知道要用什么来掩饰自己的感情。

九年。

真的太久了。

久到可以经历两场离别，久到可以重新开始一段新的恋情。

所以，当许知恙受了伤，急于和他划清界限的时候，那种失控无力感让他烦躁。

那天他一个人在西檀寺待了很久。

佛经也没抄。

一个晚上，宣纸上只写了一个人的名字。

再后来，两人有了合作的机会。

去绥芜的那段时间，陆之杭的那个电话，让陈恙知道了许知恙的心意。

他也从沈舒迩口中得知，许知恙暗恋了自己很多年。

程斯衍曾经问过他，为什么不直接去追。

当时回的什么，陈恙已经不记得了，但是大概知道，他想再次确认她的心意，不想让许知恙再放弃他一次。

陈恙想过，这场声势浩大的暗恋，如果以她的放弃作为开始，那么就让他的主动来结束。

三个月也好，三年也好。

不管她还愿不愿意接受自己，至少，他应该试着朝她靠近。

很幸运的是，过了九年，他喜欢的女孩，还喜欢他。

不幸的是，陈恙让她等了这么久。

既然无法欺骗自己的内心，既然还喜欢，那就不要再让自己有遗憾。

他爱的女孩柔软而善良，勇敢而坚定。

那他也没有什么好犹豫的。

他会倾其所有，来爱她。

许多年后，许知恙问他，那一天在西檀寺许下了什么愿，陈恙当时笑着拥她入怀，没有说话，在很多很多年以后，陈恙才告诉她——

他希望他的女孩，事事得偿所愿。

（番外完）

图书在版编目（CIP）数据

暮色正浓 / 厘子与梨著 . -- 长沙：湖南文艺出版社，2023.11

ISBN 978-7-5726-1379-1

Ⅰ. ①暮… Ⅱ. ①厘… Ⅲ. ①长篇小说－中国－当代 Ⅳ. ① I247.5

中国国家版本馆 CIP 数据核字（2023）第 156817 号

上架建议：畅销·青春文学

MUSE ZHENG NONG

暮色正浓

著　　者：厘子与梨
出 版 人：陈新文
责任编辑：吕苗莉
监　　制：邢越超
策划编辑：郭妙霞
特约编辑：彭诗雨
营销支持：文刀刀
装帧设计：梁秋晨
插图绘制：M咸鱼会长　　carrrrrie加里
字体授权：仓　鼠
内文排版：百朗文化
出　　版：湖南文艺出版社
　　　　　（长沙市雨花区东二环一段 508 号　邮编：410014）
网　　址：www.hnwy.net
印　　刷：三河市中晟雅豪印务有限公司
经　　销：新华书店
开　　本：680 mm×955 mm　1/16
字　　数：335 千字
印　　张：20
插　　页：4
版　　次：2023 年 11 月第 1 版
印　　次：2023 年 11 月第 1 次印刷
书　　号：ISBN 978-7-5726-1379-1
定　　价：49.80 元

若有质量问题，请致电质量监督电话：010-59096394
团购电话：010-59320018